比較文學叢書

中國小說比較研究

侯　健著

東大圖書公司

國家圖書館出版品預行編目資料

中國小說比較研究／侯健著.－－二版一刷.－－
臺北市：東大，2005
　面；　　公分.－－(比較文學叢書)

ISBN 957－19－2787－2　（平裝）

1.中國小說－評論 2.中國小說－比較研究

827.88　　　　　　　　　　　　93024125

網路書店位址　http：//www.sanmin.com.tw

© 中國小說比較研究

著作人	侯　健
發行人	劉仲文
著作財產權人	東大圖書股份有限公司 臺北市復興北路386號
發行所	東大圖書股份有限公司 地址／臺北市復興北路386號 電話／(02)25006600 郵撥／0107175－0
印刷所	東大圖書股份有限公司
門市部	復北店／臺北市復興北路386號 重南店／臺北市重慶南路一段61號

初版一刷　1983年12月
二版一刷　2005年3月
編　　號　E 820220
基本定價　參元肆角
行政院新聞局登記證局版臺業字第〇一九七號

「比較文學叢書」總序

　　收集在這一個系列的專書反映著兩個主要的方向：其一，這些專書企圖在跨文化、跨國度的文學作品及理論之間，尋求共同的文學規律 (common poetics)、共同的美學據點 (common aesthetic grounds) 的可能性。在這個努力中，我們不隨便信賴權威，尤其是西方文學理論的權威，而希望從不同文化、不同美學的系統裡，分辨出不同的美學據點和假設，從而找出其間的歧異和可能匯通的線路；亦即是說，決不輕率地以甲文化的據點來定奪乙文化的據點及其所產生的觀、感形式、表達程序及評價標準。其二，這些專書中亦有對近年來最新的西方文學理論脈絡的介紹和討論，包括結構主義、現象哲學、符號學、讀者反應美學、詮釋學等，並試探它們被應用到中國文學研究上的可行性及其可能引起的危機。

　　因為我們這裡推出的主要是跨中西文化的比較文學，與歐美文化系統裡的跨國比較文學研究，是大相逕庭的。歐美文化的國家當然各具其獨特的民族性和地方色彩，當然在氣質上互有特出之處；但往深一層看，在很多根源的地方，是完全同出於一個文化體系的，即同出於希羅文化體系。這一點，是很顯明的，只要是專攻歐洲體系中任何一個重要國家的文學，都無法不讀一些希臘和羅馬的文學，因為該國文學裡的觀點、結構、修辭、技巧、文類、題材都要經常溯源到古希臘文化中哲學美學的假設裡、或中世紀修辭學的一些架構，才可以明白透

微。這裡只需要舉出一本書，便可見歐洲文化系統的統一和持續性的深遠。羅拔特·寇提斯 (Robert Curtius) 的《歐洲文學與拉丁中世紀時代》一書裡，列舉了無數由古希臘和中世紀拉丁時代成形的宇宙觀、自然觀、題旨、修辭架構、表達策略、批評準據⋯⋯如何持續不斷的分布到英、法、德、義、西等歐洲作家。我們只要細心去看，很容易便可以把彌爾頓和歌德的某些表達方式、甚至用語，歸源到中世紀流行的修辭的策略。事實上，一個讀過西洋文學批評史的學生，必然會知道，如果我們沒有讀過柏拉圖、亞里斯多德、賀瑞斯 (Horace)、朗吉那斯 (Longinus)，和文藝復興時代的義大利批評家，我們便無法了解菲力普·席德尼 (Philip Sidney) 的批評模子和題旨，和德萊登批評中的立場，和其他英國批評家對古典法則的延伸和調整。所以當艾略特 (T. S. Eliot) 提到「傳統」時，他要說「自荷馬以來⋯⋯的歷史意識」。

這兩個平常的簡例，可以說明一個事實：即是，在歐洲文化系統裡（包括由英國及歐洲移植到美洲的美國文學，拉丁美洲國家的文學）所進行的比較文學，比較易於尋出「共同的文學規律」和「共同的美學據點」。所以在西方的比較文學，尤其是較早的比較文學，在命名、定義上的爭論，不是他們所用的批評模子中美學假設合理不合理的問題，而是比較文學研究的對象及範圍的問題。在早期，法國、德國的比較文學學者，都把比較文學研究的對象作為一種文學史來看待。德人稱之為 Vergleichende Literaturgeschichte。法國的卡瑞 (Carré) 並開章明義的說是文學史的一環，他心目中的研究不是藝術上的美學模式、風格⋯⋯等的衍變史，而是甲國作家與乙國作家，譬如英國的拜倫和俄國的普希金接觸的事實。這個偏重進而探討某

作家的發達史，包括研究某書的被翻譯、評介、其被登載的刊物、譯者、旅人的傳遞情況，當地被接受的情況，來決定影響的幅度（不一定能代表實質）和該作家的聲望（如 Fernand Baldensperger 的批評所代表的），是研究所謂文學的「對外貿易」。這樣的作法——把比較文學的研究對象定位在作品的興亡史——正如威立克 (René Wellek, 1903–1995) 和維斯坦 (Ulrich Weisstein) 所指出的，是外在資料的彙集，沒有文學內在本質的了解，是屬於文學作品的社會學。另外一種目標，更加涇渭難分，即是把民俗學中口頭傳說題旨的追尋、題旨的遷移（即由一個國家或文化遷移到另一個國家或文化的情況，如指出印度的《羅摩衍那》(Ramayana) 是《西遊記》中的孫悟空的前身）視作比較文學。這種作法，往往也是挑出題旨而不加美學上的討論。但如果我們進一步問：印度的《羅摩衍那》在其文化系統裡、在其表義的構織方式中和轉化到中國文化系統裡、在中國特有的美學環境及需要裡有何重要藝術上的蛻變。這樣問則較接近比較文學研究的本質，而異於一般的民俗學。其次，口頭文學（包括初民儀式劇的表現方式）及書寫文學之間的互為影響，亦常是比較文學研究的目標；但只指出影響而沒有對文學規律的發掘，仍然易於流為表面的統計學。比較文學顧名思義，是討論兩國、三國、甚至四、五國間的文學，是所謂用國際的幅度去看文學，如此我們是不是應該把每國文學的獨特性消除，而追求一種完全共通的大統合呢？歌德的「世界文學」的構想常被視為比較文學的代號。但事實上，如威立克所指出，歌德所說是指向未來的一個大理想，當所有的文化確然溶合為一的時候，才是真正「世界文學」的產生。但這理想的達成，是把獨特的消滅而只留共通的美感經驗呢？還是把

各國獨特的質素同時並存，而成為近代美國詩人羅拔特·鄧肯 (Robert Duncan) 所推崇的「全體的研討會」？如果是前者，則比較文學喪失其發揮文學多樣性的目標，如此的「世界文學」意義不大。近數十年來，文學批評本身發生了新的轉向，就是把文學之作為文學應該具有其獨特本質這一個課題放在研究對象的主位，俄國的形式主義、英美的新批評、現象哲學分派的殷格頓 (Roman Ingarden)，都從「構成文學之成為文學的屬性是什麼？」這個問題入手，去追尋文學中獨有的經驗原型、構織過程、技巧等。這個轉向間接的影響了西方比較文學研究對象的調整，第一，認定前述對象未涉及美感經驗的核心，只敘述或統計外在現象，無法構成可以放諸四海而皆準的美感準據。第二，設法把作品的內在應合統一性視為研究最終的目標。

我們可以看見，這裡對比較文學研究對象有偏重上的爭議，而沒有對他們所用的批評模子中的美學假定、價值假定懷疑。因為事實上，在歐美系統中的比較文學裡，正如維斯坦所說的，是單一的文化體系，在思想、感情、意象上，都有意無意間支持著一個傳統。西方的比較文學家，過去幾乎沒有人用哲學的眼光去質問他們所用的理論之作為理論及批評據點的可行性，或質問其由此而來的所謂共通性共通到什麼程度。譬如「作品自主論」者（包括形式主義、新批評和殷格頓）所得出來的「內在應合的統一性」，確是可以成為一切美感的準據嗎？「作品自主論」者因脫離了作品成形的歷史因素而專注於作品內在的「美學結構」，雖然對一篇作品裡肌理織合有細緻詭奇的發揮，也確曾豐富了統計式、考據式的歷史批評，但它反歷史的結果往往導致美學根源應有認識的忽略而凝滯於表面

意義的追索。所以一般近期的文學理論，都試圖綜合二者，即在對作品內在美學結構闡述的同時，設法追溯其各層面的歷史衍化緣由與過程。

問題在於：不管是舊式的統計考據的歷史方法、或是反歷史的「作品自主論」，或是調整過的美學兼歷史衍化的探討，在歐美文化系統的比較文學研究裡，其所應用的批評模子，其歷史意義、美學意義的衍化，其哲學的假定，大體上最後都要歸源到古代希臘柏拉圖和亞里斯多德的「關閉性」的完整、統一的構思，亦即是：把萬變萬化的經驗中所謂無關的事物摒除而只保留合乎先定或預定的邏輯關係的事物，將之串連、劃分而成的完整性和統一性。從這一個構思得來的藝術原則，是否真的放在另一個文化系統——譬如東方文化系統裡——仍可以作準？

是為了針對這一個問題使我寫下了〈東西比較文學中模子的應用〉一文。是為了針對這一個問題使我和我的同道，在我們的研究裡，不隨意輕率信賴西方的理論權威。在我們尋求「共同的文學規律」和「共同的美學據點」的過程中，我們設法避免「壟斷的原則」（以甲文化的準則壟斷乙文化）。因為我們知道，如此做必然會引起歪曲與誤導，無法使讀者（尤其是單語言單文化系統的讀者）同時看到兩個文化的互照互識。互照互對互比互識是要西方讀者了解到世界上有很多作品的成形，可以完全不從柏拉圖和亞里斯多德的美學假定出發，而另有一套文學假定去支持它們；是要中國讀者了解到儒、道、佛的架構之外，還有與它們完全不同的觀物感物程式及價值的判斷。尤欲進者，希望他們因此更能把握住我們傳統理論中更深層的含義；即是，我們另闢的境域只是異於西方，而不是弱於

西方。但，我必須加上一句：重新肯定東方並不表示我們應該拒西方於門外，如此做便是重蹈閉關自守的覆轍。所以我在〈東西比較文學中模子的應用〉特別呼籲：

> 要尋求「共相」，我們必須放棄死守一個「模子」的固執，我們必須要從兩個「模子」同時進行，而且必須尋根探固，必須從其本身的文化立場去看，然後加以比較和對比，始可得到兩者的面貌。

東西比較文學的研究，在適當的發展下，將更能發揮文化交流的真義：開拓更大的視野、互相調整、互相包容。文化交流不是以一個既定的形態去征服另一個文化的形態，而是在互相尊重的態度下，對雙方本身的形態作尋根的了解。克勞第奧・歸岸 (Claudio Guillén) 教授給筆者的信中有一段話最能指出比較文學將來發展應有的心胸：

> 在某一層意義說來，東西比較文學研究是、或應該是這麼多年來〔西方〕的比較文學研究所準備達致的高潮，只有當兩大系統的詩歌互相認識、互相觀照，一般文學中理論的大爭端始可以全面處理。

在我們初步的探討中，在在可以印證這段話的真實性。譬如文學運動、流派的研究（例：超現實主義、江西詩派……），譬如文學分期（例：文藝復興、浪漫主義時期、晚唐……），譬如文類（例：悲劇、史詩、山水詩……），譬如詩學史，譬如修辭學史（例：中世紀修辭學、六朝修辭學），譬如比較批評史（例：古典主義、擬古典主義……），譬如比較風格論，譬如神話研究，譬如主題學，譬如翻譯學理論，譬如影響研究，

譬如文學社會學，譬如文學與其他的藝術的關係……無一可以用西方或中國既定模子、無需調整修改而直貫另一個文學的。這裡只舉出幾個簡例：如果我們用西方「悲劇」的定義去看中國戲劇，中國有沒有悲劇？如果我們覺得不易拼配，是原定義由於其特有文化演進出來特有的局限呢？還是中國的宇宙觀念不容許有亞里斯多德式的悲劇產生？我們應該把悲劇的觀念局限在亞里斯多德式的觀念嗎？中國戲劇受到普遍接受的時候，與祭神的關係早已脫節，這是不是與希臘式的悲劇無法相提並論的原因？我們應不應該擴大「悲劇」的定義，使其包含不同的時空觀念下經驗顫動的幅度？再舉一例，epic 可以譯為「史詩」嗎？「史」以外還有什麼構成 epic 的元素？西方類型的 epic 中國有沒有？如果有類似的，但沒有發生在古代（正如中國的戲劇沒有成為古代主要的表現形式──起碼沒有留下書寫的記錄而被研討的情形一樣），對中國文學理論的發展與偏重有什麼影響？跟著我們還可以問：西方神話的含義，尤其是加插了心理學解釋的神話的「原始類型」，如「伊底帕斯情意結」（Oedipus Complex，殺父戀母情意結）、納西塞斯（Narcissism，美少年自鑑成水仙的自戀狂）……在中國的文學裡有沒有主宰性的表現？這兩種隱藏在神話裡的經驗類型和西方「唯我、自我中心」的文化傾向有沒有特殊的關係？如果有，用在中國文學的研究裡有什麼困難？

顯而易見，這些問題只有在中西比較文學中才能尖銳地被提出來，使我們互照互省。在單一文化的批評系統裡，很不容易注意到其間歧異性的重要。又譬如所謂「分期」、「運動」，在歐美系統裡，是在一個大系統裡的變動，國與國間有連鎖的牽動，由不少相同的因素所引起。所以在描述上，有人取其容

易，以大略年代分期。一旦我們跨上中西文化來討論，這往往
不可能。中國有完全不同的文學變動，完全不同的分期。在西
方的比較文學中，常有「浪漫時期文學」、「現代主義文學」，
集中在譬如英法德西四國的文學，是正統的比較文學課題。在
討論過程中，因為事實上是有相關相交的推動元素，所以很自
然的也不懷疑年代之被用作分期的手段。如果我們假設出這樣
一個題目：「中國文學中的浪漫主義」，我們便完全不能把「浪
漫主義」看作「分期」，由於中國文學裡沒有這樣一個文化的
運動（五四運動裡浪漫主義的問題另有其複雜性，見筆者的
"Historical Totality and the Studies of Modern Chinese Literature,"
Tamkang Review, 10.1–2 [Autum & Winter, 1979]: 35–55），我們
或者應該否定這個題目；但這個題目顯然另有要求，便是要尋
求出「浪漫主義」的特質，包括構成這些特質的歷史因素。如
此想法，「分期」的意義便有了不同的重心。事實上，在西方
關於「分期」的比較文學研究裡，較成功的，都是著重特質的
衡定。

由是，我們便必須在這些「模子」的導向以外，另外尋求
新的起點。這裡我們不妨借亞伯拉姆斯 (M. H. Abrams) 所提出
的有關一個作品形成所不可或缺的條件，即世界、作者、作
品、讀者四項，略加增修，來列出文學理論架構形成的幾個領
域，再從這幾個領域裡提出一些理論架構形成的導向或偏重。
在我們列舉這些可能的架構之前，必須有所說明。第一，我們
只借亞氏所提出的條件，我們還要加上我們所認識到的元素，
但不打算依從亞氏所提出的四種理論；他所提出的四種理論：
模擬論 (Mimetic Theory)、表現論 (Expressive Theory)、實用論
(Pragmatic Theory) 和美感客體論 （Objective Theory，因為是

指「作品自主論」，故譯為「美感客體論」），是從西方批評系統演繹出來的，其含義與美感領域與中國可能具有的「模擬論」、「表現論」、「實用論」及至今未能明確決定有無的「美感客體論」，有相當歷史文化美學的差距。這方面的探討可見劉若愚先生的《中國文學理論》一書中拼配的嘗試及所呈現的困難。第二，因為這只是一篇序言，我們在此提出的理論架構，只要說明中西比較文學探討的導向，故無意把東西種種文學理論的形成、含義、美感範疇作全面的討論（我另有長文分條縷述）。在此讓我們作扼要的說明。

經驗告訴我們，一篇作品產生的前後，有五個必需的據點：㈠作者，㈡作者觀、感的世界（物象、人、事件），㈢作品，㈣承受作品的讀者和㈤作者所需要用以運思表達、作品所需要以之成形體現、讀者所依賴來了解作品的語言領域（包括文化歷史因素）。在這五個必需的據點之間，有不同的導向和偏重所引起的理論，其大者可分為六種。茲先以簡圖表出。

㈎作者通過文化、歷史、語言去觀察感應世界，他對世界（自然現象、人物、事件）的選擇和認知（所謂世界觀）和他採取的觀點（著眼於自然現象？人事層？作者的內心世界？）將決定他觀感運思的程式（關於觀、感程式的理論，譬如道家對真實具體世界的肯定和柏拉圖對真實具體世界的否定）、決定作品所呈現的美感對象（關於呈現對象的理論，譬如中西文學模擬論中的差距，譬如自然現象、人事層、作者的內心世界不同的偏重等）、及相應變化的語言策略（見㈏）。作者對象的確立、運思活動的程序、美感經驗的源起的考慮，各自都產生不同的理論。

㈏作者觀、感世界所得的經驗（或稱為心象），要通過文

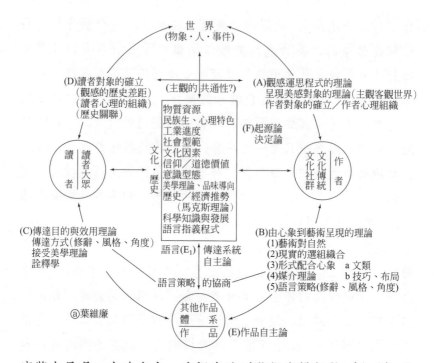

字將它呈現、表達出來，這裡牽涉到藝術安排設計（表達）的幾項理論，包括(1)藝術（語言是人為的產物）能不能成為自然的討論。(2)作者如何去結構現實：所謂「普遍性」即是選擇過的部分現實；所謂「原始類型」的經驗即是「減縮過」的經驗。至於其他所提供的「具體的普遍性」、「經驗二分對立現象」，如李維史陀 (Lévi-Strauss) 的結構主義所提出的、如用空間觀念統合經驗、用時間觀念串連現實、用卦象互指互飾互參互解的方式貫徹構織現實，都是介乎未用語與用語之間的理論。(3)形式如何與心象配合、協商、變通。這裡可以分為兩類理論：(a)文類的理論：形成的歷史，所負載的特色、配合新經驗時所面臨的調整和變通等（請參照前面有關「文類」的簡述）。(b)技巧理論。(4)語言作為一種表達媒介本身的潛能與限

制的討論，如跨媒體表現問題的理論。(5)語言策略的理論，包括語言的層次，語法的處理，對仗的應用，意象、比喻、象徵的安排，觀點、角度……等。有些理論集中在語言的策略如何配合原來的心象；但在實踐上，往往還會受制於讀者，所以有些理論會偏重於作者就「作品對讀者的效用」（見(C)）和「讀者的歷史差距和觀感差距」（見(D)）所作出的語言的調整。

(C)一篇作品的成品，可以從作者讀者兩方面去看。由作者方面考慮，是他作品對讀者的意向，即作品的目的與效果論（「教人」、「感人」、「悅人」、「滌人」、「正風」、「和政」、「載道」、「美化」……）。接著這些意向所推進的理論便是要達成目的與效用的傳達方式，即說服或感染讀者應有的修辭、風格、角度的考慮。（這一部分即與(B)中語言策略的考慮相協調。）

從讀者（包括批評家）方面考慮，是接受過程中作品傳達系統的認識與讀者美感反應的關係。譬如有人要找出人類共通的傳達模式（如以語言學為基礎的結構主義所追尋的所謂「深層結構」，如語言作為符號所形成的有線有面可尋的意指系統）。

由作者的意向考慮或由讀者接受的角度考慮都不能缺少的是「意義如何產生、意義如何確立」的詮釋學。詮釋學的理論近年更由「封閉式」的論點（主張有絕對客觀的意義層）轉而為「開放式」的探討：一個作品有許多層意義，文字裡的，文字外的，由聲音演出的（語姿、語調、態度、情緒、意圖、意向），與讀者無聲的對話所引起的，讀者因時代不同、教育不同、興味不同而引發出來的……「意義」是變動不居，餘緒不絕的一個生長體，在傳達理論研究裡最具哲學的深奧性。

　(D)讀者（包括觀眾）既然間接的牽制著作者的構思、選詞、語態，所以讀者對象的確立是很重要的，但作者只有一個，往往都很難確立，讀者何止千萬，我們如何去範定作者意屬的讀者群（假定有這樣一個可以辨定的讀者群的話）？作者在虛實之間如何找出他語言應有的指標？反過來說，如果作者有一定的讀者對象作準（譬如「普羅」、「工農兵」、「婦解女性」、「教徒」……），其選擇語言的結果又如何？讀者對象在作者創作上的美學意義是什麼？他觀、感世界的視限（歷史差距）和作者的主觀意識間有著何種相應的變化？因為這個差距，於是亦有人企圖發掘讀者心理的組織，試著將它看作與作者心理結構互通的據點，所謂「主觀共通性」的假設。這裡頭問題重重。這個領域在我國甚少作理論上的探討，而在外國亦缺乏充分的發展。顯而易見，這個領域的理論雖未充分發展，但俱發生在創作與閱讀兩個過程裡。事實上，從來沒有人能夠實際的「自說自話」。

　(E)一篇作品完成出版後，是一個存在。它可以不依賴作者而不斷的與讀者交往、交談；它不但能對現在的讀者，還可以跨時空的對將來的讀者傳達交談。所以有人認為它一旦寫成，便自身具有一個完整的傳達系統，自成一個有一定律動自身具足的世界，可以脫離它源生的文化歷史環境而獨立存在。持這個觀點的理論家，正如我前面說過的，一反一般根植於文化歷史的批評，而專注於作品內在世界的組織。（俄國形式主義、新批評、殷格頓的現象主義批評）接近這個想法，而把重點放在語言上的是結構主義，把語言視為一獨立自主超脫時空的傳達系統，而把語言的歷史性和讀者的歷史性一同視為次要的、甚至無關重要的東西。這是作品或語言自主論最大的危機。

　㈥由以上五種導向可能產生的理論，不管是在觀、感程式、表達程式、傳達與接受系統的研究，作者和讀者對象的把握，甚至於連「作品自主論」，無一可以離開它們文化歷史環境的基源。所謂文化歷史環境，指的是最廣的社會文化，包括「物質資源」、「民族或個人生理、心理的特色」、「工業技術的發展」、「社會的型範」、「文化的因素」、「宗教信仰」、「道德價值」、「意識形態」、「美學理論與品味的導向」、「歷史推勢（包括經濟推勢）」、「科學知識與發展」、「語言的指義程式的衍化」……等。作者觀、感世界和表達他既得心象所採取的方式，是決定於這些條件下構成的「美學文化傳統與社群」；一個作品的形成及傳達的潛能，是決定於這些條件下產生的「作品體系」所提供的角度與挑戰；一個作品被接受的程度，是決定於這些條件所造成的「讀者大眾」。

　　但導向文化歷史的理論，很容易把討論完全走出作品之外，背棄作品之為作品的美學屬性，而集中在社會文化現象的縷述。尤有進者，因為只著眼在社會文化素材作為批評的對象，往往會為一種意識型態服役而走上實用論，走上機械論，如庸俗的馬列主義所提出的社會主義現實主義。但考慮到歷史整體性的理論家，則會在社會文化素材中企圖找出「宇宙秩序」（道之文──天象、地形）、「社會秩序」（人文──社會組織、人際關係）及「美學秩序」（美文──文學肌理的構織）三面同體互通共照，彷彿三種不同的意符（自然現象事物、社會現象事物、語言符號）同享一個脈絡。關於這一個理想的批評領域仍待發展。一般導向文化歷史的理論的例子有⒜作者私生活的發掘，包括心理傳記的研寫；⒝作者本職的研究，包括出版與流傳的考證；⒞社會形象的分析；⒟某些社會態度、道

德規範的探索，包括精神分析影響下的行為型範（如把虐待狂和被虐待狂視作一切行為活動的指標）；(e)大眾「品味」流變的歷史；(f)文學運動與政治或意識形態的關係；(g)經濟結構帶動意識形態的成長；比較注重「藝術性」，但仍未達致上述理想的批評領域的有(h)文類與經濟變遷的關係；(i)音律、形式與歷史的需求；或(j)既成文類和因襲形式本身內在衍化的歷史與社會動力的關係。一般說來，歷史與美學、意識形態與形式的融合還未得到適切的發展。

我們在中西比較文學的研究中，要尋求共同的文學規律、共同的美學據點，首要的，就是就每一個批評導向裡的理論，找出它們各個在東方西方兩個文化美學傳統裡生成演化的「同」與「異」，在它們互照互對互比互識的過程中，找出一些發自共同美學據點的問題，然後才用其相同或近似的表現程序來印證跨文化美學匯通的可能。但正如我前面說的，我們不要只找同而消除異（所謂得淡如水的「普通」而消滅濃如蜜的「特殊」），我們還要藉異而識同，藉無而得有。在我們計畫的比較文學叢書中，我們不敢說已經把上面簡列的理論完全弄得通透，同異全識，歷史與美學全然匯通；但這確然是我們的理想與胸懷。這裡的文章只能說是朝著這個理想與胸懷所踏出的第一步。在第二系列的書裡，我們將再試探上列批評架構裡其他的層面，也許那時，更多「同異全識」的先進不嫌而拔刀相助，由互照推進到互識，那麼，我們的第一步便沒有虛踏了。

葉維廉

1982 年 10 月於聖地雅谷

附錄：比較文學論文叢書第一批目錄

一、葉維廉：《比較詩學》

二、張漢良：《比較文學理論與實踐》

三、周英雄：《結構主義與中國文學》

四、鄭樹森：《中美文學因緣》（編）

五、侯健：《中國小說比較研究》

六、王建元：《現象詮釋學與中西雄渾觀》

七、古添洪：《記號詩學》

八、鄭樹森：《現象學與文學批評》（編）

九、陳鵬翔：《主題學研究論文集》（主編）

參考書目：

這裡只列舉其要，分中西方兩部分，著重理論及問題的探討。因為本文舉了不少西方的例子，先列西方典籍與論文。

甲：外文

一、比較文學理論：

Wellek & Warren. *Theory of Literature*. 3rd.ed: 1962

Aldridge, A. Owen, ed. *Comparative Literature: Matter and Method*, 1969

Stallknecht N. P. and Horst Frenz, ed. *Comparative Literature: Method and Perspective*, Rev.ed; 1971

Etiemble, René, *Comparaison n'est pas raison: La Crise de la Littérature Comparée*, 1963; English Version: *The Crisis in Comparative Literature*, tr.

G. Joyaux and H. Weisinger (Michigan State U. Press, 1966)

Guillén, Claudio, *Literature as System: Essays Toward the Theory of Literary History*, 1971

Van Tieghem, Paul, *La Littérature Comparée*, 1931 （中文版： 戴望舒譯:《比較文學論》商務，一九六六臺版）

Weisstein, Ulrich, *Comparative Literature and Literary Theory*, 1973

V. M. Zhirmunsky, "On the Study of Comparative Literature," *Oxford Slavic Papers*, 1967

二、比較文學與中世紀文學:

Curtius, E. R., *European Literature and the Latin Middle Ages*, tr. W. R. Trask, 1973

三、「世界文學」的觀念:

Strich, Fritz, *Goethe and World Literature*, tr. C. A. M. Sym, 1949

Remak, Henry H. H., "The Impact of Cosmopolitanim and Nationalism on Comparative Literature from the 1880s to the post-World War II Period," *Proceedings IV*, Vol. 1: 390–397

四、比較文學專題研究:

Block, Haskell M., "The Concept of Influence in Comparative Literature," *YCGL 7* (1958): 30–37

Guillén, Claudio, "The Aesthetics of Literary Influence," in *Literature as System* 1971: 17–52

Guillén, Claudio, "A Note on Influences and Conventions," in *Literature as System*, 53–68

Wai-lim Yip, "Reflections on Historical Totality and the Studies of Modern Chinese Literature," *Tamkang Review*, 10.1–2 (Autumn & Winter, 1979): 35–55

Ihab Hassan, "The Problem of Influence in Literary History: Notes Toward a Definition," *Journal of Aesthetics and Art Criticism*, 14 (1955): 66–76

Arrowsmith, William & Roger Shattuck, eds. *The Craft and Content of Translation*, 1961

Brower, Reuben A., ed. *On Translation*, 1966

Wellek, René, "Periods and Movements in Literary History," *English Institute Annual for* 1940

Poggioli, Renato, "A Symposium on Periods," *New Literary History: A Journal of Theory and Interpretation, I.* (1970)

Miles, Josephine, "Eras in English Poetry," *PMLA*, 70 (1955): 853–75

    Examples of Period Studies

        1. Renaissance: Panofsky, Erwin, "Renaissance and Renascences," *Kenyon Review*, 6 (1944): 201–36

        2. Classicism: Levin, Harry, "Contexts of the Classical," *Contexts of Criticism*, (Cambridge, Mass., 1957): 38–54

        3. Baroque: Wellek, René, "The Concept of Baroque in Literary Scholarship," *Journal of Aesthetics*, 5 (1946): 77–109

        4. Romanticism: Wellek René, "The Concept of Romanticism in Literary Scholarship," *Comparative Literature 1* (1949): 1–23, 147–72

        5. Realism: Harry Levin, "A Symposium on Realism", *Comparative Literature 3* (1957): 193–285

Guillén, Claudio, "On the Uses of Literary Genre," *Literature as System*: 107–34

Levin, Harry, "Thematics and Criticism," *The Disciplines of Criticism,* ed. P. Demetz, T. Greene and L. Nelson, 1968: 125–45

E. Auerbach, *Mimesis*, tr. W. R. Trask, 1953

Monro, Thomas, *The Arts and Their Interrelations*

Praz, Mario, *Mnemosyne: The Parallel between Literature and the Visual Arts*, 1970

L. Spitzer, *Liguistics & Literary History*, 1948

N. Frye, *Anatomy of Criticism*, 1957

五、文學理論：（從略）

乙：中文

一、比較文學理論：

1. 錢鍾書：《談藝錄》（上海：開明，一九三七）（部分）

2. 錢鍾書：《舊文四篇》（上海：上海古籍，1979）（部分）

3. 錢鍾書：《管錐篇》三冊（香港：太平，一九八〇）（部分）

4. 陳世驤：《陳世驤文存》（臺北：志文，一九七二）

5. 劉若愚：《中國文學理論》（杜國清譯，臺北：聯經，一九八一）

6. 葉維廉：《飲之太和》（臺北：時報，一九七八）

7. 葉維廉編：《中國古典文學比較研究》（臺北：黎明，一九七七）

8. 鄭樹森、周英雄、袁鶴翔：《中西比較文學論集》（臺北：時報，一九八〇）

9. 袁鶴翔：〈中西比較文學定義的探討〉，《中外文學》四卷三期（八‧一九七五）二四一五一；〈他山之石：比較文學、方法、批評與中國文學研究〉，《中外文學》五卷八期（一一‧一九七七）六一一九

10. 顏元叔：〈何謂比較文學〉，見顏著：《文學的史與評》（臺北：四季，一九七六）一〇一一一〇九

11.張漢良：〈比較文學研究的範疇〉，《中外文學》六卷十期（三・一九七八）九四——一一三

12.李達三：《比較文學研究之新方向》（臺北：聯經，一九七八）

13.古添洪：〈中西比較文學：範疇、方法、精神的初探〉，《中外文學》七卷十一期（四・一九七八）七四——九四

14.鄭樹森：《文學理論與比較文學》（臺北：時報，一九八二）

二、比較文學專題研究：

　　見鄭樹森的〈比較文學中文資料目錄〉，刊在前列《中西比較文學論集》三六一——四一二，極為詳盡，內分：

　　A、理論

　　B、影響研究

　　　　㈠中國與西方

　　　　㈡中英

　　　　㈢中法

　　　　㈣中德

　　　　㈤中俄

　　　　㈥中美

　　　　㈦中日

　　　　㈧中韓

　　　　㈨中印

　　C、平行研究

　　　　㈠詩

　　　　㈡小說

　　　　㈢戲劇

　　　　㈣文學批評

　　　　㈤其他

因為極為詳盡，在此不再另列。

丙：專刊中西比較文學的刊物

1. 《中外文學》（臺灣大學外文系出版）

2. *Tamkang Review*（臺灣淡江大學外文系出版）

3. 香港中文大學比較文學研究中心不定期集刊，已出版的有二冊：

   (a) Tay, Chou & Yuan, eds. *China and the West: Comparative Literature Studies*, 1980

   (b) J. Deeney, ed. *Chinese-Western Comparative Literature: Theory & Strategy*, 1980

自序——讀書與方法

四十三年前，《大西洋月刊》刊載了一篇文章，題目是〈重臨多佛海灘〉("Dover Beach Revisited")。它頗受選家所喜，收入不少範文集中，包括臺灣曾經翻印過，美國新批評的宣傳家 Robert Stallman 編輯的《創意讀本》(*The Creative Reader*)。所謂多佛海灘，位於英國最東端，隔英吉利海峽與法國相望，距離僅廿一哩。此處指的是安諾德 (Matthew Arnold, 1822–1888) 以此地海灘為名，最為膾炙人口的詩，寫作時間大約是一八五〇年，但出版於一八六七年。這兩個年代的不同，使不少學者誤以為它是受了達爾文《物種原始》(Charles Darwin, *The Origin of Species*, 1859) 的影響。至於重臨，意思是再加衡估。效顰而用這個動詞表示此意的人不少，包括我自己。

這篇文章的大意是這樣的：一位社會學家，受不了治文學的人，動不動說某某作品如何如何好，而且傲慢固執，卻又似乎並無客觀標準，或至少是客觀理由。他既是科學家，要求的是條貫分明，客觀準確。因此，他找了個基金會，進行研究計畫，求取各方反應的客觀標準，辦法是問卷調查。為求客觀，他決定，從事實驗的作品，應為一般公認的名作，而其作者已為古人，但並非太古，以致有語言等等上的問題。結果他選中了這篇隨處可見的詩。他還找了一位安諾德專家，為計畫的總提調。不過，這位專家拒絕了這項任命，原因是他剛得到一條新線索，可以判定安諾德常提到的一位女子，與安德諾究竟有什麼關係，所以急於去瑞士。這當然意味著專家是考據學派，

對文學作品並無興趣，有興趣的是文學作品以外的東西。社會科學家最後找到了一位即將退休的英文系老教授。

問卷絡續到了老教授那裡。其中有道德批評家、新批評家、心理批評家、馬克斯批評家諸人——但沒有神話、存在主義、結構主義、「解構主義」批評家 (Deconstructionists) 等等，原因是這些主義當時尚未出世。大體而言，批評家的身世，跟他們所採取的批評方法或主義，有密切的關係。例如那位道德批評家，便是體弱力怯，無法在弱肉強食的世界裡生存，非主張道德便不易活下去的人物。他們共同的特色是各持己見，而其見是瞎子摸象式的，老教授翻了翻這些反應，微微一笑，回憶起他自己當年在暗夜裡帶著女友去聽安諾德演講的情形（安氏兩次訪美，分別在一八八三和一八八六年）。當時他父親經商失敗，家道陡然中落，而在他徬徨不安的時候，他的女友答應嫁他，使他恢復了生的勇氣，因而特別傾倒於這首詩裡的最後一節：

> 啊，愛人，讓我們忠實
> 於相互！原來這世界雖
> 展臥在我們面前，像夢的國度，
> 那麼多姿、那麼美、那麼新，
> 其實卻既無歡樂、也之摯愛、並無光明，
> 更無確定、寧靜、止痛苦的助力……

老教授回憶之餘，覺得那些批評家、大學者，其實都在隔靴搔癢，著不到痛處。他一時也懶得糾正他們。此時他正要渡假，明天要去釣魚。這些胡說的話，且放在一邊。

我不憚辭費，引用了這篇文章，目的在於說明批評的限

制。它對學者專家的嘲諷，十分明顯，不需多加解釋。我自己是治批評和教批評的，自然也在受嘲笑之列，卻頗能同情它的看法。批評家劍拔弩張，盛氣凌人，而向壁虛構，望文生義的，乃至仿效詩聖杜甫那樣「語不驚人死不休」的，倒也不在少數。為了讓我的學生，學到些謙以自牧，我一向規定，這篇嘲罵之作，應屬必讀。雖則如此，我並不能承認，批評或對文學作品的反應，絕無標準。我也不能接受文中那位老教授的態度，以自己的經驗為欣賞的依據。並不是每個人都有顛連困躓經驗的。全依個人經驗與感情，評斷作品，是印象主義，牽涉到新批評所謂的「感受錯覺」(affective fallacy)。那是批評的障礙，並非助力。我甚至不能完全同意約翰遜博士 (Dr. Samuel Johnson) 的話。這位十八世紀英國批評大家認為，歷久而為眾人所喜愛的作品，一定是好作品。《濟公傳》比《紅樓夢》大約晚出了數十年乃至百餘年，而其讀者或聽者不會比後者的讀者少（我幼年聽評話有講《濟公傳》的，卻從未聽說過講《紅樓夢》的），但不論是寫作技巧（或曰藝術），或有助於對人生的了解的程度（或曰道德），前者一定遠遜於後者。

原來文學批評大抵上只有兩個任務：一是闡釋，也便是找出批評對象所含的意義；一是衡估，也便是判定批評對象的價值。前者是後者的手段，後者是前者的目的。文學作品之必有意義，也便是作品說了些什麼，是人人可以承認的。但除了表面意義外，還可能有各種各樣的其他意義，等待發掘。這種情形，縱在遊戲筆墨，也仍然可以「意在言外」或有意外之意。其間卻又有言者的意圖和聽者的反應之間的歧異。有一則笑話說：有人請客，主要的客人遲遲未到。他站在門口嘆氣說：「該來的還不來！」已到的客人，有些就想，然則我們是不該

來的，於是離開。主人挽留無效，又嘆氣嘟囔：「唉，不該走的都走啦！」又有些人說，我們顯然是該走的，這便又走了一些。沒有走的就勸他：「你這樣講話，太得罪人。」主人一翻眼睛，叫道：「我說的又不是你！」勸他的人以外的客人只好覺得：既然不是他，那便是我們。大家一鬨而散。這個笑話，顯示縱在無心之言，也可以有多種涵義。批評的第一步，便是找出、判定作者努力的方向，做讀者的反應。在這一層次上，批評者需要多方面的、文學藝術以外的知識，包括歷史、語言、思想、社會、心理等等。

衡估方面，似乎可以另外分成兩個層次，即藝術的和道德的。前者要決定作者用什麼方法、技巧，達到他的目的。換句話說，他是怎樣寫的，寫法是否有助於表現他的願望或意圖。後者要決定作者的目的，是否有價值，而這椿價值，必然是社會性的，也便是倫理的。這其實是說，這件作品值不值得寫。不過，作品縱只為娛樂，仍有其道德意義：博人一笑，至少可發抒部分積鬱，所以並非一定大逆不道。正面的道德意義，當然很好，但說教而使人昏昏欲睡，馴致言者諄諄，而聽者藐藐，甚至引起反作用，顯然並非好作品。好作品本來便是要在藝術或美學，社會或倫理兩方面，都能出類拔萃，超邁前賢的。而批評者或讀者判定這些，顯然便要有美學的知識，道德的理解，分辨是非高下的能力，活潑、不黏不滯的開闊心胸。這些其實便是安諾德所倡文化的產物，也是每一位讀書人應有的修養。

前面提及許多方法，歸納起來，只是比較與分析。分析是為了了解作品說了些什麼，怎樣說的；比較則在這些以外，加上作品所說，是否值得耗卻如許筆墨。我是英文系出身，並非

治比較文學的人。但比較與分析，本來是研究文學乃至不少其他學門不可或缺的方法，我還相信，所謂比較文學以及世界文學都濫觴於德國歌德 (Johann Wolfgang von Goethe) 的想法，亦即文學無古今、國界之分。他自己不但承認深受古希臘及法、英文學的影響，還曾攻讀中國文學，寫過《趙氏孤兒》（《中國孤兒》），所以主張治文學不當有畛域之見。十九世紀後半，安諾德更主張，任何人要鑽研本國文學，至少應該旁通一種外國文學。這本集子所表現的，可以符合這一點。

我國的散文體小說，僅以白話作品而言，發展早於英國的現代小說。其間曾有不少小說理論，除李贄、金聖嘆、張竹坡等的看法可稱巨擘外，都散見於幾乎每一種小說裡。這些理論家儘管跟西方批評家一樣，要論修辭，為小說爭地位，不幸的是，由於時代與知識，世人視他們為離經叛道，並不能得到應有的注意，而他們的作法與認識，或嫌膚淺，或似曲阿，恰似「身在此山」，識不得廬山真面。民國初年，新文學興起，視「舊」小說為誨淫、誨盜或助長迷信的廢物，文明進步的障礙。我們現在已了解了當時的偏頗，而且不止文學一端，所以近年來進行文化復興運動。本集的文字，其實便是希望藉助西方的方法，來對我國文化遺產裡的小說部分，進行重新了解與評估的。使用西方方法，只是為了置身山外，從另種角度，來窺作品的原貌。按：近年頗有學者，不以此術為然，理由是各國傳統不一，難能以此例彼。但是，歌德倡世界文學，本來就是因為他不同意當時過重差異而輕共通。凡屬人類，外貌縱有顯著而不重要的分別，例如膚色，其命運和對環境的反應感受，並無歧異。我從事的是增加了解，卻無意於強要杜甫變成彌爾頓 (John Milton)。

　　再一個理由：我是教書的，教的是小說和批評。批評理論和方法的運用，正是我本當傳授的能耐。因此，這裡的文字，都具有現身說法的意味。我幼好小說，五十年來，常感過去雖偶有所見，都零星支離，不成片段。既屆知命之年，訓練較多，讀了的理論也較多，方能印證前後，將讀書所得，比較有系統地提出來。「鴛鴦繡罷從君看，不把金針度與人。」我卻是想把金針度出去的。當然，是否金針，要由讀者領會和決定。

　　這些文字，既屬實驗、教學性質，所以不宗一法，不主一說。凡是有助對特定作品的了解的，都兼容並蓄。討論內容，除〈武俠小說論〉為綜合性，〈破曉時分〉旨在探究當代中國小說受西方的影響外，都是所謂的古典小說。它們大部分都發表於《中外文學》，只有〈武俠小說論〉（《工商日報》）和〈兒女英雄傳試評〉（《幼獅月刊》）是例外。體例上它們或有註或無註。有註的是循規蹈矩的論文，多半得過國家科學委員會的獎助。無註的原因有二：一是發表處所不宜過分「學究」氣，一是偷懶。文章不易寫，腳註尤其囉嗦。平時卡片功夫不徹底，忽然憑記憶引用一事一典，要回頭找出處，簡直像大海撈針。這一點可供讀者借鑑。文字既屬分別發表，重複之說難免。我自己重讀一過，一面覺得遺憾，一面卻也認為，重複雖多，表現的方法並未完全雷同，或者這些重複之處，更有助於注意和了解。

　　最後，我希望對葉維廉先生，和東大圖書公司的劉振強先生，表示我最誠摯的謝意。兩先生一位穿針引線，一位慨然接受，使這些分別發表和結集過的文字，終於能各從其類，得其適所。這恰是我數年來的心願。

侯　健

中國小說比較研究

目　次

《三寶太監西洋記通俗演義》

——一個方法的實驗

　　《三寶太監西洋記通俗演義》，一百回，其正確名稱，根據我見到的幾本討論到它的書來看，大約是《三寶太監西洋記通俗演義》，或《三寶太監下西洋記通俗演義》。前一說法，見於周豫才的《中國小說史略》和劉大杰的《中國文學發達史》，後一說法，見於郭箴一的《中國小說史》。至於作者，據這三本書說，署為「二堂里人編次」，並有萬曆丁酉（一五九七）年羅懋登序，所以大家一致同意，作者大約就是羅懋登。從前的人寫小說，名義上是為儆世，實際上是消閑，是遊戲筆墨，既非「經國之大業，不朽之盛事」，還可能是「口孽」，自然是不肯署名的了。

　　以這本書受人歡迎的情形來說，它不僅不如《三國》、《水滸》、《西遊》、《紅樓》之類那麼膾炙人口，甚至也許還比不上《彭公案》、《施公案》或《濟公活佛》，大約至多只能比得上《平妖傳》。但它也並不是十分生僻的書。一面可以從已提到過的三本書來看出它曾得到學者的注意，一面可以從我自己的經驗來推想。我昔年看到的是上海大達書局或新文化出版社的一折八扣本。這兩家的書價格特廉，自然必須多銷，所以它們的選擇大約是可以視為受歡迎程度的指標的。

　　關於這部書在學術界裡的評價，前述三書是相當一致的。首先讓我引述《中國文學發達史》：

　　……演述永樂年間太監鄭和出使外洋，服外族三十九國，
咸入貢中華事。鄭和……最遠……到了非洲東部，年代
是一四〇六到一四三〇年，比……哥倫布的時代還要早。
《明史·宦官傳》云：「……永樂三年，命和及其儕王景
宏等通使西洋，將士卒二萬七千八百餘人……造大舶
……自蘇州劉家河泛海至福建，後自福建五虎門揚帆，
首達占城，以次遍歷諸國，宣天子詔，因給財其君長，
不服，則以武懾之。先後七奉使，所歷凡三十餘國……」
這本是一種動人的記事材料，但作者已是明末，並非親
歷其境之人，對於外洋毫無經驗，加以當日《西遊記》
一類的神怪故事，盛行民間，於是作者一面採用馬歡的
《瀛涯勝覽》和黃信的《星槎勝覽》二書的國外材料，
鋪寫誇大，再加以當日流行的神怪，於是妖怪百出，荒
唐無稽。所敘戰事，亦多竊自《西遊》、《封神》。他序中
云：「今者東事倥傯，何日西戎即序。不得比西戎即序，
何得令王、鄭二公見也。」作者的意思，是感著當日朝廷
的無能，倭寇的緊迫，乃是有感而作，不料寫成一本這
麼荒誕的書，文字不佳，結構零亂，中心思想一點沒有
反映出來，誠有負其寫作的原意了。

　　《中國小說史》費了四十多頁（臺北商務六十年版，頁三三二
－三七六），考證《西洋記》中合於《瀛涯勝覽》、《星槎勝
覽》的部分，並且認為它：剽竊《西遊記》、《封神傳》、《三國
演義》，以及當時其他平話小說資料，但是其「諧趣實極笨
拙」，雖摹擬而「不及《西遊記》遠甚」，其「文詞不工」，「排
句的濫用也是令人生厭的」，總之，「《西洋記》不是一部有藝

術價值的書。但它能保存許多傳說，又能容納兩種勝覽裡的文字，採用較早的版本，使後世得以校勘，其功卻也未可盡沒。」(郭箴一錄趙景深《三寶太監西洋記》)

但是，假如《西洋記》的價值，僅在於考證校勘它書時的佐證功用，「不是一部有藝術價值的書」，則我們不僅無法說明它何以能夠相當深入人心，到現在還要翻印，我這篇討論，顯然更是多餘的。換句話說，我認為《西洋記》是有藝術價值的，而且是中國小說史上的一部特具興趣的書。前人所以沒有發現它的價值與興趣，在於他們對小說的了解，囿於成見，以致過分狹隘。這成見包括了認識與信仰兩部分。

在認識方面，在於一般認為，一本小說不僅應該敘述一個完整生動的故事，而且應該條理分明，在情節上求嚴密。換句話說，故事的發展，應該有其必然性 (inevitability) 和有機性 (organicity)，也便是必求其順理成章，如葉之於枝，要能增之一分則太長，減之一分則太短。這種觀念，是西方浪漫主義以來的寫實、自然主義的觀念，未始不可以用來說明若干小說，但並不足以說明一切小說。中國的古典小說，本來就不屬於這個傳統，當然不能與這種情形符合。不僅如此，西洋的小說，在浪漫運動以前的十八世紀和以後的今天，也是與它不能符合的。甚至就在這種說法即將出現的前後，小說作家也不必然一定遵守它的。

文學批評的目的，不在於立法，亦即文章應該如何寫，而在說明，亦即文章為什麼那樣寫了。它從已有的成就中歸納出若干道理來，指出這樣的寫法是怎樣來的，和前人既以此成功，後人當不妨借鑑。因此，我反對胡適先生評論《醒世姻緣》的辦法。他認為假使把因果報應的觀念去掉，而僅以寫實

的筆法，把合於現實道理的情節寫出來，《醒世姻緣》將會是一本更好的小說。那樣一來，《醒世姻緣》或者可以是一本更好的小說，但卻不是我們所知道的《醒世姻緣》了。

胡適先生的偏見，部分正是信仰問題。他的思想，出於十九世紀後半的理性主義，也便是科學主義，其極端的代表是斯賓塞 (Herbert Spencer) 的不可知論 (Agnosticism)。既然只有感官得來的經驗是唯一可以證明的，凡與感官經驗不合或為感官經驗所不及的事物，自然不屑論及。但是，這只是信仰問題的一部分。更重要的部分，將在後文說明。

截至此處，我的說法似乎有些以志逆意。所不同於孟子的是，我所要逆的意，不是作者的直接聲明，雖然我承認這種聲明有參考採證的價值，而是作品裡所顯示與具體化了的內在規律。這一點是接近浪漫思想中把作品視為「另一世界」(heterocosm)，需以我們「願意暫擱不信任態度」(willing suspension of disbelief) 來求領會的。

從這種了解出發，我們其次需要知道，小說的故事固然重要，但一本小說的全部意義，並不僅在故事，而在全部的文字締構。只有把一部書從頭到尾的全部文字，併在一起來看，我們才能覓致它的全部意義。也只有在承認這種情形之後，我們才能明白在《白鯨記》(*Moby Dick*) 中，為什麼作者耗資如許筆墨，敘述鯨魚的歷史和白色的涵意；在《崔斯全‧單第》(*Tristram Shandy*) 中，為什麼作者插入了接生大夫的拉丁文咒罵語、其他似不相干的故事，和亂七八糟的黑頁白頁與花頁。我們讀小說，大抵可以有兩種辦法。第一種是一般人讀書的方式，最宜於看時下的武俠小說，只看熱鬧，不求甚解，跳過幾頁也無關宏旨，雖然有時我們也許希望先翻一下最後幾頁，求

證我們的揣測與作者的結局是否相符。這種方法類似看平劇，是天真的 (naive)。另一種讀法好像看嚴肅一點的電影，必須聚精會神，隨時勾稽，隨時修正印象，以求得其全貌。只有這種讀法，才是精明 (sophisticated) 的讀法。當然還有第三種，例如前述評論《西洋記》的諸先生和胡適先生，挾一偏之論而要概括全體，結果徒然使他們既得不到天真讀者物我兩忘的樂趣，又得不到精明讀者明察秋毫的興味，顯然是最不幸的辦法。《西洋記》的評價甚低，當然是因為它可以應付前兩種讀者的希望，卻無法滿足最後一種的要求。

但是，《西洋記》真是如郭箴一所說：「倘若把第十五回以後，再仔細分列，則（在金蓮寶象國、爪哇國、女兒國、撒髮國、金眼國、木骨都束國、銀眼國、阿丹國、酆都國等）這九個國度裡都有過戰爭，克服以後必經過一國乃至數國，聞風來降，無須攻打，這時就把兩種勝覽裡的材料塞進去」？換句話說，《西洋記》真是一面求熱鬧，所以有這九國的鬥法鬥藝；一面求廣聞，所以抄襲兩種勝覽；而並非因為這兩件事互有關連，而且九國儘可能是八國或十一國？

要解答這一點，我們首先必須了解，《西洋記》裡的鄭和，身負兩重任務：一面要取回元順帝北竄時白象馱去的傳國玉璽，一面要建立大明國威，否則他儘可在公海上來去，毫無必要索求什麼通關牒文——他跟玄奘一行起早的人物是不同的。鄭和其實並沒有找回玉璽，但在振大漢之天聲上獲致了百分之百的勝利。除了酆都鬼國，本非人世，所以既未真地歸降，其後也無它國輸誠以外，關於其餘各國，我們可以想到，迫人獻上降書降表的方式，大抵可分力取與智擒兩種，在實際運用上則有各種變化；在投降的一方，又可以分反抗與馴順兩

種，其中反抗卻又可分一國之中有主戰主和，而主戰派較為有力，所以非力竭不肯降的，起先願降而忽又反悔的，或本來要降卻因節外生枝的誤會終於又打了起來的幾種；馴順的又分懷德、畏威或並無主見，而要惟大國之馬首是瞻的幾種。基於這種了解，我們不難看到，這些不同可能的排列組合，可以生出若干變異，而故事如想達到相當的表現的充分性 (exhaustiveness)，當然要儘量一一予以處理。我們要承認，在郭箴一所列以力相服的八國中，頗有重複，例如每次的負固不賓，幾乎都是由於鎮守海邊關塞的總兵，而且前後曾牽涉到兩個三太子。但除了這種重複，作者大抵是顧及和遵依這些可能性的。以這八國來說，金蓮寶象國國王要降，三太子不肯，引出女將和羊角道德真君，在勢蹙途窮後投降；爪哇國曾殺中國使臣，所以一上來便加征伐，終至國王被擒；女兒國的戰爭是節外生枝；撒髮國不啻是挪亞故事的變相；金眼國文官要降，武官要戰，以致僨事；木骨都束國自恃武將術士，遂致負隅；銀眼國有目無珠，人變國滅；阿丹國一面是李愬夜入蔡州的故事，一面是本身首鼠兩端招致明軍防患未然的結果，其實並無大戰，也沒有引致它國請降。其餘效順諸國，則又受脅迫的，遭欺騙的，曾受惠的，富而好禮的，或得事前示兆的，各有不同。整個來說，它們卻有表現前述各種可能的功用，並非全出率爾操觚。換句話說，這些故事也許可以有所增減，但假使真的增減了，則或者要減少了可能的表現，或者增加了重複。這些故事是根據常理所可揣想得到的可能變異來的，因而我們儘可承認它們其實是具有不可避免性的。相形之下，倒是《西遊記》的八十一難這個數目，所根據的是中國傳統有關神祕數字的玄學觀念，亦即九者數之極，九九自然是極數之極，卻並無常理可

解的不可避免性。但即使我們承認郭箴一是對的，則他的九國之數也可能不是偶然，而可能仍是神祕數字觀念的遺緒。這一點可由鄭和所到全部國家數予以支持：卅九豈不是包含了一個「明九」？這樣一來，酆都國便有了更有趣的意義：九為陽，為數極，陽盡則陰生，含了冬天，冬至則又陽生，否極則又泰來，完全合於中國的傳統宇宙觀，能是偶然嗎？

這種說法，可以部分說明《西洋記》一書，並不是我們一般所想像的那樣枝蔓，但顯然還不能夠完全說明其中令人惶惑的部分。這本書名為「三寶太監下西洋」，但是它在「天開於子，地開於丑」等等以後，所說的出身是金碧峰長老的，而不是鄭和的。事實上在全書裡我們讀到關於鄭和的地方很少。如果這本書有個主角，他顯然是金碧峰而非三寶太監，假使有個第二主角，他很可能是張天師。專以情節裡他所佔據的篇幅來說，鄭和甚至比不上王明或黃鳳仙。因之，他的地位，至多能與王尚書、馬公公等相埒。其次，鄭和下西洋是人間的事。中國傳統小說神人鬼混雜，幾無例外，但為什麼《西洋記》最後要到酆都鬼國？再其次，紅蓮和尚、五鼠鬧東京、田孟沂與薛濤的人鬼戀等的故事，與《西洋記》有什麼有機或組織的關係？這一類的問題，顯然是我們印象蕪雜的主因。

再一種原因，是前面已經說過的語言問題。這本書裡的語言是相當特殊的。如郭箴一所說，它的語言似乎要模仿《西遊記》的諧趣，卻使用得過了分。郭箴一還指出，作者「文詞不工」，過分嚕囌，而且濫用排句等等。我們承認這本書把語言的各種運用，發揮盡致，它有文言，也有白話，有韻文，有散文（包括好幾篇賦，如〈牛賦〉、〈蒼蠅賦〉等），有歇後語（包括用千字文表現的縮腳語）、有謎語、有巧語、雙關語

（包括 pun, quibble, doudle entendre）等等，幾乎把中國語言中書寫與口語的各種傳統形式都用盡了。這種運用，本來自《西遊記》到《何典》，以及許多所謂文章遊戲裡，都曾出現過，但像《西洋記》那樣充分利用的，至少我還不曾讀過。這種多方擠壓「語言的資源」，不僅中國大約沒有（王文興先生的《家變》有些近似，但他顯然不是從這本書裡得到啟發的，而且也無意於諧趣），英美小說裡似乎也只有《崔斯全・單第》和《芬尼甘的守喪》(*Finnegans Wake*) 差可比擬，而後者是道貌岸然的。這種情形，違背我們的日常習慣，也便是違背了我們的期望，因為語言是因襲最大的東西。《西洋記》的語言，因為把語言的因襲成分使用得過了習慣，當然為我們帶來了解或接受上的困難。

　　但是我們應該認清其實是老生常談，卻因老生常談而遭到忽略，乃至變成「高深論調」的一點，那就是故事的媒介是語言，故事傳達意義的工具是語言。換句話說，語言與意義是不可劃分的融合體。故事或意義予語言以形式，語言則是故事或意義的外涵。因此，不僅故事或意義是故事和意義，語言在其特定締構的狀況下，也是故事或意義。只有在我們認定這種關係之後，才能了解語言本身在一篇故事或文章裡所佔的地位，所負擔的任務。

　　正因為我相信故事或意義與語言的相關性，我以為《西洋記》在這前者與後者上，各有其意義，而在其融合一起的時候，賦予並且顯現了《西洋記》的全部意義。這種體認，不僅可以解釋作者為什麼先講「天開於子」，以金碧峰為主角，包容了各種人神競爭、酆都地府和紅蓮、田洙的故事，也可以使我們了解作者為什麼使用那種特別的語言。這個體認所需要的方

法，便是神話 (myth) 或原始類型 (archetypal pattern) 的方法。

這種方法，我在幾個月前發表的一篇文字裡，已經利用過，但因為那只牽涉到一種典型型態，亦即啟蒙式 (initiation)，而這一次則所涉特多，同時題目又是「一個方法的實驗」，所以只好不憚辭費，把我對這個方法的理解，介紹一些。

簡單地說，神話本來是人類解釋自然現象或企圖與自然的韻律相配合相融洽的故事，因之主要是先民的東西。十九世紀末年英國的傅理瑟 (Sir James Frazer) 等人，指出這種初民的信仰，具有相當的普遍性和共同性。傅氏的《金枝》(The Golden Bough) 便是以金樹枝的故事，說明王位、魔法等在中東、南歐和北非神話裡的表現。二十年前甘貝爾 (Joseph Campbell) 所寫的《英雄的千面》(The Hero with a Thousand Faces) 更指出，不僅我們所謂西洋或歐美，其文化共源於中東、南歐和北非，故而所謂英雄或故事中的主角的特徵，有基本的相似之點，即在文化背景完全不同的中國，其英雄的原始性格也少差異。總之，根據這些書，我們知道不論其地域、膚色或人種，人類對於若干人生與自然的現象，例如宇宙的來源或人生的旅程，有相當一致的看法。所以可以說符合威立克 (Renè Wellek) 所說「人類是一體的」。榮格 (Carl Jung) 更進一步指出，所謂下意識 (unconscious)，亦即個人的過去的留存，其中或其下便是人類的「集體下意識」(collective unconscious)，或全人類的「封存的記憶」(blocked-off memory)，包括人類在還未成人類以前的記憶。這種下意識的種族記憶，使得若干「原始意象」(primordial images)，對人類具有經常而強烈的吸引力。這些意象，是我們祖先的經驗的累積，而呈現在神話、宗

教、夢、幻想與文學之中。它們就是「原始類型」。這一了解
就使神話或原始類型於普遍性以外，進一步獲得了永遠性。把
它引用到文學上的第一部重要著作，是鮑德琴 (Maud Bodkin)
的《詩裡的原始類型》(*Archetypal Patterns in Poetry*)，但真正
利用原始類型，使它能夠有系統地解說及範疇一切文學，包括
書寫口語文學的，並且使文學與人生直接相關，加以評估的，
是傅瑞也 (Northrop Frye) 的《批評的剖析》(*Anatomy of Criti-
cism*)。

對傅瑞也而言，神話是一切文學作品的鑄範典模，是一切
偉大作品裡經常復現的基本故事，而這種一再呈現的意象，就
是原始類型。原始類型因之是神話的表達，神話是原始類型所
含的意義。神話應用或呈現在文學作品裡而又最常見的，是開
天闢地、樂園的喪失、洪水、四季與晝夜的交替、「聖天子」
與代罪的羔羊、神胄的英雄、原因論 (etiology)（例如《西洋
記》裡講的為什麼我們說牛鼻子老道）、和讖緯預言之學
(Apocalypse)（《推背圖》、〈燒餅歌〉之屬），但最具中心性的
神話，則是追求 (quest)，包括金羊毛、聖杯 (Holy Grail) 或唐
僧取經，而因為晝夜與寤寐的對比，正面人物的英雄常與白晝
象徵的太陽結合。這類神話所代表的，雖然因種族的集體記憶
而留在我們的下意識中，究屬先民對自然與人事的了解，在我
們看來，不免原始幼稚，所以難以給予理性的接受。但正因為
它們存在於我們的下意識裡，經常尋求表現，作家便必須變更
它們，使它們能夠更合道理，包括倫理上的，理智上的和常理
上的道理。這一過程，就是「置換」(displacement)。舉例來
說，在希臘神話裡，科羅納 (Coronus) 推翻了其父天神攸倫納
(Uranus)，自為天神，而且娶了母親麗亞 (Rhea)。這個神話隱

含了春來冬往的意味，亦即代表春的科羅納取代了代表冬的攸倫納，而與大地之母 (Mother Earth) 結合，由而使萬物孳生。這個神話轉到希臘悲劇裡，成為伊底帕斯 (Oedipus) 無意中弒父烝母的故事，由神轉到人，由有意的亂倫成為無意的亂倫。再轉一步到了莎士比亞 (William Shakespeare) 的《哈姆雷特》(Hamlet)，就變成了克勞第烏斯弒兄亂嫂，哈姆雷特為父復仇的故事了。「置換」永遠與時代有關，因此中國傳統小說都設神鬼，很少例外。我們現在不肯接受因果報應說，只因為我們多受了點教育。它迄今仍是十分深入民間心理的。

根據英雄或主角的特質，傅瑞也把文學作品分為神話、傳奇 (romance)、高模仿 (high mimetic)、低模仿 (low mimetic) 和諷刺 (satire) 五種，其主角分別是「聖天子」(divine king)，在本質上超越凡人與其環境；英雄，在程度上超越凡人與其環境；主角，在程度上超越凡人，卻受制於環境；主角，與我們一樣為環境所制；丑角，在道德等方面遜於身為讀者的我們。把這五種形式歸納起來，專就它們在小說或以非韻文為主的小說而言，又可分為傳奇、寫實小說 (novel)、懺悔錄（confessions 或自傳 autobiography）與諷刺 (satire) 四種，而第四種往往是百科全書式或剖析式（encyclopedic 或 anatomy），內容包羅萬象，可以把各種材料都容納進去。在文學的實際表現上，這四種小說類型，不一定要單獨出現，而常是互為組合涵容的。這一點當然也與「置換」有關。

甘貝爾雖然已指出了中國神話裡的英雄，與西洋的類似（我們至少可以想到后稷之母履大人之跡、劉邦之母與龍交，或玄奘與岳飛之同為「江流兒」），歐美治文學批評的學者，自然還是以近東的神話為主。其中把英雄在「原始類型」中的特

質與行事，列為一表，而又為我手邊所有的，是魏惺閣 (H. Weisinger) 在《痛苦與勝利》(*The Agony and the Triumph*) 一書裡討論莎翁悲劇的一篇。魏氏說：「分析了現尚存在的季節禮儀 (rituals)，尤其是新年的禮儀，和中東古代的登基、加冠和個人性禮儀，我們可以復建代表基本禮儀形式的模型，而包括這些基本因素：㈠「聖天子」的不可少性；㈡神與敵手的鬥爭；㈢神的受難；㈣神的死亡；㈤神的復活；㈥創世神話的象徵性重現；㈦聖婚禮；㈧凱旋式遊行賽會；㈨命運的決定。」

這些基本因素所意味的生、死與復活，和前面述及的神話「原始類型」，正是《西洋記》所表現的。它所以顯得蕪雜，顯得不易被人接受，正因為它要創造，或更正確地說它要復現一套完整的神話，囊括各種因素。《西洋記》暗合這些原始類型，縱在顯然不同的地方，其實仍是相同的，因為其中有因「置換」的需要而來的變動。

根據前面的介紹，《西洋記》裡首先使我們注意的是它的開始。不論一個作者寫的是什麼，或是如何來表現它，他寫的必然包含他自己的思想與信仰，包括宇宙觀和人生觀。這種宇宙觀和人生觀，取決於下意識中的原始類型和意識中的社會環境、時代和所屬的國族。他雖然能有其自己的創造或創見 (originality)，卻如孫悟空一樣，無法跳出如來佛的掌心，亦即那兩種意識。《西洋記》與尋常小說相異的地方，是它要當一套完整的神話。所以，它很自然地從開天闢地開始，從「天開於子」開始，指陳了無盡現象當中的天上二元，也便是太陽太陰；地闢於丑，便有了地上的二元，智者所樂的水和仁者所樂的山；「有天地而後有萬物」，不僅「人生於寅」，而且有了胎、卵、濕、化等等之異；再以後便有了文明，有了聖賢，而

三教九流，為主的是儒、釋、道三教。在這裡，作者所用的是玄學的推理法，是中國歷代玄學思想的結晶，其中的神話觀念是機械的自然發生說，並不含真正初民神話色彩。對這套理論，作者顯然在理智上可以接受，在感情上卻並不能完全接受。《舊約聖經》裡面，對創世的故事，就已經有許多說法，包括〈創世記〉和〈約伯記〉裡的，《西洋記》也是如此。這樣看來，羊角大仙從石頭裡跳出來的意義，便不僅是作者模仿《西遊記》了。酈山老母豈不就是大地之母？玄天上帝的真武旗，也便是撒髮國裡金毛道長一再要揮動使宇宙復歸洪荒的寶物，一面是創世的反面，一面又與《聖經》裡耶和華一再要毀滅世界的威脅、〈約伯記〉裡的巨鯨 (Leviathan) 的魔力相呼應（從碧水神魚到摩伽羅魚王和白鱔，《西洋記》有好幾個巨鯨的化身）。撒髮國躲在鳳凰蛋裡以避浩劫，是聖經裡挪亞的方舟的置換。兩者都表示了上帝對歷史的干預。更有趣的是，撒髮國避禍三年，〈創世記〉中降雨四十晝夜（摩西率領猶太人在沙漠裡四十年，耶穌在荒野裡受試探也經過四十天），而三與四，據楊希枚教授說，都是神祕數字，源自天圓地方觀念裡的圓周率和「方」周率。《西洋記》要說歷史、說人事，當然要從宇宙觀開始。

現在我們可以正式開始魏惺閣教授的原始型態了。首先是「聖天子的不可少性」。這個聖天子便是英雄或主角，「其來有自」，負有救世任務，而又可以與太陽等量齊觀的人物。最後一點最顯然。前面已經說過，《西洋記》的主角不是鄭和，而是金碧峰。不僅書中詳細刻劃出身的，只有他一人，而在寶船行進中，只有他能夠解決一切問題。他是太陽，因為他是「燃燈古佛」或「定光佛」的後身。《辭海》引《智度論》，說他生

時一切身邊如燈，故名燃燈太子，作佛亦名燃燈。燈、光、古都與太陽有關，至少說出了太陽亙古常明的特質。在佛教裡他既是出身太子，天潢貴冑，自無問題，在《西洋記》裡他的姓是金，名字是碧峰，父母是金童玉女謫降，他托生時化為一天星斗，他雖出家卻要「削髮除煩惱，留鬚表丈夫」，這些都在在表示他的光明性、持久性與陽剛性，還不夠表現他和太陽的關係麼？還不夠表現他為神的苗裔麼？他出生時是「那娃子金光萬道，滿屋通紅……金家宅上的火光燭天，霞彩奪目」，而落地時父母便已雙亡，參以「置換」的說法，與耶穌的出生相類（耶穌當然是無父的，《新約》中還說到他並不承認父母），也與希臘神話中 Perseus、Theseus、Dionysus 等，與英國的阿瑟王 (King Arthur) 接近。再就他降凡的使命來說，是燃燈古佛：

> 爾時在無上跏趺，一聞如來說到，五十年後，摩訶僧只遭他厄會，無由解釋，他的慈悲方寸，如醉如癡，便就放大毫光，廣大慧力，立時間從座放起飛鳥（金烏?）下來，一見了如來，便就說道：「既是東土厄難，我當下世為大千徒眾解釋。」

這裡所說厄難，大約是指張天師興道滅僧的企圖，雖然這種看法下的動機似乎是大題小做，總不失其救世主的意義，與耶穌道成肉身的情形無異。如果他降生是為了下西洋，則接近了阿瑟王的任務了。

金碧峰的英雄或聖天子的身分，書中另外還有許多「置換」性的說明。他不是國王，但是國師，也便是師保或代父 (surrogate father) 式的人物。西行的一群，名義上是以回人的

鄭和為首，儒家代表的王尚書為副。道教祖師張天師是元帥可以遣派的，也曾承認是金碧峰的弟子。回教、儒士和道家辦不了的事情，就只有他能解決。因之，表面上他是客卿，實際上卻是領袖。

傅瑞也指出，神話中最中心的故事是尋求。《西洋記》的故事當然是尋求——傳國玉璽的尋求。這當然與傳統歷史的，永樂希望找到惠文帝加以斬草除根的說法不同，卻更加深了神話的意義。傳國玉璽的失去，本身便是神話。元順帝北逃，明兵追趕，卻發生了江水為順帝中分，白象為之馱璽，阻擋了明兵的故事。這一經過較泥馬渡康王的事更神奇，卻頗類摩西的率族眾離開埃及。玉璽代表的是傳統的國家權威與秩序。在鄭和兵下西洋以前，先有張天師所講的一套初因神話：和氏璧一裂為三，一成傳國玉璽，一成道家的璽，一成茅山道士的印。傳國璽失去了，龍虎山的璽在天上，（秩序非人間所當有？樂園的失去？）茅山的印並不能取代人主的權威，（宗教無用論？）因而才有了下西洋的必要，而一切征伐，也便從此開始。

因此就有了神與敵手的爭鬥。他們的爭鬥，是光明與黑暗、文明與野蠻、秩序與混亂的爭鬥。光明、文明與秩序是一體，而黑暗、野蠻與混亂的表現卻有多端，非予以一一克服不可。這也是創世的故事有許多種的原因，而祆教（Ormazd 與 Ahriman）、基督教（Yaweh 與 Leviathan, Jesus 與 Satan）中的二元，也都從這種理解蛻變出。西洋各國的或順或抗，抗者有男有女，有神有妖，遍及傅瑞也所說動、植、礦與超於形質的四界，正為這個道理。

前面已經引過羅懋登的序文，說及他寫書的動機，是為了

東事有挫折，因而緬懷先烈，著書警世。這種情形至少使他筆下的征伐不能失敗。同樣地，人心企求光明與秩序，不願黑暗與混亂當令。但人心惟危，道心惟微，這番爭鬥，縱在彌爾頓的神魔之戰中，也曾有成敗堪虞 (dubious battle) 的時候，其他民族神話，都莫不如此。因之，神也就不免要受難。金碧峰既為西征領袖，代表了每一個人，每一個人也就都代表了他。不僅羊角、金毛和酈山老母諸役，使他直接受難，西征途中的各種挫折，間接上也都有他一份。

當然，金碧峰並沒有死，但在象徵的意義上，他是死過的。嚙魂瓶等不算，寶船最後一站的酆都國，豈不是一切人生的終站？酆都國當然有它另一種意義，與中國人的宇宙觀息息相關，那便是皇帝是名符其實的「天子」，權威秩序所及，不僅遍於「天下」，而且及於「天上」和「地下」，因之張天師經常可以對雷部正神，對風雨山河下命令，要在船上掛起「四海龍王免朝」的牌子，寶船在歸途中，更遇到討封典的神祇。甚至碧水神魚也來湊趣救了劉谷賢（這個神話的世界性，可以Arion 的海豚、Jonah 的鯨、和琴高的鯉遍及三種文明上看出來），這一些都表示了天人合一，而且大明聲華，跨於陰司，不僅崔判官本來是人，所處理的仍然是人事或人間未了的事，還要承認明朝的正統權威，雖引起五鬼鬧判也在所不惜。於是，在大明是可頌的事，在番邦便要受譴責、受懲罰了。這樣的宇宙觀，是合神、人、鬼於一體，而以人為主體，以人事反映神事、鬼事的。這一層意義之外，便是象徵性的死亡。「入冥」是世界性的神話：《奧德賽》(Odyssey) 裡攸里昔斯和《伊尼德》(Aeneid) 裡伊尼阿斯入冥，是為了求智慧，耶穌入冥是為了拯善伐惡。希臘神話中其他入冥的事很多，英國詩人如頗

普 (Alexander Pope)、濟慈 (John Keats) 等用它的也不少。中國小說裡的劉全進瓜（《西遊記》）、皇甫君遇大鼠（《隋唐演義》）、薛仁貴入地穴得九牛二虎一龍的力氣，《平妖傳》、《包公案》等也都一樣。它們的表面意義雖然各別，骨子裡都使入冥或入地的人在重返地面之後，與前判若兩人，亦即不啻是重生了的。因此，金碧峰固然未死，在象徵上他和代表他的人確曾經過這個境界，而且獲得重生，建立了最後秩序。這一點基本上是與神話的另一有關中心，即生、死、重生的過程，亦即春發、夏榮、秋衰、冬枯的自然節奏，完全相符的。

　　重生的意義是秩序的重建。金碧峰長老的西征，是尋求傳國玉璽。他並沒有得到傳國玉璽——加拉罕 (Galahad) 也不曾得到聖杯，因為這是一個墮落後 (postlapsarian)，亦即天堂已失去的世界。加拉罕得到的是聖杯的影現或幻象 (vision)，金碧峰得到的是傳國玉璽所代表的權威與秩序，不僅敉平了人間的番邦，也將聲威及於天曹地府。這天、地的結合，正是聖婚禮的象徵寫照，是創世神話的象徵性重現。西征擺脫了「雁飛不到處，人為利名牽」的境界，重新建立了地上樂園。當然，這個樂園與失去的伊甸是不能相比的。因此，西征只能得到玉璽的表徵，卻不能得到玉璽的本身。

　　金碧峰是和尚，本來不能結婚，但在書中，另有幾椿與婚姻有關的故事，似乎各有其象徵的意義。李海與猴精是人與獸界的結合，而獸性轉為人性；黃鳳仙與唐狀元的結合，不僅以夏變夷，而且帶來了金娃娃，豈不予人亞當夏娃的聯想？另一方面，女兒國王與鄭和，是無望的婚姻，王明在陰陽河畔遇到故妻，卻依然人鬼睽隔。王神姑與百里夫人的婚姻，顯屬罪惡與罪惡的結合，因而鮮克厥終。這些或符合神婚，或與它相

反，都應該有補充意義。

任務圓滿達成了，西征的寶船也自「雁飛不到處」（唐狀元效顰取金迷路的時候，所到的正是酆都國）無恙歸來，下一步自然便是勝利凱旋，呈獻果實。金鑾殿上卅九國一一唱名，由永樂帝一一分付處理，決定了各項命運。表面看來，金碧峰在這裡只扮演了一個消極角色。但是，我們知道，他是永樂帝的國師與代表，這番凱旋，這些命運，本來都是他取得、他決定的，只是在「置換」上加以正式化而已。

從上面所說看來，我們可以相信，《西洋記》在積極的意義上，所講的是一個神胄的英雄，從事一項追求的神話，而這個英雄的經歷，與其經歷的終結，經過「置換」的解釋，完全與中東神話裡的原始類型中各項基本因素相符合。在這種看法下，至少在其基本輪廓上，《西洋記》的結構，不僅不枝蔓，反而是相當嚴謹的。它的各種冒險故事，都為了體察夷夏之防，探求光明與黑暗的鬥爭裡各方面的可能性。但作者為什麼要放進那些〈牛賦〉、〈睡蟲賦〉、〈蒼蠅賦〉等的遊戲筆墨，以及田洙、紅蓮等的故事呢？至少在表面上，這些似乎都無助於故事的發展。

要解釋這些，我們首先需要回憶傅瑞也的小說分類，其中有一種是諷刺，亦即百科全書或剖析性的故事。諷刺是要以各種角度剖析各種世態的。因此，斯維夫特的《格列佛遊記》(Jonathan Swift, *Gulliver's Travels*)，先講小人國，把人縮小了來看，再講大人國，把人放大了來看，然後是浮空島、不死人、過去名人的幽靈等，以探討人類意願和實際的各方面，最後歸結於純理性的馬與純獸性的「鴉胡」(yahoo)，證明人類一無可取。因此，傅瑞也把諷刺定為冬季類型，以指出它的冷

酷與犬儒 (Cynics) 主義。但傅瑞也說到另外還有一種文學形式，也是百科全書式的，那便是神祕性 (anagogic) 或宗教裡的經典，以《聖經》為代表。《西洋記》具有建立整套神話的意義，它包羅萬象，尤之於《聖經》的包羅萬象，而各有其組織原則與中心意識。《聖經》的組織原則在於上帝對歷史的干預，因而僅以宗教來說，它以〈創世記〉開始，而以各先知的救世主的預見 (messianic vision) 結束，中間雜以互不相干的〈雅歌〉、〈傳道書〉與〈路得記〉、〈約伯記〉和若干新教《舊約》裡沒有的故事。《西洋記》的組織原則，顯然是傳國玉璽或玉璽所代表的權威與秩序的追求，而這種追求，既為人類而不僅是大明國獨有的希望，它當然便要把人生一切方面，儘量蒐羅。在這種情形下，我們可以認定，田洙與紅蓮的故事，是與「男女居室、人倫之始」直接有關的事，與前面已經提到的幾椿婚姻在結構上無關連，在意義上則相輔相成，互為契合。五鼠鬧東京，就有了實際與表面的分歧的問題。至於〈牛賦〉等等，則與意義的對等，也便是語言的締構，有了直接關係。同時，它們仍然是與作者的人生觀與宇宙觀有不可或分的關係的。

　　我們說《西洋記》的積極意義，亦即主題、組織原則或中心意識，是追求與重建秩序，但事情並不如此簡單，因為秩序的重建，縱在三界一體支持的時候，仍然並不那麼容易。中國並沒有亞當夏娃因違背上帝禁條，以致被趕出伊甸園，傳下原罪的神話。但我們前面說的「墮落後的世界」，仍然有效，因為我們也相信今不如古，懷念失去的美滿世界，也就是無懷氏葛天氏的世界。世界既已墮落，實際與表面既已分歧，人類努力的收穫，因而便永遠是有限的。換句話說，金碧峰和鄭和等的努力雖有表面的成功，實際卻大有問題。丁尼遜的《國王牧

歌》(Alfred Tennyson, *Idylls of the King*) 的意義，正是這一點。阿瑟王致力開闢草萊，西征東剿，又得文如馬林 (Merlin) 武如圓桌武士之助，起初似乎成功地建立了秩序。但風起萍末，變生自內，團結恰是分裂的前奏，秩序偏是混亂的先兆。於是不旋踵眾叛親離，善樂 (Shalot) 之宮分崩離坼，蘭斯樂 (Lancelot) 無見聖杯的資格，茂得理 (Modred) 偏要興戎抗父，只逼得阿瑟王逃向阿伐隆 (Avalon)。我們雖有他重來之訊，究竟俟河之清，人壽幾何?! 金碧峰與鄭和等的追求，儘可等量齊觀。

前人曾指出，《西洋記》剽竊了《封神演義》。但兩者的精神是迥然不同的。《封神演義》建立了新秩序，姜子牙雖老，武王卻還年輕，繼起不愁無人。但《西洋記》是怎樣表現的呢? 西征的領導階層，以金碧峰為實際主角，一個六根清淨的和尚。隸屬回教的鄭和與他的若干參贊，是五體不全的太監，副帥是全無作用的儒生，另一位國師是冀求清淨無為實際卻鬼畫符的道士，動不動就要騎著草龍逃跑。其餘武將，英勇有餘，遇事卻還須和尚出面。這些人物代表了人類尋覓人生意義的努力的哲學思想和實際行動的結晶，而他們形成的意象，是無力的、虛無的、否定的。因而，在表面的顯赫樂觀的意義下，有了悲觀的潛流。全書中瀰漫的禪宗思想（〈趙州關振子〉、〈清風明月詩〉等），都為這一反面意義作註腳。這裡的英雄，或能有力於繼往，卻全無力於開來。和尚與太監，那裡能有克紹箕裘的後苗? 因此，我們有了禪宗思想與《舊約‧傳道書》裡的話，也便是薩克萊 (William Makepeace Thackeray) 在《浮華世界》(*Vanity Fair*) 最後所引的："Vanitas vanitatum（虛空的虛空，凡事都是虛空)!"

　　這種消極、悲觀、否定的潛義，在《西洋記》的語言裡，有著充分的表現。前面已經說過，語言是意義的外型，是誠中形外的工具。一個作家懷著什麼思想，便必然要使用某種語言。我們以常理或經驗都可知道，當我們認為人生並無意義的時候，會有什麼樣的反應。我們可以是斯多噶 (Stoics) 派，雖知命而不忘做一天和尚撞一天鐘；可以是伊璧鳩魯 (Epicureans) 派，或醇酒婦人，夜以續燭，或發揮情智，自求絢爛，乃至驚世駭俗，故為新奇，如裴德 (Walter Pater) 或王爾德 (Oscar Wilde) 之流；也可以是犬儒派，冷眼觀世，嘲弄蔑視一切，把人生看作電光石火，把人類的努力看作蠻觸之爭，腐鼠之戀。《西洋記》的作者，無疑是屬於這一派的。

　　意義的反面是無意義，因此，羅懋登把前人心血，都看作路柳牆花，任意採擷，把古聖先賢的教訓，都看作野語村言，任意戲弄。在這一過程中，他把語言的可能性，發揮盡致。他既認為人生沒有真正不可褻犯的神聖東西，所以他可以任性地使用排句，一再連篇累牘，不憚辭費，不怕「拗折天下人嗓子」或至少他們的容忍心。對他來說，天文、地理、宗教以及聖經賢傳，都是可以嘲弄的對象，所以他可以任性地詼諧，任意地割裂與斷章取義，使用歇後語、雙關語。這一語言的締構層次，正是作者宇宙觀人生觀的最恰當的表現。於是，他不僅要在敘述的故事裡拿文字來搗亂，還要像一切原始類型的諷刺一樣，百科全書般的搬進了〈牛賦〉與〈蒼蠅賦〉。這種信仰與由信仰衍生的表現，是作者不僅要以佛家為英雄的本源，而且以禪宗的破壞偶像的特質為其思想的基礎。在這種情形下，《聖經》與《格列佛遊記》結合成一體，而我們既否定了這個世界，下一步只好是涅槃了。因此，《西洋記》雖與《聖經》

同樣地希望尋求人生的意義，其結論則異，因而它是以《聖經》開始，而以《格列佛遊記》結束的。

這肯定與否定兩種宇宙觀的並立，正是近人反對以作者的意圖為批評依據的原因。作者在自序裡要表現肯定，而其實際所表現的卻是否定，而他是不必知道的。這裡同時牽涉到前面說過的信仰的問題，因為在文學思想上，不論希臘或希伯來乃至存在主義所示的傳統，儘管所要求於人於世的都各有其相異之點，歸結上總認為人生縱無意義，我們既然生在世間，還是應該從無意義中尋覓意義的。卡夫卡 (Franz Kafka) 的《審判》(*The Castle*) 和《城堡》(*The Trial*)，與〈約伯記〉同樣感悟到人生的神祕不可知性；後者順天知命，前者不斷追求，都曾發揮了意志力量，所以仍然創造了意義。因此，消極否定如《格列佛遊記》，常人所欣賞的只是小人國與大人國的可笑，卻少人注意它的破壞意義，而在這少數人注意它的時候，便只能罵斯維夫特是厭世者，是瘋子。斯維夫特的書的意義是顯豁的，從頭到尾都是否定，所以還易領略。《西洋記》卻在作者的理智與感情的衝突中，表現了很大的分裂與對立，結果作者的有意識的追求，變成了他下意識或潛意識的徹底否定，這種否定是我們的信仰不願接受的。這種否定的信仰在故事與情節裡的表現不是我們所習見的。一般讀者，縱能克服結構與語言上的困難，卻仍然未必能夠領會它，能夠接受它，顯然還因為有這兩種原因作梗。但在另一方面，我以神話的方法探求它的意義，證明這種意義的普遍性與永遠性，探求它的結構，說明作者一面是匠心獨具為中國傳統小說放異彩，一面卻暗合西洋現代小說的理論，或者確能是一個有趣的方法，幫助我們解答一些我們前此無法解答的問題。

《野叟曝言》的變態心理

　　〈詩大序〉裡說，「詩者，志之所之也。在心為志，發言為詩，情動於中，而形於言。」〈大序〉究竟是子夏所寫，還是出於後人依託，全不相干。重要的是，這番言志的論調，不僅對後世深具影響，顯然也是中國傳統文藝思想的主流與其根本理論。因為作者在語言文字上所表現的，是他自己的志向與感受，所以孟子才要說「以志逆意」，才要說「讀其書不知其人可乎?」馴致讀書必須知人論世，再一方面則要自家修身養氣。這種認定作品必然是言志的，從而要從作家的生平和其社會背景上了解作品的中國傳統的方法，恰與十九世紀法國聖伯甫的看法相表裡。因此，胡適之先生研究中國古典小說，幾乎永遠是自作家當出發點。我們看他說《紅樓夢》、《鏡花緣》、《儒林外史》、《兒女英雄傳》等書，幾乎沒有例外地都要強調作品與作者的言志關係。論時代來說，胡先生應該是一面繼承了中國的傳統，一面又自西洋的「新興」理論取得支持的。

　　胡先生時代較早，所以他所能注意的，大抵只是作者有意識的志，亦即作品內、外所表現出來的表面願望或欲求。其實，作者的性格與感受，表現在表面上的，已經是經過意識刪選以後殘餘。在胡先生之前，柴德敦 (G. K. Chesterton) 就說：「批評的功能……在於處理作者潛意識部分的思維，因為只有批評者可以表達它，而不是作者的有意識部分，因為這是作者本人所能勝任愉快的……批評的意義，在於說出使作者大驚失

色的東西來。」從以志逆意，使讀者與作者靈犀相通，兩心莫逆，是傳統的中國境界。從這種境界轉到使作者大驚失色，甚或怒髮衝冠，是新的西洋方法的結果。這種方法，來自佛洛伊德 (Sigmund Freud) 的精神分析學。

簡單說來，佛洛伊德認為人的性格 (personality)，由三部分形成，即本我 (id)、自我 (ego)、與超我 (superego)。自意識 (perceptive conscious) 來看，則人類心靈活動 (mental activities)，大抵是無意識 (unconscious) 的，但就三種我來看，則本我完全屬於無意識或潛意識 (subconscious) 的活動，自我偏向於有意識，超我則跨越兩方。這三種我的活動所根據的原則也各有不同。本我是各種衝動 (impulse) 的結合體，只要能滿足衝動，從而得到快樂，本我是不惜打破一切世俗道德禁例的，所以它的行為依據是快樂原則 (pleasure principle)。但是人與人形成社會，在共處之時，必須要有若干行為界限，不得違犯，否則必要引起懲罰，快樂變成痛苦。因此，超我便要出來加以干涉。它甚至為了防患未然，復根據社會的需求，訂立自以為是的道德理想與目標，所以超我的行為準則是道德原則 (morality principle)。本我既過分放肆，超我又過分斂抑，兩者過猶不及，都失之於偏，因而需要自我參酌現實需要，調停其間，以求人生的和諧，它所依據的，便是現實原則 (reality principle)。

按昔年周作人的〈人的文學〉的說法，人是由「動物」進化的，故存有獸性，但既已「進化」，便當儘可能排除獸性。這種排除，當然是違反「自然」的。人類與動物所同——或所不同，端在食色和對食色的態度。佛洛伊德認為本我最受抑制的，端在色這一方面，事實上社會禮法，大部分都與「性」有

關。嬰兒戀母，有其性的意義，但一般社會，無不因各種理由來反對亂倫行為。正常的人，自幼年便因教養與環境，把這種自心理上看來屬於正常，自社會上看來屬於反常的欲念，予以有效抑制與調整，但神經質較重的，便未必能完全得到適應。這種性方面的衝動，特稱「生命力」(libido)，是一切創造活動的泉源，也可以是精神病的淵藪。一般滿足它的方法，可以是做夢，用象徵的形式，把白晝潛意識中不能露面的情操，表現出來；可以是讀武俠或淫猥作品圖片，以求代替性的滿足 (vicarious satisfaction)，也可以是白日夢，把現實不能達到的欲望，都從幻想裡實現。這些都是精神機能病 (neurosis) 的徵候，只要不脫離常軌，都可視為正常，只怕耽溺過深，引出無窮問題。求為正常人的上策是適應或調整 (adjustment)，從現實中覓致發洩之道。作家不此之求，卻從幻想上求出路，便如酗酒吸毒的人，愈往而不克自拔。

　　這種把人類一切活動視為性上的追求，把作家視為無可救藥的精神病患 (neurotic)，當然不為人人所滿。榮格 (Carl Jung) 等另闢蹊徑，找出原始類型等的理論，來說明創造衝動，是一種反應。崔靈 (Lionel Trilling) 認為作家雖屬精神有問題，但能把幻想予以有條理的表現，切合人類對秩序的追求，本身便意味了一種昇華作用 (sublimation)，所以創作不僅不會增加病情，反是自療之法。抑有進者，作家對於因有意識無意識中的抑壓 (repression) 和挫折 (frustration)，所引起的心靈創傷 (trauma)，不一定全作逃避性 (escapist) 的表現，而往往要一再正面表現它，以求克服。魏爾遜 (Edmund Wilson) 在《傷與弓》(*The Wound and the Bow*)，便是以這一點立言的。狄更司 (Charles Dickens) 作品中，時常敘述孤兒、監獄，便是要克服

他十二歲時的慘痛經驗的表現。在這種情形下，作者儘管有疾患，由疾患得到創作的衝動（creative urge，可視為 libido 的一種），其作品卻可以或應該是健全的。

這些說法，是心理分析應用於文學批評上的大概。其中是非如何，《野叟曝言》可以提供若干答覆。同時，我們也可以從這本書看到，自意識上的以志逆意，到潛意識的深入探索，會發生什麼樣的後果。

我所根據的《野叟曝言》，是世界書局六十二年五月三版，一百五十四回，分裝上下兩冊，書前附有若干考證和光緒八年西岷山樵的原序。考證前的「本書特點」裡說明本書是「珍藏本」，「與其他坊本迥不相同，絕不參穢褻的描寫在內」。本書兩冊共一千一百七十頁，約合九十萬字。我有幸曾見過哈佛燕京學社所藏木板原本，內容雖記不清楚（大約亦未看完），卻記得世界書局刪去了不少所謂淫穢部分，因之原本大約在百萬字以上。《紅樓夢》在八十萬字以下，《水滸》、《西遊》之類更短，計算起來，《野叟曝言》可能是最長的古典小說。

根據各小說史文學史的考證，《野叟曝言》自稱為「備武揆文天下無雙正士鎔經鑄史人間第一奇書」，原分二十卷，就以這二十字分繫各卷之首。作者據說是江陰夏敬渠，光緒間《江陰縣志‧卷十七‧文苑傳》說：「敬渠，字懋修，諸生。英敏積學，通史經，旁及諸子百家禮樂兵刑天文算數之學，靡不淹貫……生平足跡幾遍海內……著有綱目舉正、經史餘論、全史約編……。」孟瑤先生（《中國小說史》第四冊）引知不足齋主人序，說夏敬渠「以名諸生貢於成均。既不得志，乃應大人先生之聘，輒祭酒帷幕中……所歷既富，於是發為文章，益有奇氣……屏絕進取，一意著書。」譚正璧《中國小說發展

史》認為「敬渠老於諸生，生平經濟學問，鬱鬱不得一試，乃盡出所蓄，著為這一部小說……凡古今來之忠孝才學、富貴榮華，都萃於主人翁文白（字素臣）之一身……有的人以為文白即作者自況（析夏字為『文白』二字）。他把自己生平所學的，所欲做的，所夢想的，完全寫在《野叟曝言》中了。所以這部小說，乃成了抒寫作者才情，寄托作者夢想的工具。」郭箴一直接把本書與《燕山外史》、《鏡花緣》並列在「以小說見才學者」一類裡。譚正璧說「它的主人翁處處都是空想的行動，都是不自然的做作」，孟瑤以為「作者因為受了當時理學的影響，思想十分陳腐，為文又過分誇誕，許多地方漫長無味，實在不夠稱為一部文學作品。」

以上引用的話，有兩種目的。第一，我希望建立這部小說與心理分析的關係。前引各書，於佛洛伊德的理論之外，找出了認定了作者作品的關係，以及其中的層次。言志與炫學（後者其實是前者的一部分），和其自幻想求滿足的意義，應該可以施用於本書。其次，我們有了若干自小說論小說的價值判斷，而其中卻含有若干問題，使我們凜於價值判斷的不易。夏敬渠據說是康乾時代的人，但康乾時代並非理學的時代，而是轉向樸學的時代，在思想上是反理學的。理學之恢復相當生機，要待曾國藩出來。此際的思想主流，紀昀的《閱微草堂筆記》，具有更大的代表性，紀昀對理學卻是冷嘲熱罵，刻意攻訐的。夏敬渠在這時獨宗理學，十分值得玩味。再者，「一時代有一時代的思想」（胡適的話），硬逼著康、雍、乾時代的人在思想上與現代人相同，不惟不可能，也十分不公平。至於說「為文誇誕」，則想像的文學，無一完全符合現實。亦無一不有誇張成分，所以顯然也非絕對尺度。倒是「漫長無味」一

語，與小說本身的結構直接有關，值得探討。

　　大體說來，我並不喜歡這本書，原因並非在於它的信仰與
誇誕，而是因為它頗多自相矛盾之處，在主題的統一上十分不
能連貫一致。其次，它的冗長的結果使它過分重複。作者不僅
限於時代，也限於才力。文素臣的功勳大得無可再大了，只好
乞靈於他的子孫，冀望由這些後輩的表現，襯托出他的成就，
其結果是重了又重，說了又說。更重要的，古往今來，還沒有
一位作家能夠成功地描繪出一個完人來，夏敬渠也未能例外，
因之，作者竭力要描寫出一個可敬可愛的人物，所得卻是十分
可憐可厭的人物。作者希望創造一個小世界，充滿各色人物，
結果是互相雷同，缺少深入的性格。作者對各種現象，都要以
理來說明 (ratiocination)，但卻常要乞靈於梨山老母式的人物與
情況 (deus ex machina)，這種巧合，較神怪更能破壞其寫實的
幻覺 (illusion of reality)。

　　這些毛病，並不是說這部小說沒有致力於寫實，或者全無
技巧上創新的意義。首先，中國傳統小說，不僅幾乎毫無例外
地是包羅萬象或「百科全書」式的 (encyclopedic，語見 N.
Frye, *Anatomy of Criticism*)，而且略微長一點的，其主要角色
（hero 或 heroine），幾乎都是集體或許多人。《金瓶梅》至少
含了三個人名，而西門慶還不在內；《紅樓夢》總要以寶玉、
釵、黛並列；《醒世姻緣》是兩事並進；《鏡花緣》則前後幾為
兩書。其餘各書，大部分也是如此。欲求類似《唐吉訶德》的
書，一切故事胥隨主角轉移，大約是沒有的（山差是陪襯唐
的，並不獨立）。求其類似西洋所謂 picaresque 小說的，中國
作品中《野叟曝言》縱非獨一，至少也是很特出的一種。這一
點可以從書內的故事看出來。但要了解此點，首先還得檢視本

書對寫實的追求。

　　費爾定 (Henry Fielding) 的《湯姆・瓊斯》(*The History of Tom Jones, a Foundling*)，自稱為歷史（或傳記），始終一貫維持了這一假說。中國小說家一向說其流出於稗官，屬於史的一類，所以常自稱異史氏之類。但一般只在序言或講評時提及，在書內卻乏表現，只有這本書的外史氏完全用編年體來寫，前後一致，對情節裡的時間，計算精密，使讀者可以據以推核，很少錯誤（假如我沒有算錯，則只有文白長子文龍的年齡，在他登科出仕那一段差了一年）。這與我們對寶玉等的年齡，至今聚訟紛紜的情形，大為不同。至於本書中把僅在位十八年的明孝宗，延壽到三十三年，致使其子正德皇帝，幾乎沒有了做皇帝的餘裕，則屬作家特權，毋庸論列。

　　從單一的主角與以時間的精確為寫實的表現來說，本書故事，始於明憲宗成化元年乙酉（一四六五），終於明孝宗弘治三十二年己卯（一五一九，歷史上是武宗正德十四年），但故事的漸入高潮，則始於成化三年丁亥（一四六七），演至成化七年十一月文白中蠱，十年（一四七四）七月初十日方愈，臥病三年餘，幾乎完全昏迷不醒，所以同時所發生的事，只以倒筆簡略敘述。成化十年至十一年，文白平亂勤王，是大關目，篇幅亦較多，其後便漸轉入其子孫家人，敘述亦如流水賬，到成化十七年辛丑（一四八一），文白得了失心瘋，直病到二十三年丁未（一四八七）憲宗「龍馭賓天」時才好，其間數年，又是長話短說。文白愈後，雖也出了不少主意，行動卻都屬他的子孫。不過，這只意味文白個人的延伸：作者強調他的子孫的成就，還是依賴他的宿學素養（不是門第），所以這些子孫只是他的化身，他也始終是牽絲提線的人。整書裡每一情節，

都繫了年月，甚至日時。這是夏敬渠在寫實方面的第一種表現。

其次，這部小說誠然炫學，但其炫的方式與它書不盡相同。《燕山外史》的炫學在於作者完全用駢四儷六的文體來敘事（孟瑤先生說《遊仙窟》也是如此。其實兩者頗有分別。《遊仙窟》用的是六朝文體，以四言為主，雖有駢偶，不似《燕山外史》那樣儘量迎合後世的四六，使得每十字為一句，每兩句為一偶，可以包括到四個典故）。《鏡花緣》的炫學，則是要那一百位才女，遊園聚會，生吞活剝地要她們各顯所長，刺刺不休。事實上，《紅樓夢》和等而下之的各種才子佳人小說，也莫不以結社之類來炫學，只有《野叟曝言》，創設各種合理的場合，使文白的學問做自然的，順理成章的表現。這種顧及了情節的必要或或然性，是夏敬渠的又一成就。

再其次，作者的敘述方式，與奧爾巴赫 (E. Auerbach) 論〈奧德賽阿斯的傷疤〉（"Odysseus' Scar"，是 *Mimesis* 的第一章）所說，若合符節。明白地說，作者不走懸宕的路子，而要一切從容敘述，每發生一事，必要把來龍去脈，明白交代，所以特別喜歡用倒敘法 (flashbacks)。這一點是其他中國小說不常用的技巧，卻隱合紀事本末的史筆，具見作者以紀傳（文白的）為經，以編年為緯，再穿插上紀事本末的體裁，使全書契合中國史家的全部本領，也使它與其他中國小說，大有不同。

作者在結構方面，和在編年上同樣表現了驚人的記憶力。書內的人物，大半都有出生年月（他們很少死亡），而且前後一致。更進一步，書裡用了很多伏筆 (foreshadowing)，在若干頁以後，才把一件事情的真相，揭露出來。但作者的目的，顯然並不在懸宕，因為這種前後的呼應，其重要性只在真相大白

的時候才顯現出來，而在設伏的時候，並未引起讀者的特殊期待。所以，它的作用應當是僅在線索的布置，使得其結構有謹嚴的表現。這類伏筆在習於平鋪直敘的中國傳統小說裡並不多見，而這種用法更少。書內的人物數額，超過一切中國小說，作者卻從不失誤。這些表現，應該是夏敬渠的又一成就。

胡適先生特稱《鏡花緣》，因為它主張女權，反對纏足和風水；孟瑤先生指責本書作者思想陳腐，都是從信仰立言的。夏敬渠一心要為程朱理學所代表的儒家張目，希望繼韓愈〈原道〉之後，再為文章，盡滅釋道，連基督教也要從歐洲拔除，其宗教上的偏執與欠缺容忍，固然荒謬。他假文白之口所說的君臣道理，又充塞了十足的奴性。他還把一切成敗利鈍，歸諸命數，背棄了儒家的人文主義要諦，渾忘孔夫子的罕言性、命、天道，以致數典忘祖，得櫝遺珠，尤見褊隘。但其思想當中，卻有若干部分，顯示他確具相當深刻的政治觀察力。文白在憲宗脫難後條陳興革十事，其中清賦、限田、備荒、罷貢、均徭、免民運、清官莊等七項，都屬於土地改革或安定農民生活（第一百二十回。第一百二十四回中另有一奏，一百卅回中父老之稟，一百卅六回一百卅八回之敘述，亦與此有關）。在另一次談話中，孝宗答應為官員加厚俸給，不僅能養廉，也是穩定社會的良策。中國一向以士農工商為四民，農民從事財富的生產，官員主持財富的分配，而官員大抵出身於士。士與農是社會締構的兩種基石，一上一下，而士卻屬於浮動性最大的中產階級。這兩種人的生活安定，其社會地位也便穩固，社會自然就能得到鞏固與安定。這種主張不當視為陳腐。夏敬渠在思想上的表現，誠然與文學沒有直接關係。但在讀者接觸作品的時候，既很少能完全擺脫個人的主觀信仰，則只要這種思想

有其客觀上的正確性，正不妨視為夏敬渠表現的另一條路。

　　但是，如前面所說，這部書的毛病頗多。得失相衡之後，我感覺《野叟曝言》的内在弱點，不能完全由它外在的成就沖銷。所以，我同意前輩學者的看法：它不是一部成功的小說。只是我獲得這種結論的方法，是從心理分析上來的。事實上，本書最大的失敗，而自心理分析來看卻是最饒興味的地方，在於它的主題與主題表現之間的矛盾，或者說作者的表面或有意識的意圖 (intention)，與潛在或無意識裡的實際表現之間的衝突。我們可以說，全書的一切失敗，包括文白性格的刻劃，各種重複冗雜的敘述，用常理來文飾超乎常理的現象的努力，都是從這種衝突衍生的。

　　本書的主題是什麼？書名是《野叟曝言》，自然是採取了野人獻曝的典故，與其刻劃「備武揆文天下無雙正士」，要成「鎔經鑄史人間第一奇書」的正面意圖，懸殊霄壤，大有反諷意味，這種矛盾，作者是否覺察到了？「曝」字本身更有趣：它音 pù，意為日晒，日字旁是後人加的，原字是暴，而暴有此音，再一義便是顯布或顯露。最後一義是暴布，意為白布，應當指未染者。我對中國字語源愧乏修養，無法確定這三種意義何者為先，但以常理想來，負暄則是暴露於日下，未染的布則顯露本色，其實都像是第二義的延伸。這個意義對本書卻有特殊的重要性。作者是否在潛意識中已經有了這種認識？這一點後面當再提及。書内的主角是文白，即「無雙正士」，作者要經過他而達成「第一奇書」。文白如確為夏字的拆字格，則自是作者自況。文白的經歷，當然只是夏敬渠在幻想 (fantasy) 或白日夢裡的經歷，但仍不失為一種精神的自白錄（spiritual confession 或 autobiography）。我們行將看到，夏敬渠的幻

想，其實是把他潛意識中不能或不願見人的因素，都和盤托出了的。文白是什麼樣的人物呢？

> 是錚錚鐵漢，落落奇才，吟遍江山，胸羅星斗；說他不求宦達，卻見理如漆雕；說他不會風流，卻多情如宋玉。揮毫作賦，則頡頏相如；抵掌談兵，則伯仲諸葛。力能扛鼎，退然如不勝衣；勇可屠龍，凜然若將隕谷。旁通曆數，下視一行；間涉岐黃，肩隨仲景。以朋友為性命，奉名教若神明。真是極有血性的真儒，不識炎涼的名士。他平生有一段大本領，是止崇正學，不信異端；有一副大手眼，是解人所不能解，言人所不能言。

文白字素臣，顯然是從孔子稱素王上來的。父名道昌，字繼洙，又與儒家有關。兄真字古心，和母親水氏（知者樂水?），大約都與文白的「崇正學」有關。他所崇的正學，其實便是程朱的理學，甚至對陸象山大張撻伐，都是書內屢屢提及的。從這些材料看來，本書當然是翊贊聖教，希望理學之道昌，上繼洙泗，乃至賓於素王的。這種主題自然是不能再冠冕堂皇的了，但卻因為內容過於猥褻，竟致在出版後不久，便被列為禁書。今天我們所能見的通行本子，亦即世界書局的所謂「珍藏本」，已經過大力的刪削，這是為了什麼呢？

我提到文白的性格刻劃 (characterization) 成問題，也提到一切正面人物的描述，向來很少成功，但文白性格的失敗，還有其特殊處。夏敬渠有意把文白寫成文武雙全，智勇兼富的人物。實際上，他在炫學以外，所實際表現的，卻全然是另一回事。他的武，只限於好勇鬥狠，跡近游俠，憑仗的似乎只是血氣與剛愎。他做事全憑衝動，很少計及後果。他屢次中計中

毒，卻從不肯小心，遇見酒就要開懷暢飲，中了毒便委之命
數，需要別人來拯救，來善後。因之，他不僅缺少諸葛的謹
慎，乃至到了鹵莽滅裂的程度。在這種表現上，他完全違背了
儒家保身的教訓，卻顯得他的個性，胥操諸本我之手，甚至甘
於涉險，具有濃重的自毀傾向 (selfdestructiveness) 或求死欲念
(death wish)。不僅此也，他遇到困難而似乎無法克服的問題的
時候，從不能平心靜氣，冷靜思考，而是必然昏厥過去。成化
十七年他因上疏乞廢佛道兩教接受考驗時竟致變成失心瘋達七
年之久。這一點顯示他沒有面對現實的正常本能。他的本能是
逃避。假死本來便是生物應付危機的辦法之一，發瘋更是精神
失常的逃避的極端表現，但不應當是心智健康的人的方法，更
不必說文白是智勇雙全的人了。

專就以上幾點，我們大抵已可判定，作為一個人物，文白
其實是個神經質十分濃烈，心智並不太正常的人。但他的精神
病徵 (neurosis)，卻還不限於這些。文白正式出世，時在成化
三年（一四六七），他二十四歲（生於正統九年甲子，一四四
四；水夫人生於永樂十八年庚子，一四二〇；他的長子文龍生
於成化四年戊子，一四六八。這一家主要人物都屬鼠，是否有
特殊意義？值得探討）。這年三月初二，文白出外遊學，而以
江西為目的。途經杭州，遊西湖時遇見江西世交未澹然（諸葛
淡泊明志，此處故為其反？）及其兩女一婢。隨後遇上發蛟水
災，他敗蛟自救，輾轉還救了未家長女鶯吹。接著他便在雨中
抱（不是負）鶯吹而行，還在荒廟中對火，兩人幾乎是赤裸相
見了（舊時女子是連腳也不肯讓丈夫見到的，更不必說外人
了）。鶯吹有意效季芊下嫁，文白卻不肯做鍾建，於是演出了
柳下惠坐懷不亂的翻版。此後文白遇到不少美女，都曾同床共

枕，提攜在抱。這些女孩子都願委身，他卻每一次都要「秉燭達旦」，步關夫子後塵，乃至連他的兒子文龍，也要學這一手。本來，中國傳統小說裡女子的肌膚，一接觸到男子，似乎便只有嫁過去或斷臂自殺，十分荒唐。再不然便是女子全失抵抗力，所餘只有「顫巍巍地受了」（《拍案驚奇》中語），未免把女子看得過分嬌弱，但像文白這樣佳麗當前，卻能於觸摸慰撫之後，不必老僧入定，便可全不動心，顯然不是正常的表現。但在另一方面，他觸摸女子的機會卻又多得令人吃驚。成化十年他隻手衛宮的時候，太子宮裡的女人，自嬪妃到宮娥，都為了辟邪而需要他在裸露的雙乳之間，寫下他的名字！一面他在性上如此退縮，一面卻又如此進取，能是正常的性心理嗎？

更有趣的是，文白首次離家，業已二十四歲，雖然是中國算法，但究竟已屬成年。但他每次返家，必定要求睡在母親的房裡，每次還要「捧腳嗚咽」。捧腳是否為夏敬渠時代江南的風俗，我不知道，但是一種特殊的肌膚之親，當無庸疑。文白甚至在每次納寵的時候，也必然先要求在水夫人房裡睡。在小說裡，這種情形似乎只有賈寶玉有過，或曾做此要求過（王夫人把他趕掉了）。但賈寶玉總歸是孩子（雖然已偷試了雲雨情），這裡卻是個成年人。幼童戀母，雖有佛洛伊德的說法，尚還可以視為正常或成長過程中必經的階段現象，但在一個成年人這樣做的時候，豈非反常？尤其是在他娶了新妾，面臨了性的挑戰的時候，還要這麼做，豈不更耐人尋味？以心理分析的名詞來說，文白顯然有著伊底帕斯情意結 (Oedipus complex) 的傾向，至少他的母親固著 (mother fixation) 的徵象，是十分明顯的。

文白是夏敬渠創造的，是夏敬渠理想裡的「亦若是」的大丈夫，因而在精神上與實質上都是作者的化身。文白的心理有變態，自然是作者變態心理的反映，而這種變態心理的徵象表現，在全書裡俯拾即是。世界書局的珍藏本，誠然把露骨的淫穢描寫，一掃而光，但刪改者並不了解變態心理，所以把較明白的描寫雖都刪去了，更深入更具意義的部分，卻都保留下來。這一部分，都是與變態的性心理有關的，也顯然是夏敬渠潛意識在無意識之間的坦白浮現。

「食色性也」，所以「飲食男女，人之大欲存焉」。夫婦居室，是一切人倫的開始。不論《詩・關雎》的解釋，是否那樣堂皇，中國人對性的態度，大抵是相當健康的。我們一向認為人都生而願為之室家，不似西方有各項禁欲思想，雖對女性有若干歧視，卻很少認為「男女居室，天下之至穢也」（《聊齋・樂仲》），從而產生罪惡感（此點可試比較《舊約・申命記》裡所申的詰命）。這種健康的觀念，使我們在承認食色的重要，視其滿足為當然以後，便轉而注意其他人生要務，以求充實人生。我想，這便是為什麼孔夫子在讀了「彼狡童兮，不與我好兮」，「子兮子兮，如此良人何」之類的露骨情歌，仍然可以坦然地說：「詩三百，一言以蔽之，曰思無邪」的緣故。但在夏敬渠的筆下，情形便不如此簡單。《野叟曝言》對性方面的行為的敘述很多，古怪的是，幾乎很少是正常的。這種偏向不正常的描寫，很可能與「曝」字有關，尤其是當我們把「曝」字寫做「暴」的原字的時候。一字而兩音數義，增加字義的複雜性，也使作家在有意無意之間，增加其表現的多元方向。這樣看來，則不正常的性的描寫，一面傾向於暴（音豹）力（強姦、取胎），一面傾向於暴（音 pù）露（偷窺，表現狂），似

乎對作者而言，直截了當的正常的性永遠不夠刺激，必須在性與「暴」字聯在一起的時候，才能有引動性感 (erotic feeling) 的效果。這種情形顯示夏敬渠有著一種性的執滯 (sexual obsession)，而其特質是變態心理的徵象。前面已說過文白自己的性心理的反常處。我們現在可以再看看這種變態心理的徵象，包括些什麼。

正當的性，自然是男女好合，一面克盡了傳宗接代的功能，一面也滿足了自然的衝動。但人類因為社會禮法的限制嚇阻，性的衝動往往自幼便遭到很大壓抑，長大以後，如果未能達到正常的適應，以致「生命力」受到創傷或挫折，則將發生過或不及的現象，不能在正常的性生活裡取得滿足，反而非從一般視為反常的方式上求滿足不可。這一類的反常方式，種類繁多，它可以是優越感，進取或攻擊性 (aggressiveness)，以及虐害狂 (sadism)，也可以是這些的另一極端，包括自卑感，退縮，和受虐狂 (masochism)。這些都可以表現在性上。其中的表象，則有性冷感 (frigidity)，必須由其他刺激，方能引起快感 (orgasm)，雖然這類表徵在表面上不必一定與性或異性有關係。知好色而慕少艾，是正常現象，在異性面前，故作英武或搔首弄姿，在一般情形下，也是正常現象，但如過分到希望故露胴體，便成表演狂 (exhibitionism)。投桃贈帕，視為表記，而移情於其上，如果專注到以表記代本人，則是拜物狂 (fetishism)。拜物狂的極端的一種，便是特別受吸引於痰、唾、糞、溺、精液、月水之類的排洩物，專稱穢物狂 (scatology)。性的結合，本應為男女兩人，但在不正常的情形下，它可以成為同性戀，而其在古希臘與中國的表現是男風 (pederasty)；可以把偷窺別人好合或異性胴體（入浴、洗腳）當作

求快感的途徑，即偷窺狂 (voyeurism)，這裡包括對淫書春畫的過分喜愛；更可以是親族通姦 (incest)、獸姦 (bestiality)、屍姦 (necrophilia)，至於和姦之類 (adultery)，倒還比較算是正常的。虐害狂的表現，最顯著的是強姦、重視處女與以綠帽子予人 (cuckoldry)，因為三者都是要給予對方痛苦的。受虐狂方面，則是甘為烏龜，尤其是視自己妻妾與人姦宿為樂，或以集體亂姦 (group sex, sexual orgy) 為樂的表現（兩者都與偷窺狂有關）。此外與性有關的風俗和習慣又包括了初夜權 (right of the siegneur)、黃色的雙關語 (double entendre)、及所謂人妖 (transvestitism，即男而愛女妝，女而愛男裝之類) 等等。

這一大堆與性有關的名詞，都是與男子有關的，雖然仍非全部。這不僅因為夏敬渠是男性，而且因為中國一向認為性是男子的特權，女人只能為受者 (patient)，否則便不為人所齒。再者，夏敬渠雖有性的執滯，尚未到發作到癲狂的程度，所以雖可說有了近於男花癡 (satyriasis) 的傾向，大體上還在控制之下。更重要的是，以上所提名詞的意義的徵象，無一例外，都見於《野叟曝言》，而且沒有一個是僅出現三次兩次的。除此之外，與性心理有間接關係可言的，則是牽涉到拜物狂的魘咒 (voodooism) 與吃人肉 (cannibalism)。前者見於太監靳直以木人詛咒太子與文白，以及其他有關勾人魂魄的情節，後者則為水夫人憂旱成病時，文龍等的割股療親。後者特別有趣的是，書內前面曾譴責郭巨埋兒有傷親心，又曾一再強調身體髮膚，不可毀傷，這裡則不僅割股（臂肱），而且是八個人輪流割的，而且是如果水夫人不曾發現真相而加制止的話，文家的人多得很，還要繼續割下去的！因此，連作者後來也要藉水夫人的口來自我解嘲：「豈以我為虎狼，專食人肉者乎？」但她已經

吃了八頓了!

我們要強調這些徵象的一再出現,旨在說明它們不是偶然的觸發的情形,而是在作者潛意識中確實存在的結構狀態(configuration),是他的「生命力」的直覺、衝動性表現。作者或者只是要推陳出新,卻適足表現了他的變態心理。這正是魏爾遜的《傷與弓》立論的基點。作家並不知道他洩露了心底隱藏的機密,但卻如骨鯁在喉,不吐不快。作家異於常人的,在於他不僅有傷或創造的根源衝動,而且有弓或創造的能力。關於我提到的那些病徵,以我粗疏的統計來看,按世界書局的頁數,則除文白及其子孫僕從的「拒姦」(!)和文白自己的其他病態表現不計外,穢物狂最多,計為上冊頁三、五○、六四、一三三、一四四、二二九、二三○、二三四、二三八、二四二、三一三、三九六;下冊頁五三、八五、八七、一一○、一二八、一四七、一五七、一五八、一六八、一七三、一九八、二○○、二七九、二八七、三六四、四四一、四五一、四八○、四九六、四九八、四九九、五○二、五一一、五一六、五一九、五三五、五五二等;偷窺狂計有上冊頁二三、四三、一一一、一四五、一七三、二○七、二二四、二八三、三四一、三四五、三八○、三八一、四六六、五○八、五三一;下冊頁九、一九、二○、六三、一二六、一五一、一六○、二二二、二二八~二二九、二三七、二九一、三三七、三四三、四○五、四二二、四二六~四二七等;表演式暴露狂計有上冊頁二五、五○、五四、一二一、一二三、一二五、一三九、一七一、一九五、二三九、四四八、四六二、四六三、四八一、五○二、五○九;下冊頁一、四六、一二六、一三五、二七四、三○五、四二九、四七五等;男風則有上冊頁九五、三八八、

四八〇、四九〇；下冊頁一三九、二〇七、二九四、四二二、四二七、四三三等；獸姦則有人與龍、與熊、與猴、與虎，其後裔五人配成了「兩對」（其中虎生的兩姊妹嫁了那位猴母生的干珠）。其餘除屍姦只有一次外，都多次出現，甚至包括父親要與他人共看身有異象，業已及笄的女兒的赤體。集體姦宿顯著的李又全，他不僅把妾供給他人，而且為採補而口吸男子精液。文白與妻妾同房，一再要強調天癸已淨。前面所舉頁數，容或有分類不當之處，但確都具有變態心理的症候，是讀者可以覆按的。

作者這種性的執滯，顯然影響了他的性格，以及從這一性格孕育孳乳出來的作品。佛洛伊德認為作家自作品求滿足，猶之於精神患者自白日夢中求滿足，其出發點都是對現實的逃避，其結果是陷溺日深，痼疾日重，愈益不能覓致正當的解決途徑，與現實也便愈益脫節。崔靈認為作家建立新的秩序，正是正當解決途徑，所以作品儘管是病態心理的表現，其表現的成果是健康的，作家也可從而取得健康。專以《野叟曝言》的情形來說，夏敬渠的情形，可能更接近佛洛伊德的診斷。換句話說，他的白日夢只使他病態益為嚴重，以致這部小說的煞尾，是兩段夢境：水夫人夢到她與堯母以下的聖賢母氏相聚，而包括孔母徵在，孟母仉氏在內，都要揖讓她上座；文白夢到他和古聖先賢集於一堂，至聖先師推譽他成就高於素王。文白以為聖賢立心開始，以超邁孔子為終結，自大狂 (megalomania) 不是到了極點了嗎？

與性心理變態有表裡關係的，是前面說到文家很少有人死亡。我們可以看到，死亡的只有兩個僕人，即奚囊（恩）和文容（未容兒），而且都是橫死，（都死於逼姦！）巧的是這兩人

在成化三年文白遊湖遇險時都不啻業已死過一次。我們甚至還可以說，文白中蠱及失心兩次，水夫人需要吃人肉的一次，和孝宗十八年孝宗自己大病經年，都表示他們也都死過一次或一次以上。表面看來，水夫人壽逾百齡，文白亦逾八十，然則作者顯然一面表現了死亡的願望或衝動，一面卻又恐懼死亡，不敢正視這種必然的現象，反認為「性」是致死之因。這種乖異的思路，在作者的幻想裡，有兩種具體表現。第一是水夫人「持盈保泰」的教訓（一百卅八回），這是儒家的機械的循環論的思想，應屬意識上的了解。第二種便更為有趣，而且顯然懸浮於意識和無意識之間，這便是樂園或牧歌 (Edenic or idyllic) 世界的創造或重演。一百卅九回裡，孝宗對文白說：「今御園之中，四靈之下，尚多猛獸，竟無不聽人調弄，耦俱無猜，不意素父園中，也是如此。」這不就是《聖經》裡獅子與羔羊同臥起的景象嗎？孝宗說這是「萬物各遂其性」，其然豈其然！一百四十五回描述既滅僧道後數十年，路不拾遺，夜不閉戶，固是大同世界，也是靜止不動的世界。這類嚮往之情，在書後的三分之一裡，屢屢重現，意味著作者的內心深處，埋藏了嚴重的焦慮 (angst)，其應付的方法，是「幼稚」的 (infantilistic)。

由於夏敬渠的精神病態，隨小說的發展而表現得愈趨嚴重，他的性格便愈益趨向分裂。這種精神分裂 (split personality) 反映在他的作品裡面的，便是主題的分裂。質言之，他的超我要表現後天的道德，要向上拉，他的本我卻要表現原始的衝動，要向下拖。這兩種意識因素的爭執，結果是主題與主題的表現背道而馳。這種基本上的矛盾，迫使夏敬渠的自我夾在中間，勉力調停，卻又兩面都不能討好。本我的衝動破壞力

量，造成文白的鹵莽債事，造成以衛道為口實而以摧毀消滅一切反對為目的的虐害狂表現，以及各種殘忍酷虐的迫姦、刑罰與殺人的描述，乃至嘲世主義型的場面，例如奚囊在被倭國女帥迫姦雙死以後，兩人的遺體製為歡喜佛的法身。超我的理想斂抑力量，則要把文白造成「無雙國士」般的超人，要他到處慷慨陳詞，言人所未言，發人所未發，做人所未做的功業。但因為本我始終在其間作梗，所以我們實際見到的文白，是「有著泥腿」(foot of clay) 的英雄，是超人與性無能蛻變的邪獸。夏敬渠的自我無法解決兩者間的衝突，惟一可做的是彌補，是竭力找理由來解釋實際上沒有理由的事，是一再重複業經發生的情節，以求獲致更多的機會，從事徒勞的進一步的解釋。這便是《野叟曝言》在結構上的問題的癥結。

在結束以前，我們不妨再舉若干實例來說明這種基本矛盾衝突的表現。成化十七年，文白上書求盡廢天下寺院，禁止僧道的存在。上皇給了他一個考驗：聽西域進貢的獅子的吼聲。結果文白失敗得很慘：他在一驚之下膽落，成了失心瘋，瘋後卻盡變其拒色習慣，反而重複了李又全家群體縱淫的場面，並且增加了變童的暗示。文白的銀樣蠟槍頭，和瘋後耽溺酒色，顯然十分有趣——它可以說明在人為的約束因發瘋而失效以後，本我的衝動可以任所欲為了。但作者在有意識的情況下，不肯讓他的英雄化身墮落，因而在成化二十三年上皇宴駕之時，馬上要文白清醒過來，而且說明，在那七年之間，文白其實是緇而不涅，磨而未磷的。這樣一來，潛意識與意識大為衝突，這段情節便完全失去了結構上的意義，尤其是作者並不肯直截了當的表示：文白的發瘋是佯裝的，他的醇酒婦人只是為了韜光養晦，更使這件事撲朔迷離，讓人莫名其妙。再如作者

處處要闢佛道，破迷信，但文白可以一面指責共工、女媧都是無稽之談，一面又要殺山魈，斃夜叉，跨龍、乘虎，還要以滴血入骨的方法，證明父子血緣關係。總之，夏敬渠處處要為文白佔身分、顯能耐，卻處處使他表現得幼稚、可笑。他處處要講求理想理性，卻遮掩不了他內心的衝突激盪，遮掩不了主題與主題的表現之間的南轅北轍。因此，《野叟曝言》的開始，是以衛道的眼光來解釋浪漫思想濃厚的崔灝的〈黃鶴樓〉詩——其中不返、空餘、晴川、芳草豈不都是「撫昔」(ubi sunt)? 卻用兩個荒謬的夢，虎頭蛇尾地草草收場了。

因此，《野叟曝言》是一部十分特殊、十分有趣的小說，但以成功的小說所要求的技巧結構來說，卻不是一部好小說。

《兒女英雄傳》試評

我國的傳統章回小說，其命名的原則，大約不出書中人物姓名、故事發生時、地或要物、故事內容，和主題等幾種。第一種如《金瓶梅》是潘金蓮、李瓶兒和春梅的名字拼成，《宏碧緣》也暗含了兩個主角的名字。其他則如《薛仁貴征東》、《薛丁山征西》、《施公案》、《三俠劍》、《七俠五義》之類，都可歸進這一種。第二種則有《東周列國志》、《三國演義》、《水滸傳》、乃至《紅樓夢》（雖然這個名字也與主題有關）、《飛仙天豹圖》、《三門街》等。依故事內容命名的，則有《西遊記》、《蕩寇誌》、《儒林外史》、《綠野仙蹤》（雖然這個名字十分不明確）、《官場現形記》等。依主題命名的則較為複雜，有可以一目瞭然的，如《醒世姻緣》，有的則因為摻雜了佛道虛無思想的成分，頗不明確，如《鏡花緣》、《紅樓夢》、《海上繁華夢》、《花月痕》之類，自夢幻著眼，則一切本來都要歸於虛空，與內容的描述，關係並不太大。再如《野叟曝言》四字，長篇短篇，談禪說鬼，無不可以使用。《風月傳》裡的風月，出儒而入魏晉的風流觀念，講述真才子真佳人，在命意上是特殊的。但真正命意顯豁，始終緊緊扣定了故事內容與主題的，中國自有小說以來，似乎只有一本書的命名，那就是《兒女英雄傳》。

在〈緣起〉首回裡，作者藉著神話裡的人物帝釋天尊（有趣的是，並非玉皇大帝），指出命名的本意：

這兒女英雄四個字，如今世上人，大半把它看成兩種人，兩樁事。誤把些使用氣力、好勇鬥狠的，認作英雄；又把些調脂弄粉、斷袖餘桃的，認作兒女。所以一開口便道是，某某英雄志短，兒女情長；某某兒女情薄，英雄氣壯。殊不知有了英雄至性，才成就得兒女心腸，有了兒女真情，才作得出英雄事業。譬如世上的人，立志要作個忠臣，這就是個英雄心。忠臣斷無不愛君的，愛君這便是個兒女心。立志要做個孝子，這就是個英雄心，孝子斷無不愛親的，愛親這便是個兒女心。至於節義兩個字，從君親推到兄弟夫婦朋友的相處。同此一心，理無二致……這純是一團天理人情，沒有一毫矯揉造作。淺言之，不過英雄兒女常談，細按去，便是大聖大賢身分。但是要作到這個地步，卻也頗不容易。

這裡的主題，應當是清楚已極。它要講的，表面上是兒女英雄，卻與流俗之認為兩者是對立的二元者不同，而是以為兩者必須融合為一，才是完整的一體。因此，它實際上所講的，是天理人性，而天理人性不僅是一非二，並且是永恆不變的。人類在一切文化上的努力與成就，包括文學，其目標都在於發揚這四個字所代表的抽象觀念，亦即具體了的兒女英雄的行為。這種命名的方式，與它的顯豁程度，在西洋的小說裡，似乎只有珍・奧斯汀 (Jane Austen) 的兩部名著差堪比擬：《傲慢與偏見》(*Pride and Prejudice*)，《理與情》(*Sense and Sensibility*)，但以其概括的範圍來說，則《兒女英雄傳》顯然是廣大得多，嚴肅得多。但是《傲慢與偏見》成為世界性名著，《兒女英雄傳》在中國全部小說遺產中，至多只是二流，只好說是有幸有

不幸了，而兩者在故事的範圍與處理方式上的不同，卻是傳統與文化上的歧異的表現。這種傳統與文化上的歧異，植根於東、西方小說發展的歷史與東、西兩方的基本思想體系，而後者自然是影響前者的。小說，乃至一切文學的作品，既屬人類文化努力的果實，既屬社會與人性的反映，則傳統與文化，必然要在小說上發生影響，決定了小說的意識型態，決定了小說的內容與形式。簡單地說來，西洋的現代小說，起於十八世紀的英國，以狄孚 (Daniel Defoe) 為濫觴，以李查遜 (Samuel Richardson)、費爾定 (Henry Fielding)、司特恩 (Laurence Sterne)、斯莫勒特 (Tobias Smollett) 為列祖大師，而由奧斯汀總其大成，上承道緒，下開百代，是為現代小說的正宗。其餘諸家，只是異端餘緒，不能儕於主流。這些人的思想背景，是十八世紀時中產階級由抬頭興起而蔚為社會中堅。中產階級的思想，是十六、七世紀以來的清教主義 (Puritanism) 加上十七世紀後半理性主義流行的混合體。這一階級在政治、經濟上的表現，是民主、是個人主義，是對私有財產的重視。因此，《魯濱遜飄流記》(*The Life and Adventures of Robinson Crusoe*) 裡所強調的，是個人可能達到的成就，而其背景是資本主義下的財產制度。西洋的倫理思想，以基督教的教義為基礎。基督教強調得救與否，是個人的事，與佛家小乘的自度相類，其方法是揚棄世俗的一切 (renunciation)，和承認原罪，力求謙卑 (humility)，以邀天眷。清教思想接受了個人主義，卻既不肯放棄，而其「選民」觀念 (concept of the elect)，更造成自傲。對這種思想的反應，衍生出情感主義 (sentimentalism)，使類似孟子的須經許多修養工夫才能達到的「放心」，轉化為盧梭式的「率性而行」。

基督教的教義，既然一方面強調上帝的正直 (justice)，因而有了「原罪」的懲罰，另一方面又強調上帝的仁愛 (mercy)，因而有了救贖 (redemption) 的保證，則上帝對一切都有安排的想法，自然便要生出。但人生是多方面的，現象 (appearance) 與實際 (reality) 總無法一致，善與各種形式和程度的惡也經常並存。十八世紀既要憑常理、憑感情為判斷價值的依據，便要一面對人生的終極充滿希望，對人生的現況卻看到許多應加誅伐的情形。因此，十八世紀是諷刺文學最盛行的時代。文學是達到人類希望的手段之一，十八世紀承認文學的道德功能，這種功能是揚善抑惡。這一切思想背景，決定了現代小說的基本內容與形式。另一方面，揚善永遠是困難的，「三代以下無完人」，才華燦爛如彌爾頓 (John Milton)，在《失樂園》(*Paradise Lost*) 裡把撒旦寫得活龍活現，卻對上帝束手無策。其實，不僅完人的描述困難，大奸巨憨的描述，也不容易。彌爾頓費盡筆墨，要勾畫出撒旦的冥頑無恥，浪漫運動時代，撒旦卻被視為英雄的化身。比較起來，真正容易討俏的，是中間性的人物，既非大忠大烈，也非大奸大邪，卻在性格行為上，有其可笑可憐的缺陷。奧斯汀的小說，便是以人物的偏差開始，以他們的歸於正途作結的。她的成功，以及西洋現代小說的特質，便是這種個人主義的局限性問題使然。

中國的傳統與文化，與西方有相同相通之處，但更多的是相異。以傳統來說，現在頗有學者，相信中國小說，也是隨中產階級的興起而發生的，論其時代，則為自唐朝後半開始。這種看法，究竟有多少只是比附使然，目前還無法確定。但中國的中產階級，顯然與西洋或至少是現代小說發祥地的英國中產階級，迥不相侔。中國除了皇帝，並無太多貴族，而一向重士

輕商。士是擠往上層社會的唯一途徑，巨商大賈，縱如清代的
鹽商，如果沒有功名頂戴，在官府眼裡與升斗小民並無差別。
唐代誠然已出現短篇小說或傳奇，其作者與對象顯然都是士
子，與平民無關。宋元以後的評話之類，作者與對象，則流為
市廛中的編氓，也與英國重商主義下，商人掌握國家政治經濟
命脈的情形不同。因此，中國小說的基本思想，不是商人形成
的中產階級的思想，而是士人形成的中產階級的思想。士人思
想，兼具仕隱兩途，但是以仕為正，基本上是儒家的。儒家以
仁恕為本，三綱五常，忠孝節義，主旨便是帝釋天尊的一番
話。由佛家的帝釋來講儒家的集體主義，當然十分可笑，但這
正是中國世間主義 (secularism) 的表現。既然一切以此生為依
歸，中國的思想是倫理的，亦即人與人之間的關係的。專就人
與人在此一世間的關係立言，便是集體主義。當然，中國並非
沒有個人主義。律己慎獨的工夫，正是這種思想的精義。但是
對我們來說，個人主義是手段，集體主義才是目標。這一點便
與西洋以個人主義為一切道德的準繩大為相異。因此，儘管東
西兩方的文學都以道德為目的，西洋便著重個人的醒悟，中國
卻著重為集體立楷模了。垂型萬世，正是《兒女英雄傳》全力
以赴的目的。

從這一觀點出發，我們可以看出，從《金瓶梅》到《紅樓
夢》，從《儒林外史》到《官場現形記》，都是反面的文章，所
提供的是消極的例子。西門慶縱淫恣欲，賈寶玉棄家逃世，以
及後兩部中的各種醜惡形態，都只能昭炯戒，要人如何不蹈覆
轍，卻沒有指出，在儒家的思想型態裡，應該走的大道正路是
什麼。這些書成為傑構，正是因為反面文章易作的緣故。比較
起來，《兒女英雄傳》是唯一揭櫫了正面主題，而且鍥而不捨

的作品。換句話說，其他各小說，都與《傲慢與偏見》有基本上相通的地方，只有《兒女英雄傳》，始終是積極的，始終表揚中國傳統裡的入世、淑世精神。這種小說，在西洋大約是完全沒有的。在中國，《天雨花》或者可以相比，但《天雨花》歸結於明朝的滅亡，顯得前此左維明的各種表現，都屬夢幻泡影，過分強調了運命，忽視了自由意志的積極性意義，還是消極的。

意義積極，只能作為判斷的部分標準。文學作品，包含了兩面，即內容和形式。這兩面當然需要融合為一，不能各自為政。依歌德 (Johann Wolfgang von Goethe) 的標準來說，我們讀一切文學作品的時候，總要問三項問題：作者說些什麼？他說些什麼的技巧是不是好？所說的是否值得說？第一項是故事的本身。第二項技巧是美學問題。第三項是道德尺度。《兒女英雄傳》在道德上應當是上乘的，因為它表現的是正宗的中國傳統倫理思想。在第二項上，它敘述的是安學海家的兩代：上一代功名蹭蹬，下一代飛黃騰達，後面的榮，全跟前面的枯而來，由家庭到國政，由平淡小事到出生入死的冒險，除了幾場夢以外，都是常理中的事，不像《紅樓夢》裡還穿插些神怪故事。現代小說的特徵是寫實，而這本書寫實的程度，至少在數十萬字的長篇小說中，沒有一本能與它相比。以結構來說，續集完全落入《施公案》之類的俗套，文筆與前四十回全異，可以肯定是續貂之作，應當不與置列，前四十回的後小半，可能也有混珠的地方，而大體上故事的發展是相當謹嚴，而具有亞里斯多德 (Aristotle) 所謂的必然性的。這種寫實的手法，嚴緊的結構，乃至或然律的遵守，都使得這本小說，在中國這方面的遺產裡，十分突出。舉例來說，《鏡花緣》、《野叟曝言》等

書，都喜歡掉書袋、炫學問（《紅樓夢》也有這一套），但其介入的方式都十分生硬，不外是聯句或遊戲時引經述典。我們比較安學海在本書裡述學的部分，就可以看出其中工拙和矯揉與自然的分別。此外，在技巧上作者利用了評話傳統裡的作者介入 (authorial intrusion)，與費爾定在《湯姆·瓊斯》(The History of Tom Jones, a Foundling) 等裡的手法暗合，卻並無太大的斧鑿痕跡。這種技巧的利用，在中國的長篇小說裡面，也是絕無僅有的。這種方法，近似希臘戲劇裡的唱詩隊，能為故事的推演，多了些闡述與評論，不啻為小說增加了一個向度 (dimension)，而且縮短了作者與讀者間的距離。

然而這本小說的評價，卻十分低下。它不僅不能像《傲慢與偏見》那樣，譯成多種文字，流傳世界，並且經無數專家學者加以研討分析，到了連篇累牘，汗牛充棟的地步；縱使與中國的其他長度相當的古典小說比較起來，它所受到的注意，也是微乎其微，充其量不過在一般小說史裡，勉強佔了一席之地而已。算起來胡適先生的序文（《文存》三集），已是空谷足音了。但是這點注意，代價很高。胡先生對它的批評，早為世人奉為圭臬，相沿至今，附和者眾，持異議的似乎還沒有。胡先生是整理中國舊小說，希望予以正確評價的第一人。他對《紅樓夢》、《水滸傳》等固然是讚嘆不絕，便是對《鏡花緣》、《儒林外史》、《官場現形記》等結構蕪雜，布局鬆懈的小說，也認為瑕不掩瑜，多方稱頌，只有《兒女英雄傳》，雖然倖邀青盼，卻被視為「內容淺薄、思想迂腐」，因而斥為「消閑文學，無微言大義」，是傳奇而非寫實。其唯一足稱的是「語言漂亮」。這點難得的誇獎，還是因為胡先生當時正在提倡白話文學的緣故，而作者文康既屬於以能言善道著稱的旗人，國語

說得好，是可以想見的事。

我們不能因為胡先生顯然有許多偏見，就完全抹煞他的判詞。我們承認，書內頗有矛盾而作者毫未自覺的地方。舉例來說，安學海自以為一介不取，但在淮揚河工上受到賠累，向親友張羅款項，得到烏明阿的三萬銀子的時候，是坦然受之了的。我們注意到，烏明阿當時正在浙江查案，查辦案件是翻雲覆雨的好機會，當然是肥差使。烏明阿這一任欽差便能拿出三萬銀子，顯然其取也是難保不傷廉的。他雖曾說過，他只是代墊所有門生必將孝敬老師的錢，但這筆錢並非從京師來的，而是從浙江來的。安學海卻不肯想到這一些。鄧九公保鏢致富，但富到可以一口氣拿出幾萬兩銀子，自然是有些玄。至於何玉鳳的祖與父向考官請託，更屬科場迷信。相形之下，何玉鳳的靜如處子，動如脫兔，倒是微不足道的變化了。這些或是主題上的矛盾，或是寫實上的過分推廣 (stretching)，誠然都成問題。但就整個說來，我們試把《兒女英雄傳》的巧合或不符人情常理的地方，與十八世紀的英國小說，例如《克拉麗薩》(Clarissa, or the History of a Young Lady)、《湯姆‧瓊斯》等相比，便可以看出，《兒女英雄傳》在細節上誠然有許多可議之處，在整體說來，手法技巧，仍然是寫實的；結構布局，仍不失其謹嚴。胡先生僅稱揚本書的語言，難免是買櫝還珠，皮相之見。文學以語言為媒介，不藉語言，無以表現形式與內容，脫離了形式與內容，語言豈能孤立？這些都是有著相互依附關係的。

這種看法，無庸諱言地是認為我們過去的看法，是錯誤的。錯誤的基本原因，是標準問題，又可以分為時代與理論兩點，在時代上，胡適之先生的文學革命，以及此後的五四運

動，都是浪漫主義的表現。這一段文學潮流的實際情形，梁實秋先生曾有長文，載在《浪漫的與古典的》一書裡。簡括地說，浪漫主義是個人主義發展到相當程度的結果，其表現是推翻過去的傳統，從師古師人轉而師今師己，由而否定了既有的標準與紀律。新文化運動要打倒孔家店，打倒吃人的禮教，要或是坐在黃包車上對車夫表同情，或是因對黃包車夫表同情乃拒坐，由而直接斷了車夫的生路。在這種情形下，舊的秩序與偶像是不容存在的。《兒女英雄傳》要闡述聖經賢傳，要提倡忠孝節義，自然是方鑿圓枘，格格不入。十三妹由英雌變祿蠹，當然是唐突佳人。華安、張進寶式的忠貞守分，豈非極端奴性的表現？而從載道到言志，從紀律到解放，從集體主義到個人主義的轉變，是新文化運動的特質。依這種標準看來，十三妹要做夫人，豈能不成墮落？《兒女英雄傳》的內容與思想，又焉能不「淺薄迂腐」？

在理論方面，我們要記得《兒女英雄傳》是科舉時代的產物，是儒家思想的「仕而優」由社會服務變為升官發財的捷徑（其實並不太捷）以後的東西。中國人對人生的看法，要求的是大團圓，是完美，因而從來不曾產生真正的悲劇作品，這又與西洋浪漫主義運動以後冀求缺陷美者不同。《傲慢與偏見》，尚是新古典主義時代的產物，結局尚屬大團圓。到浪漫運動以後，如《咆哮山莊》(*Wuthering Heights*) 之類，已無完美的大團圓可說。《浮華世界》(*Vanity Fair*) 結局是幻滅感，狄更司的《苦海孤雛》(Charles Dickens, *Great Expectations*) 的兩種結局，都使人興惆悵的感覺，與費爾定的小說截然相異。胡適之先生誇獎《紅樓夢》，至少部分是這種新了解使然。但《兒女英雄傳》自有其時代背景。它所用的技巧，也是傳統的中國技

巧。而新文學的興起，是西方浪漫主義輸入中國的結果。它要推翻中國傳統，但並不要自為主人，而是轉求西方理論。這時的中國理論家，看慣了西洋小說，尤其是十九世紀的歐美小說，擷取了它們表現出來的形式與內容，亦即個人主義的、偏頗片面的東西，轉來應用到集體主義的、全體正面的中國作品上，其結果當然是削足適履。尤其是英國倡始的現代小說，雖然背後隱有濃重的宗教思想，甚至教條上與教派間的互詰，例如《克拉麗薩》裡對天堂的憧憬，《大衛·高柏菲爾》(*David Copperfield*)（《塊肉餘生述》）裡對此類清教徒的嘲罵（大衛的繼父是典型的此類人物），表面上卻很少有超自然的現象出現。相形之下，寫實如《兒女英雄傳》，也要顯得是宣揚迷信。胡適先生罵《醒世姻緣》，正是因為它強調了因果報應的說法。新文化運動的大成就之一，恰是打倒偶像，破除迷信。《兒女英雄傳》雖強調了個人的努力，亦即自由意志，中國傳統的機械性宿命論卻非以言志為文學正宗者所喜，因此，原來的正統變成了異端。理論與實際脫節，而成功的是理論！

　　時代與理論，在這裡互為因果。既然如此，則理論本身便具有時間性、地域性，亦即是局限的，而非普遍的與永遠的。假如批評家能了解，承認這種局限性，則他所做的批評，便能具有相當的彈性，不致以偏概全。但在事實上人類總是以為自己的時代與空間是最標準的，最具普遍永遠性的。這種偏見，卻有進化論予以支持。既然一切都是物競天擇過程所得，則生存者必是適者。假使我們停在這裡，則「適者生存」一詞，尚屬描述性 (descriptive)，而非評價性的 (evaluative)。不幸的是，我們決不肯如此。我們一定要既然是「適」的，自然便是「好」的，從而推衍下去，便得到一個結論：「凡是新的，都

是好的」（這是郭沫若五十年前的話）。浪漫主義裡這兩個別支，即進化論與實驗主義，決定了胡適之先生的思想體系，也大抵建立了重估中國舊小說價值的途徑。新標準於是取代了前人經驗累積的舊標準，然而新標準本身卻不啻是沒有標準的——因為它是以批評者本身為標準。

這顯然不是批評的正途，因為其中的主觀成分太多。相形之下，歌德的三個問題，應該是客觀得多，因為它是以作者作品立言，而不是先有個主觀的套子，再用它衡量一切的。歌德的方法，接近孟子的「以志逆意」，要做到這一點，必須先「知人論世」。換句話說，我們對於一切特定的條件 (donné)，必須了解與接受。二十世紀的批評詞彙裡，有「意圖錯覺」(intentional fallacy) 一詞，認為從作品以外去找作者的意圖，是錯誤的。本來，我們要讀的是作品，並非作者，自然要以作品為主，何況許多作者的生平，並不為人所知，想去到書外找也辦不到。但這並不是說作者的意圖不會表現在作品之內，或者不當過問作者意圖。事實上，文學批評的功能，第一是增加我們對文學作品的了解，然後才能談到評價取捨的問題。凡能增加我們的了解的知識，都是應當的，《兒女英雄傳》既是十九世紀的中國作品，如何能以十九世紀以來的西洋理論，強求其相合？

這樣看來，《兒女英雄傳》的思想，對於「歐風美雨」襲擊後的二十世紀的中國來說，誠然是陳腐，但這是我們的認識，不能因為前人的認識與我們的不同，便輕率地予以否定。再從一般常說的「文學反映或描述基本的人性」來說，《兒女英雄傳》的基本價值，並不曾因我們的認識不同而完全改變。不論人性向上向下，其好逸惡勞，希望獲致容易的成功的心

理，應該是古今中外，人心所同。安龍媒的事業，與安學海的事業，一順一逆，一易一難，造成強烈的對比，而我們無疑都會歆羨安龍媒的左擁右抱，宮花旨酒。這種心理，與西洋的灰姑娘 (Cinderella) 的故事，或阿爾治 (Horatio Alger, 1834–1899) 的諸小說主角，奮鬥成名，由貧賤而富貴的公式，並無二致。「貧寒出身」的狄更司的小說，又何嘗不如此？所不同的是，西方社會，並無開科取士的制度，寒士無法平步青雲，所以灰姑娘只有夢想白馬王子，（何玉鳳想五花官誥，有何不同？）阿爾治的英雄，便須經商了。（我們大約也都記得惠廷頓 (Sir Richard Whittington) 的故事：貴族幼子，身無分文，步行到倫敦，後任學徒，娶得主人之女，乃成巨商，富可敵國，而且三度為倫敦市長。這不是人人所希望的嗎？）我們如全從理出發，再染上一些中國另一傳統中對仕途的畏、嫉、與嘲諷，當然會鄙夷熱中仕宦的人。但是我們雖能自命清高，卻並不能不食人間煙火，或否定世上更多的，是離不開人間煙火的人。《兒女英雄傳》是有普遍、永遠性的。它符合了神話中某一原始類型，表達了人類某種經常具有的共同希望。

因為認識有了問題，前人便以為《兒女英雄傳》的主角是十三妹，而以十三妹的前後為人，從「大馬金刀」轉為熱中利祿，是十分矛盾的事。但是，十三妹真正是主角嗎？如果僅以四十回本的《兒女英雄傳》來看，它以安學海課子開始，以安龍媒由烏里雅蘇臺參贊大臣改放山東學政結束，而在這一段轉變以前，作者費了不少筆墨的，還是安學海南下為鄧九公祝壽，途遇前任河臺談爾音的事。再從全書來說，固然顯要的大關節是能仁寺，作者著墨最多的，人物出現最頻繁的，卻是安學海。胡適先生等提到安學海是作者文康的化身。這一根據是

書前馬從善光緒戊寅年（一八七八）的序，指明書為文康所作，而文康「可謂富貴，而乃垂白之年，重遭窮餓」，「先生一身親歷乎盛衰升降之際，故於世運之變遷，人情之反覆，三致意焉。先生殆悔其已往之過，而抒其未遂之志歟？」作家從作品上為一廂情願的發抒，是佛洛伊德 (Sigmund Freud) 心理分析的主要理論，則安學海之為文康化身，或毋寧說他願望裡的化身，應當無可懷疑。這樣，安學海顯然也是文康的傳話筒。我們如僅注意能仁寺前後段的熱鬧，僅想著「弓硯緣」那齣戲，則是割裂原著，忘卻安學海多少次施展他那口給長才，在十八棵紅柳樹說服鄧九公，在青雲山與西山說服十三妹，在家講古禮，在保定受窘，和對談爾音的以德報怨等大關節了。視文學作品為片段的美，恰是浪漫主義的特色。但傳統與當前的文學批評正則，是以整體立言的。若從全部來說，則主角一職，非安學海莫屬。

　　前面說過，西洋小說或文學理論，以為文學作品所要表現的是一個過程。這一過程，一般是自無知到有知，亦即從渾渾噩噩變到了解人生，正式成為人類社會的一分子。如果我們從這一點出發，我們至少可以記得，在《傲慢與偏見》裡面，開始時達瑟 (Darcy) 具傲慢，伊莉莎白則具偏見，兩者各有其失，在結束時達瑟祛除傲慢，伊莉莎白祛除偏見，乃能珠聯璧合，成就燕好。這個公式大抵上是可以應用到所有的小說或文學作品上去。在這本書裡，其主題是兒女英雄，自性善思想出發，它們可以潛在於每一個人的性情裡，而其秉賦較厚的人，便是所謂性情中人。安學海畢生修身持己，早已把這種潛德幽光，表現在他一舉一動之中，所以他的性格行事，無變化可言。十三妹潛蹤避仇，以恨為支持，但先天的美德靈性未泯，

所以大仇既失，也便在安學海幾番話後百鍊鋼化為繞指柔，雖似大有變化，但其過程甚驟，程序過短，並不能符合要求：她的變是內心裡應外合的結果，而受之於外的並不太多。僅從這一點來判斷，則十三妹仍非主角，安龍媒卻大有資格。他出身書香門第，自幼養尊處優，生長在奴僕環擁，一呼百諾的家裡，益以家教嚴格，跬步不出庭戶，豈僅是四體不勤，五穀不分，乃至到了出門不知東西南北的程度。在孝的動機驅使下，他走上長途。但這時他還是處處依賴華奶公的。華奶公病倒中途，他獨自上路以後，還只憑著舊日的經驗教條（逢人只說三分話，不可全拋一片心），亦步亦趨，絲毫不能自立。我們記得他在悅來店裡那種縮手縮腳的無助神態。他在兩個腳夫的玩弄下，湊巧到了能仁寺又湊巧遇上了十三妹。這些誠然是巧合，但有其信仰根據在：天道無親，常與善人的機械命運論。能仁寺九死一生的驚險經驗，使他成熟了。這正是與環境相互作用而得「入門」(initiation) 的例子。我們記得，他背負鐵膽弓，率領張進寶一家前往淮安，向海馬周三借道的時候，可就非復吳下阿蒙了。這種經驗，雖然給了他自信，自信卻容易流入自恃自負，亦即做人上的大忌。事實上，他後來便有了這種傾向。張金鳳、何玉鳳兩人以宮花旨酒的要求來刺激他，從浪漫的立場上看來自然很煞風景。但對左擁右抱，躊躇滿志的安龍媒來說，不啻是當頭棒喝。否則，他固然可以自命風流，在為人上便要自甘下流。沒有長途跋涉的經驗，安龍媒無由成熟；沒有兩美的規誡，安龍媒無由成材。這整個過程，使得從「迷信」上說，安學海家累代積善，實現了「餘慶」；在人情上說，安學海的課子苦心，有了著落。如此看來，安龍媒豈非真正主角？

　　然而更重要的，我們還當記得整體問題。決定那一個人物是主角，其實是決定我們對全書故事的結構的觀點。以安學海、十三妹、或安龍媒各為主角，我們所得到的是不同的透視 (perspective)。但如不考慮主角問題，而以全書立言，我們所得到的透視，便又有不同。本書的主體是兒女英雄，書中的人物有善有惡，而大體上所強調的是向善的一面，因而連談爾音都有悔悟的時候。作者稱他的書是「正眼法藏五十三參」，自然是作者基於中國傳統一般學問，頗少分辨，積非地把釋道用語，比喻地用在儒家的書裡的結果。但其現身說法，具體化其理想的初衷，並不致受這種錯誤的影響。在這種情形下，每個人物，都與兒女英雄四個字有關，亦即積極地或消極地，他們都表現或象徵出兒女英雄的概念。如此看來，本書便可以有了許多層次，而緣起首回那段神話也便有了著落；為了表示全書只是概念的具體化 (concrete universal)，則安家的遭遇是具體，具體背後隱藏的概念，神話則加強這種普遍性的意義。那段楔子，與《紅樓夢》、《西遊記》、《三寶太監西洋記》、《鏡花緣》等等追溯創造神話 (creation myth) 的企圖，全然相同，都意味著人天之間的延續性 (continuity)，標明人事天道之間的關係。

　　其次，我們可以說安學海的故事，貫串與籠罩全書，而作者的闖入，為我們提供所謂可靠的敘述者 (reliable narrator)，為我們指陳正確的反應方向。安龍媒的成人過程，是書中的大關目。這三種因素或成分，是書裡的結構原則，為全書帶來不同的層次，卻都朝向一個總的，統一的方向，形成所謂情節上的統一 (unity of action)。在這種情形下，我們儘可以為書中真正的主角，是兒女英雄四個字，一切結構成分，都是為表現這

四個字而出現的。不僅主要人物如安氏父子，張何二鳳與鄧九公如此，佟舅母、鄧大姐、烏明阿、華安、張進寶、長姐兒、鄧家姨娘等也都不例外。這種情形，與西方現代小說是相同的。但其中相異處更大。舉例來說，《克拉麗薩》與《湯姆·瓊斯》的主旨是個人得救的問題，不同處端在前者是他世的得救，後者是此世的得救。兩書情節的發展，大體上都環繞在兩書中男女主角如何由無知轉到有知的過程上。這樣的範圍是狹隘的。有人曾把奧斯汀的小說，比作芭蕾舞，主角跳向一處，便是一場情節，跳往別處，另是一場情節，前面便揭往一邊了，前面一場舞蹈中的配角，便受到冷落。這種看法也可以適用到《克拉麗薩》等洋洋巨製上去，但卻不能引用到《兒女英雄傳》，因為到了能仁寺一段，全書的人物差不多都出現了，而且幾乎都有其獨立身分。至少，故事主要地環繞著安學海與安龍媒兩人進行，其次也附著何玉鳳等進行。這種情形，使故事的範圍大為擴展，不僅為西方所少有，在中國小說裡也似乎沒有可與比擬的。這種複雜性，如遭忽略，我們便難見其全貌了。

人物如此，其他各方面又何嘗不如此？原書〈觀鑑我齋序〉，指出本書可以算是格致之作，而「大學之所謂格致者，非僅萍實商羊之謂，謂致吾之知，即物而窮其理也。人為萬物之靈，窮理必從人始。」這些話十分有趣，其實也確能說明本書的主題。但在另一方面，本書對萍實商羊之類，未嘗沒有包括。至少，我們記得安學海對「吾與點也」、「宰予晝寢」等章句的「新」解釋。此外，書內對科場掌故行事，頗多記述，再如送子娘娘廟裡安學海為人解籤那一段，都並非閑常筆墨。這類情節，屬於結構原則的一部分。其所以如此，是因為本書所

要講的，不僅是安家一家，而是「以天道為綱，以人道為紀」，所以必須儘量包羅一切世相。這種情形，使得本書的結構，近於「百科全書」式（encyclopedic form，說見 Northrop Frye, *Anatomy of Criticism*），正是了解《兒女英雄傳》的另一障礙。

胡適先生認為本書是傳奇而非寫實，這裡有了定義的問題。二十世紀初年，是自然主義的時代，所要求的是「人生的片斷」(slice of life)，但這是偏頗的看法。文學反映人生，但並非人生本身。它所追求的「實」，並非如照相。其實，照相也要講角度，說構圖。「人生的片斷」，也是作者選擇的結果。真正的寫實，雖要以經驗、常理為依據，文學作品既都屬虛構，所希望的是一面不背離人生，一面要超越人生，以達更高的理想境界。縱以經驗常理來說，文學所能要求的是逼真性 (verisimilitude) 與必然性 (necessity) 或或然性 (probability)。前者隱含了具體或特定 (particularity) 的程度。在這一點上，我們應可注意，《兒女英雄傳》裡對時間與空間十分注意。安龍媒、何玉鳳與鄧九公等的年齡，安、鄧等家的地理位置，乃至於故事本身所佔的時間，都十分清楚。我們對賈寶玉等的年齡之疑，聚訟不已，這本書裡便無此必要。我們想，中國還有那一本，如此注意細節？他如何玉鳳的心理，安龍媒得中後全家各人反應，作者的刻劃，又何其仔細？在必然性上，守道家和如安氏一門，而其後不昌，則固然可以合於《聖經・約伯記》之類對人生的神祕感，卻不合於中國人的信仰──對中國人來說，王充雖說到福虛禍虛的話，我們既無基督教的末世觀念，卻有福善禍淫加上世俗化後的佛家因果思想，如何能接受悲劇觀念！安龍媒之飛黃騰達，如不實現，便是「天道無常」，種

瓜卻要得豆了。

但這整個故事，並不是扳著面孔說出來的，而是「亦莊亦諧」，嬉笑兼怒罵的，雖然嬉笑怒罵之處，少而又少，書內近於鬧劇的情節甚多，包括安學海的童年諢名「二達子」。甚至驚險懸宕如能仁寺一段，也有安龍媒溺盆濯手的穿插。在這類莊諧雜陳的技巧之後，我們還當記得作者是一位晚景淒涼的貴族。我們應該佩服他對人生的熱愛。這點難能之處，我們如比較《格列佛遊記》(Gulliver's Travels)，當記得斯維夫特 (Jonathan Swift) 的憤世嫉俗，有著什麼樣的表現。如果斯維夫特的表現，是病態的、有損人類尊嚴，則本書作者的態度，一貫地是健康的，頌揚了人類的尊嚴。

綜觀全書，我們可以說作者的態度健康，故事的主題正確，其表現符合現代小說的技巧，其結構複雜多元，但不失其完密，其寫實處超過一般小說，在中國的古典小說裡，固然是佼佼者，以西洋小說的表現與理論來衡量，也能契合而並不遜色。它完全符合了歌德對文學的要求，我們以前對它的誤解忽視，是我們的錯誤。我們仍不能說我們真正了解它——世界上的名著，還沒有一本是由一兩個人能夠發掘它全部意義的。再說，本書前有三篇序文，除第三篇是明確無疑的外，餘兩篇大約都是自稱作者的「燕北閑人」的故作狡獪。這兩篇一稱寫於「雍正攝提格」，亦即雍正十二年甲寅（一七三四），一稱寫於「乾隆甲寅」，亦即乾隆五十九年（一七九四）。作者為什麼如此對甲寅有興趣，而藏頭露尾地用了兩次？這些問題雖然不易解決，我們在現在至少應該恢復或給予《兒女英雄傳》在中國文學或小說史上的應有地位，為它定下更高的評價。

（民國第二甲寅春王正月）

有詩為證、白秀英和《水滸傳》

哈佛大學故教授畢雪甫 (John L. Bishop)，在他的〈論中國小說的若干局限〉 ("Some Limitations of Chinese Fiction," *Far Eastern Quarterly*, 1951) 一文裡指出，中國的傳統小說的局限之一，在於濫用詩詞。他說，這種傳統在乍興的時候，插入的詩詞或許有特定的功能，後來卻只是「有詩為證」，徒能拖延高潮的到來，乃至僅為虛飾，無關要旨。而這種情形，頗難為西方讀者接受。對這類陳腔濫調，持同樣擯斥態度的，顯然並不限於畢教授。柏克萊加州大學的白之教授，在《譯叢》 (*Renditions*) 第三期裡發表他所翻譯的《牡丹亭》時，也聲明他刪去了每齣後的集句下場詩。誠然，我們看「三言」、「二拍」，一篇接一篇地重複「牛羊入屠戶之家，一步步走上死路」，看《三國演義》或《東周列國志演義》，隔不多久就來個「前賢」或「胡曾先生詩曰」，甚至看《西遊記》等，一到熱鬧之處，馬上就是「怎見得，有詩為證」，確實有點膩得慌。

如果我們要為這種情形辯護，當然可以指出來，在早年的西方作品裡，未始沒有同樣的情形。十八世紀不少作家都曾經這樣做過，例如瑞柯麗芙夫人 (Mrs. Ann Radcliffe)，特別是她的 *The Mysteries of Udolpho*，也曾插進若干似乎沒有必要的詩。而費爾定 (Henry Fielding) 在《約瑟·安篤思》(*Joseph Andrews*) 和《湯姆·瓊斯》(*The History of Tom Jones, a Foundling*) 兩書裡，動輒套用「假史詩」(mock-heroic) 來小題

大作一番，雖然用的是散文，卻也與詩詞只是幾間的事。更重要的是，中國的白話小說，大部分的技巧都脫胎於唐代的變文，本來就是有說有唱的口語文學。在不久以前仍曾頗為流行的各種彈詞、大鼓書和寶卷裡，留下不少變文的殘跡。口語文學，在傳述的時候，與古代荷馬的史詩，縱有詩、文之分，其全憑說者的記憶則一，如果逢人逢事都要具體、不同的描述，則不僅說書人記憶起來過分吃力，聽書人也同樣要艱於記憶。說書人那裡有停下來，想上半天，再繼續下去的道理？聽眾所要找的是娛樂，也不可能聚精凝神，一氣到底地靜聽。兩者都要藉助若干套語，遇到適當場合，略加更動，就套上去。兩者既都有這種需求，聽眾不僅可以自然地加以期待，甚至可以趁著兩軍鏖戰，刀戈並舉，你來我往的時候，溜出去一下，不必等斂錢時那句「欲知後事如何，且聽下回分解」——這種場合，倒不必專家學者費神搜求考證，我自己便有過這種經驗。等到這類平話小說從口語轉為筆寫而至印刷，由市廛裡的聽眾轉到書房中或臥榻上的個別讀者，在其他方面雖有若干改變，這類習慣卻仍大部分保留下來。揆其原因，作家手懶而偏於因襲，而且畢竟是遊戲筆墨，不妨就下從俗，俾利接受以外，大約還有雖屬傳抄印刷，這類作品，仍可以供在市廛書場裡使用。我幼年生長的小城，有兩種說書的人，一種只有一位，是抱著書本讀的。另一種前後兩個人，一位講《濟公傳》，我至今還記得他說那七字真言的神氣，另一位則講《萬年通》——我看過見過不少武俠小說，這一部卻再也沒有聽說過，可能全出他的想像。這兩位都能口講指畫，逸興遄飛或口沫橫飛，與前者照本宣科者大異其趣。然而後者的聽眾，大抵限於青少年，以熱鬧為已足。前者聽眾年齡較長，要求根據與出處，也

便是有書或有詩為證，不同意信口胡柴。西洋式的新小說，不可能引起他們的興趣。他們需要英雄或才子，與他們的直接經驗頗具距離的人物，甚至距離愈遠愈好。

畢雪甫的指摘，因此是從現代的西方小說立言的。他忘卻或否定了西方本來的傳統，而只記得當代。不幸的是，這種看法，卻與中國新文學運動以來的特殊精神相合。錢玄同、周作人等人，雖未專就這一點立言，在批判所謂舊小說的時候，所用的同樣是現代標準。而這種看法，跟他們的進化論的文學觀念，也便是「一時代有一時代的文學」，南轅北轍。其實西方現代小說的傳統，到現在也僅二百多年。以二百多年累積的標準，衡量上千年的傳統，顯然是不公平的，而且不能找到真相。要公平和求取真相，顯然只有用孟子的論世方法，也便是要求歷史的透視，從各時代的特殊文化背景，社會的、思想的因襲情形，來看文學作品要想符合這類條件，就要對作家、作品做出何種要求與要求的程度。能夠這樣，我們至少不會像某些西方漢學家那樣，認為中國文學從來沒有什麼進步。

如果我們認為，所謂進步，意指符合我們在此時此刻的期待或要求，那麼，文學當然是談不上進步的。中國的作家，儘管希望「藏之名山，傳之後人」，他們所能負荷的卻是過去，所能面對的是現在。他們可以在過去上修改，卻對未來無能為力。縱然他們冀望這樣做，其結果與願望也必然背道而馳。因為意圖和實際必然是要發生距離和偏差的。如果我們把進步釋為改變，亦即與前代有其不同，則中國文學，包括小說，實際上是在經常改變著。從市井說書人到書房裡的作家的改變，雖然其間有因襲存在，也造成重大的新猷或改革。專就詩詞等的運用，顯然也有不少新的了解與用途出現。畢雪甫說，原來容

或有的另外功能不計，他只看到詩詞一類的功能，在於㈠有詩為證，㈡延長篇幅，和㈢徒為虛飾。這三點其實各有其職業與技巧等等方面的考慮。「有詩為證」增加了故事或情節的權威性，實際上是另一種達到寫實的手法，寫實的目的，本來就是冀望取信於人的。《咆哮山莊》(Wuthering Heights) 在敘述人上下了偌大功夫，還不是為了增加故事的可信性麼？增加篇幅更是說書人說不出的苦衷，但理由可以有可憫與值得考慮的兩面。第一，說書人實際講述的時候，什麼時候斂錢，大體是有一定的，故事過短，就必須想法拉長一些，免得「看官」們感覺花錢冤枉。但就以這一點來說，對聽眾其實也有其「文化陶冶」的一面。中國的廣大文盲百姓，語彙其實並不像所謂的知識分子想像的那樣貧乏，而往往能夠出口成章，說「評詞」的人的功勞頗不可沒（另外便是草臺戲了）。另一面，如畢氏所說，增加篇幅拖延了高潮的到來。但是，讀小說的合理辦法，並不是翻到最後一頁看結局，而是暫時按捺不耐之心，看作家如何使盡解數，迂迴曲折地到達結局。高潮不必是結局，結局卻必是一切高潮的總匯。然而故事是未必一定有高潮，或高潮是儘可以輕描淡寫，平鋪直敘地烘托的。奧爾巴赫的〈奧德賽阿斯的傷疤〉（ E. Auerbach, "Odysseus' Scar", *Mimesis* 的一篇）討論寫實的敘述技巧，本就依此立言，可見這只是另一種標準，未必便是瑕疵。何況如果真如畢氏所說，詩詞拖延高潮，則依後世的敘述技巧成例來看，縱非增加懸宕氣氛，總應該增加聽眾讀者的期待心情。拖延本來便是難得的技巧。一部《湯姆·瓊斯》，如果專從故事來看，豈不就是如何使湯姆的身世，不致一下子便真相大白？徒為虛飾當然是比較難於辯護的。作者為了炫學，常會把各種互不相干的素材，填塞到作品

裡面去。但這種情形，不限於小說，甚至不限於中國的傳統小說，填塞的東西，也不僅限於詩詞之類。後半部《鏡花緣》裡，那群閨秀們的各種遊戲，以及醫、卜、星、相、迴文詩、聲韻學（似乎也只是反切一道而已）等等，紛至沓來，於全書的結構，毫無裨益，只不過讓讀者知道，李汝珍是如何學富五車而已。但其他書裡如有這種情形，其原因很可能便非如此簡單，值得探討一番。

畢雪甫說詩詞之在小說裡，起初或有其功能，後來卻只剩下似乎頗無道理的幾種。這種看法，多少有點古今之爭的味道，而他似乎是認定今不如昔的。古今之辯，在全世界的文學批評史上，是不斷出現的問題。艾略特的「感情歧化」(dissociation of sensibility) 大約多少也當屬於這個範疇，因為他是以十七世紀之初的玄學詩人為詩壇正統，以十九世紀的浪漫詩人為偏枝雜出的。事實上，文學本身不變，文學表現的形式則經常在變，而且是一面化簡為繁，愈趨精密，如《詩經》至律絕而至長短句，或早期與後來的新詩，一面卻又化難為易的，如長短句後的曲，或崑腔以後的平劇。後人總要從前人處脫胎，但僅恃傳統，抱殘守缺，絕不能產生偉大的作品。主張傳統並非墨守成規，模仿古人也必要師其志不師其意。當古人的奴隸而不當子孫，必然只能製造假古董。

從前代到後世，從市氓到文人，短篇的白話小說轉化為白話長篇小說以後，儘管保留了詩詞，儘管保留了詩詞的前述三項功能，同時卻又增加了不少新的功能。畢教授沒有說出原有的恰當功能是什麼，我們也無從猜測，但這些新的功能，對小說的內容與構築，顯然都有貢獻，使傳統中國的小說技巧，有其進步。這類新的功能，約為：㈠抒寫胸臆，亦即作者或作者

假借人物，抒寫其志向或願望。㈡與言志直接有關的，便是詩詞能夠襯托人物的性格，這與言志是一事兩面，不過更增加戲劇意味，因為這時候的作者，大概要表現「否定能力」(negative capability)，已非視人物如傀儡，卻要自己現身說法了。㈢預言故事的發展，不啻是一種伏筆 (foreshadowing)，同時卻增加「戲劇性反諷」(dramatic irony) 的效果。㈣製造整篇故事的氛圍 (atmosphere)，包括其情緒心境 (mood) 以及作者處理故事時的態度與口氣 (tone)。㈤暗示主題所在。

這五種新的功能，都可以《紅樓夢》做例證。例如薛蟠、林黛玉的詩、詞、聯句，警幻仙境的詩、詞、曲、書首書末的詩等等。其中最有趣的，可能是賈寶玉聽寶釵說後，大為擊節嘆賞的那闋〈寄生草〉，也便是魯智深醉打山門時，以「赤條條來去無牽挂」煞尾的。它有趣，因為它表現了寶玉心嚮往之的情操，他的身卻陷在綺羅叢裡，言行大相逕庭，已有反諷意味。結局時寶玉似乎達到了心願，但仍要鄉闈中試，還要穿著猩紅氅來跟賈政告別，顯得十分拖泥帶水，並非真正的「赤條條來去無牽挂」。這種情形，看在讀者眼裡，便成了戲劇性反諷。讀者是局外人，當然可以客觀的冷眼，看局中人的自相矛盾。

以情節、對話為反諷的工具，在西洋小說裡數見不鮮。珍・奧斯汀的《愛瑪》(Jane Austen, *Emma*)，顯屬最為讀者習知的例子。但往往尚不能顧及主題。戲劇裡的情形，似乎也只能刻劃性格，與主題無關。《哈姆雷特》(*Hamlet*) 一幕三景裡，普婁尼阿斯送別兒子的時候（行五八一八一，梁實秋先生譯文）說：

……你有什麼思想不要說出口，

不合時宜的思想更不可見諸實行。

要和氣，不要俗。

經過試驗的益友，

你要用鋼箍把他抱緊在你的靈魂上；

別濫交新友，

逢人握手，以致把手掌磨粗。留神

不可和人爭吵；但是既已爭吵，就要鬧下去，

令對方知道你的厲害。

人人的話你都要傾耳去聽，但是自己不要多開口，

接受人人的意見，但是要你保留自己的主張。

以你的錢囊的能力為度，衣著要穿得講究，

但是也不可過於奇怪；要闊氣，不要俗豔；

因為衣服常能表現人格，

法蘭西的上流人物是最講究這穿衣一道的。

別向人借錢，也別借錢給人；

因為借錢給人常常失掉了錢還失掉朋友，

而向人借錢適足挫鈍儉樸鋒芒。

最要緊的是這一句：不要自欺，

然後你就自然而然的如夜之繼日一般

不致欺人了。

這裡一句「不要自欺」，本是自希臘到中國，自蘇格拉底 (Socrates) 到孔子，都一致提倡的聖賢、君子之道，何等冠冕堂皇。即便其餘的話，也都是經驗之談，配得上父親諄諄告囑兒子的話。但這些話擺在一起，可就如同把亞里斯多德 (Aristotle) 和傑斯菲爾勳爵 (Lord Chesterfield, 1694–1773) 躋於一

堂，把李白與張打油齊駕並列。一面是崇高理想，一面則是市
儈般的現實。這種衝突矛盾，正足以顯示普妻尼阿斯是一個俗
不可耐的蠢物，看風使舵的現實主義者。他自己儘管道貌岸
然，旁觀者卻看穿了他假面具後面掩藏的醜惡。再如莎翁
(William Shakespeare) 喜劇《暴風雨》(Tempest) 的五幕一景
裡，米蘭達在父親歸來，自己顯然可以跟飛蝶南結為連理的時
候（行一八一——一八四）說：

> 啊，好奇怪！
> 這裡怎麼有這樣多的好人！
> 人類有多麼美！啊，優美的新
> 世界，有這樣的人在裡面！

不談語言，這四個一連串的驚嘆號已足以描繪出一個天真未
鑿、不知人間險惡的少女面貌。然而世界並不真的美好。米蘭
達和父親藏身荒島，正因為叔父篡位。即使在荒島上，為求生
存，她的父親還需要用魔法驅遣卡力班和愛麗兒，而其情跡近
壓榨與剝削。米蘭達能夠尋得如意郎君，安然返里，並不是因
為世界美好，而是出於她父親的法力。這裡對這位少女，是愛
憐而加以訕笑。

兼具戲劇性反諷和主題意味的，可能是白朗寧的長詩或是
詩劇《琵琶行》（Robert Browning, *Pippa Passes*，琵琶是人
名，行是動詞）。琵琶是無依的孤女，十九世紀的女工，終年
只有一天放假：新年。她難得有這一天休息，很早便起床出外
遊玩，而且唱出：

> 一年之計在春

一日之計在晨
正清早七時時分
露珠山側閃爍
雲雀鼓翼高雲
蝸牛枝上避塵
上帝安居九閣
一切都恰如其份。

她卻不知道，在她興高采烈，醉心春色的時候，周圍竟危機四伏。原來她是貴族的私生女，受陷害才淪為女工，如今正有一大筆遺產等她，但卻另有一位主教，覬覦這筆遺產，業已派遣刺客，要取她的性命。同時還有一對愛人，日久生厭，由情轉憎，也要謀殺。最後，白朗寧把這些事都化解了，顯示「一切都恰如其份」，但在故事開展的時候，琵琶無動於衷，我們卻是一面為她捏一把汗，一面覺得她那種天真頗為可笑的。這是以詩表現戲劇性反諷和主題的最好例證。白朗寧的技巧，在這裡是算作巔峰狀態的。這些儘管不是小說，究竟都是不同方式的敘述。戲劇性的反諷，本來便以戲劇為前提。中國小說中，以插入的詩詞，而做《琵琶行》的表現，最有趣的，當數《水滸傳》。

　　文學革命時代，由於浪漫主義思想使然，頗有人，包括陳獨秀（蔣夢麟〈談中國新文藝運動〉所引），特別欣賞〈智取生辰綱〉裡白勝所唱：

赤日炎炎似火燒，野田禾稻半枯焦。
農夫心內如湯煮，公子王孫把扇搖。

陳獨秀認為「這首詩反映出農民的痛苦和富人的坐享其成，所以要主張社會改革」。這種想法其實與胡適先生的〈人力車夫〉裡「客看車夫，忽然中心酸悲」，毫無分別，都是淺薄的人道主義 (humanitarianism) 在作祟。《水滸傳》裡的英雄，只有少數是遭貪官污吏「逼上梁山」的，例如林沖。武松也還勉強可算。晁蓋、宋江乃至阮家兄弟之類，本來就非安分守己的人物。其他人等，包括侯健，都是逼上梁山，但逼他們的並非官府，而是梁山的豪傑。再者，這一百零八將之中，連一位真正務農的都沒有，多的是希望或實際騎在別人頭上的人物，如柴進、李應、盧俊義等。他們願意的是大碗酒，大塊肉，月黑殺人，風高放火，那裡會管禾稻是否枯焦？再以當時的情形來說，唱這首曲子的是白日鼠白勝，一個鼠竊，他賣的是蒙汗藥酒，時候是夏天，送生辰綱的軍徒，正饑累難忍，而這時的酒並非高粱大麴，卻是能解渴的東西，完全對時對景，那裡一定有特殊含意？就詩論詩，這首曲子也是平鋪直敘，無回味可言的。「赤日炎炎似火燒」是明喻 (Simile)，但是用得不能再濫的話，並無新意可尋。其餘各句，就都是白描的了。

真正有意味可以品玩的，顯然不是這首歌。《水滸傳》裡頗有幾首詩詞，特別是宋江的〈西江月〉、詩和被七十回（或七十一回）本略去的〈宋公明鬧元宵〉裡的〈念奴嬌〉（一百二十回本第七十二回）之類，特具言志意義，尤其這些都是他在酒醉後寫的，應當更見真摯。但宋江似乎是城府很深的人，醉中是否能討實話，還很難說，而且縱以「敢笑黃巢不丈夫」和「義膽包天，忠肝盡地，四海無人識」做比較，反諷的意義不大，與主題的關係也好像不夠直接。真正辦到這兩點的，很可能卻是白秀英所唱：

新鳥啾啾舊鳥歸，老羊羸瘦小羊肥。

人生衣食真難事，不及鴛鴦處處飛。

　　第一、二句所講的，是「大江東去，浪淘盡千古風流人物」，或「物換星移」，人生無常，長江後浪推前浪，乃至〈古詩十九首〉裡最多的對人生的感傷。這裡不用直述，所給我們的是動物的世界，是「物猶如此，人何以堪」的情境。新鳥羽毛未豐，舊鳥已老；小羊未能肥壯，老羊業已羸瘦，在新舊推移於短促生命之中的同時，還有衣食的憂慮。鳥中烏反哺，羊跪乳，然而反否跪否不知，「人生不滿百，常懷千歲憂」卻是免不了的。「採得百花成蜜後，為誰辛苦為誰甜」的是蜜蜂，有這種感受的卻是人，「情之所鍾」的人。因此，第三句就把前面兩個隱喻的本意揭出來了：「人生衣食真難事」。在兩句具體的類比意象以後，來了一句散文說明，便顯得十分突兀。原來隱喻大體上可說是詩的語言，直述性的說明則屬散文，兩者類別層次各不相同，在讀者來說，這是一種超乎預期的轉變，就要十分搶眼。接續下來的，則又由抽象、理論式的說明，回到類比上去，這類比又是動物的世界：鴛鴦。鴛鴦的實際生活，大約並不能像人類所想像的那樣，鶼鶼鰈鰈，無憂無慮，常在愛河裡沉迷。但牠們的涵義，卻是「只羨鴛鴦不羨仙」的對象。不甘與草木同朽而要長生，是普遍的人類願望，而鴛鴦的堅貞愛情，成雙出入，卻使人連神仙也不要做，則想來應該是人類願望的極致了。由人生衣食的困難，其他鳥獸的生命循環，轉到一個頗似宥謐（雖然仍要飛），至少不必變移的世界，這裡的誘惑是十分巨大的。而由難到易，由擾攘到安靜，押的是五微，尾音是「厄」的平聲。這是一個二重元音，調子

必然顯得悠長。這種音調，似乎最能表示心平氣和，全無肝火，卻又似乎冷靜得斬釘截鐵，毫無迴旋餘地。連那個去聲的「事」字，一面對平聲的微韻是逆轉，一面卻是「清而遠」的，也屬凝然不動的範疇。字面和聲音，似乎交互組成一篇不容商量的信念聲明，迫使人不能不加以接受。

這個信念，這種聲明，出於白秀英之口顯然加深了向度。首先，她是位流落風塵的歌女，以藝術為生活，同時也以身體為生活的本錢。她身邊有的不是啾啾的小鳥——她自己是小鳥，旁邊是待哺的父親。她是知縣的外室，證明了「人生衣食真難事」。她的職業，在於誘使人相信，追逐衣食，「不及鴛鴦處處飛」。她的青春與才藝，也都使她有當鴛鴦的資格。她要人相信「晝短苦夜長，何不秉燭遊」，因為否則便要「莫待無花空折枝」了。她指出西方思想的「那裡尋得著上年的雪」？因而要求馬偉爾 (Andrew Marvell) 對他要引誘的少女所講的話。然而她的角色是一種逆換 (role reversal)，所以更應該容易動人。

《奧德賽》(The Odyssey) 裡的襲兒喜 (Circe) 是深具魅力的仙女，能夠把人變成畜牲。她是太陽與海中水仙的女兒，與她偕「鴛侶」的人能夠青春永駐，長生不老。但是奧德賽阿斯並未肯拜倒石榴裙下，做溫柔鄉裡沒齒不二之臣。白秀英有把人變豬的本領——那位孤老縣官。但她畢竟只是歡場裡的凡脂庸粉，本身便是人生衣食真難事的犧牲者，不僅不能超越物質的需求，連蠢俗如鹿豕的雷橫——插翅虎——也引誘不動。因為她所想不是鴛鴦，而是「財門上起，利地上過，旺地上行，手到面前，休教空過」。她只是浮萍蘋花，而梁山泊的人，除了周通、王矮虎以外，幾乎都是以不近女色為豪傑標誌的。假的鴛鴦，勝不過真難事的人生衣食，而這衣食是插翅虎。現實

和理想，距離如此之遠，鴛鴦處處飛的天臺或香格麗拉
(Shangri-La) 便只有粉碎了。〈豫章城雙漸趕蘇卿〉畢竟只是故
事，如雷橫的老娘所說，白秀英本來就是個「千人騎萬人壓亂
人入的賤母狗」呀。

白秀英要把雷橫帶進鴛鴦的世界，然而真正的世界裡有的
是新鳥、小羊、賤母狗和插翅虎。人生的實際於是成了百獸齊
舞乃至率獸食人的地域。這種對比業已是十分濃重的反諷。然
而反諷遠不止於這裡。白秀英歌頌的鴛鴦世界，是逍遙自在，
無憂無慮，無生老病死的理想世界，她自己並非普洛斯庇婁
（Prospero, *Tempest* 中的人物），無力以魔法改變人生，米蘭
達也便無從高囀「優美的新世界」的美妙。相反地，首先是白
玉喬被「打得唇綻齒落」。她動用了自己的禁制能力，雷橫披
枷帶鎖，成為入枷的老虎。但當她進一步運用法力的時候，遭
到了反彈，「這雷橫……一時怒從心發，扯起枷來，望著白秀
英腦蓋上，只一枷梢，打個正著，劈開了腦蓋，撲地倒了。眾
人看時，腦漿迸流，眼珠突出，動彈不得，情知死了。」這個
世界裡充滿了酒色財氣和死亡。白秀英唱「不及鴛鴦處處飛」
和講「一段風流蘊藉的格範」時，是再也不曾想到，她會遇到
這種煞星磨羯的。然而在她志得意滿的當兒，觀眾看官，業已
可以想到「樂不可極」的古訓，「得饒人處且饒人」的箴言，
為她將會遭到反噬而耽心了。她當然是想不到的。

　　杭提當提坐高垣
　　杭提當提落牆前
　　驚動國王人和馬
　　再也不能把他來還原！

人生的無常，到此為極度。這卻是戲劇性的反諷的表現。

　　但是，白秀英的歌曲的意義，似乎還不止「天有不測風雲，人有旦夕禍福」（這顯然是中國傳統裡最常用的類比形式——由自然到人生）所產生的她個人的戲劇性反諷。白玉喬在女兒唱到「務頭」時「按喝道：雖無買馬博金藝，要動聰明鑑事人」，這一聯含有謙卑，也含有更多的自負。儘管鄆城只是小縣，縣官與縣民見不到多大世面，李小二所說：「都頭出去了許多時，不知此處近日有個東京新來打踅的行院，色藝雙絕，叫做白秀英……都頭如何不去睃一睃？端的是好個粉頭。」這一唱三嘆的口氣，究不能毫無根據。然而在《水滸傳》的世界裡，宋江自己受人敬重，也不能僅憑「及時雨」為足。《李逵負荊》和一百二十回本第七十三回〈雙獻頭〉裡，那位「沒奢遮」的黑旋風便說：「我當初敬你是個不貪色慾的好漢，你原正是酒色之徒。殺了閻婆惜便是小樣，去東京養李師師便是大樣。」其實貪酒是英雄本色，而且豪邁的程度，當與酒量的大小成正比。女色便至多是種必要的惡，通常卻是視作罪惡之極，最好不要沾惹的。這與「窈窕淑女，君子好逑」的正常心理大有出入，而是一種價值的顛倒。白秀英遭到辣手摧花，恰是這種價值顛倒的象徵與具體化。在《水滸傳》作者的筆調下，我們感覺的是白秀英罪有應得。她父母不該侮辱雷橫那樣的豪傑，卻忘了在一個女人面前充豪傑未必是恰當的行為。雷橫是本縣都頭，眼皮當寬而且雜，既然「賞個三五兩也不打緊」，為什麼不在茶館櫃上挪借一下？然而他「橫」行得慣了，只氣憤於有人掃了他的面子，所以只有動粗。作者是如何爭取我們的同情呢？雷橫被枷守在勾欄門口，而且被「綁扎」起來，變成了弱者。我們同情落水狗，尤其同情落在平陽

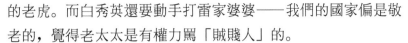

的老虎。而白秀英還要動手打雷家婆婆——我們的國家偏是敬老的，覺得老太太是有權力罵「賊賤人」的。

作者是否意識到這種價值是顛倒的，我們並不知道，但可以從作者的口氣中找到若干線索。白秀英的故事出現於第五十回。它並不像是特別的大關目，雖然佔了回目的一半。在七十回或一百二十、一百一十回本裡，第五十回或落了後或超了前，但在一百回本裡，第五十回是最接近中心的。雷橫是受逼而上梁山的一個，然而白秀英真有該死的罪行麼？白玉喬誠然要知縣斷教雷橫償命，而雷橫激於一時氣憤，並非蓄意謀殺，依今天的常理，不當有死罪。但《水滸傳》並未說知縣動了私刑，用盆吊土囊之類結果了他，而是依規矩「囚在牢裡，六十日限滿，斷結解上濟州」，另由他官推問。儘管朱仝認為「知縣怪你打死婊子，把這文案都做死了，解到州裡，必是要你償命」，但知縣應當已知朱仝與雷橫的交情，為什麼當防止而不防止？這倒不是「盡信書不如無書」，或者否定「有意地中止不信」，而強把書中人物當作現實裡的人物。《水滸傳》大體是寫實的，應當經得起現實的考驗。然則知縣大約是並非全心全意要雷橫償命的。那麼，作者或許是有意把這段情節安排在靠全書中心部分的了？事實上，不論是七十回本或一百二十本，雷橫與因他轉而被逼上梁山的朱仝，雖都並非顯赫人物，卻自這時起，梁山有了很大的變化：由被逼上山到梁山的人逼別人上山。前此梁山兵馬出動，對城池僅限於偷襲性質，最大的戰役，只是祝家莊。這以後便逐漸由步戰改為馬戰，由襲劫到了對壘。從雷橫到盧俊義，是梁山聲勢真正浩大，並且積極、加速地聚集英雄的時期。這一段在一百二十回本裡，正是五十回到七十回，仍為全書中心，而以雷橫的事為轉捩點的開

始，以盧俊義上山為轉捩點的終結。五十回以前，是梁山英雄的繼續聚義，七十回以後，是他們的勢力逐漸衰微，終至接連死亡。白秀英的出現，因此應當位居頂端，而頂端以上，則是「新鳥啾啾舊鳥歸」。舊鳥知歸，然而「玉階空竚立」，並且不知「何處是歸程」，這人類比起鳥來，可就不見得高明了。這裡似乎是另一層次的價值顛倒。

實際上《水滸傳》裡充滿的是這類的價值顛倒。那些英雄們口口聲聲所說的「四海之內皆兄弟也」是對子夏的話斷章取義；他們高叫仗義輕財，做的是魯智深與武松等的踩扁金銀器皿後揣在懷裡；他們要替天行道，做到的常是濫殺無辜。這一切價值顛倒，都因為白秀英所處的現實世界，和「鴛鴦處處飛」的世界，並非一體，同時卻是梁山泊世界的縮影，因為梁山泊也是兩個世界並存的。意圖與結果，無達到一致的可能。

前面說到作者的意圖。專以《水滸傳》來說，這種想法就十分脆弱。歷來學者都相信《水滸傳》是許多作家的努力的累積。這一結論是根據不同版本的比較得來的，證據確鑿，不容異議。但就白秀英的故事來說，講作家意圖應當是可以成立的，因為每種版本都有這個回目或這段情節。與白秀英的歌相呼應的，前面是第一回或楔子前的詩，認為當代是「天下太平無事日，鶯花無限日高眠」，也就是「鴛鴦處處飛」的世界。但這是詩話，宋神宗的時代，如果這樣無事，便不必有王安石的變法了。後面七十回本的詩有兩首，一首以「太平天子當頭坐」為始，一首則是「大抵為人土一丘，百年若個得齊頭」，所以縱然「夜寒薄醉搖柔翰，語不驚人也便休」，而後詩不啻否定了前詩，因為世事是不值得認真的，馬虎一點的好，免得在「人生衣食真難事」外，還要增加苦惱。一百二十回本的結

尾也是兩首詩，並且較為扣定書中的故事，但在精神上與金聖嘆（假使是金聖嘆）的想法，並無太大出入：「莫把行藏怨老天，韓彭當日亦堪憐……煞曜罡星今已矣，讒臣賊相尚依然。早知鴆毒埋黃壤，學取鴟夷泛釣船」，對現實仍是滿腔無可奈何，而要去憧憬載西施而遊五湖的鴟夷子，也就是「鴛鴦處處飛」的世界。第二首說「生當廟食死封侯，男子平生志已酬」。這裡如非文字有誤，更矛盾得有趣，因為廟食當於死後，封侯應在生前，為什麼顛倒了呢？縱然這裡的文字確實有誤，志也酬了，為什麼最後兩句是「千古蓼洼埋玉地，落花啼鳥結閑愁」？愁從何來？

《水滸傳》雖非出於一手，最早的本子，應當是出於一人的，後人只是從事潤色、刪削、增添的工作，未見得完全改卻原作者的本意。最早的作家，認定了梁山的英雄，其實是一群魔星。這一點是與楔子或第一回裡常受重抄的「文有文曲，武有武曲」大異其趣的。然而這些魔星下界以後，都成了英雄——並非梟雄，不曾或不被視為曾經為禍，卻是多少造了福的。

這一切矛盾，都植根於白秀英的兩個世界。《水滸傳》所要描繪的，也便是這兩個世界。它們一屬現實經驗，一屬理想憧憬。兩者並存，再沒有人能夠予以協調，使之歸於和諧。最後的結局，必然是白秀英的死。日光之下無新事。一切都是虛空的虛空。繁華過眼，終結必然是「大抵為人土一丘」。《水滸傳》的整個氛圍、語調，與其由此而具體化的主題，都是如此落實的。「不及鴛鴦處處飛」，是的，永遠不及。

然而小說裡的詩詞，並非僅屬贅疣，卻是明白的了。

（《中外文學》五卷十二期，民國六十五年五月）

《好逑傳》與《克拉麗薩》

——兩種社會價值的愛情故事

　　臺北的河洛出版社，去年繼續翻印了一批舊書或古典小說，其中一本是《好逑傳》。書前的序言裡，提到它又稱《俠義風月傳》，坊間有在書名上加題「兩才子書」或「第二才子書」的❶。這些話勾起我若干回憶。十餘年前，南昌街的書攤，曾販賣過似乎是香港翻印的本子，是稱作《風月傳》的。戰前大達與新文化出版社兩家，專門翻（其實是重排）印舊書，以一折八扣的低廉價格發售，其中便有《風月傳》。我最初讀它，便是這個版本。所謂「第二才子書」云云，自然是承襲金聖嘆、張竹坡諸人的餘緒。各小說史裡，往往提到這種排比方式。不過，把《風月傳》歸為才子書，似並未受普遍接受。我只記得，在家鄉的省立中學學生的國學筆記裡，看到十才子的書目，其順序大約是：《三國演義》、《風月傳》、《玉嬌梨》（亦即盧夢白等的《雙美奇緣》）、《平山冷燕》、《水滸傳》、《西廂記》、《琵琶記》、《（鍾馗）捉鬼傳》、《駐春園》、《白圭志》。這些書當時都可以一折八扣的價錢買到，我也都買過。這份筆記按情理必有根據，但與金聖嘆在《西廂記》裡把《莊》、〈騷〉、馬遷、杜甫等與《三國》等並列者有異，而其分類也難能令人信服。《紅樓夢》問世過遲，但《金瓶梅》、《西遊記》等號稱四大奇書的，竟半數被摒諸門外，豈不奇

---

❶　臺北，民國六十六年四月，頁一。

怪？同時，這一排列的內容，也嫌蕪雜。第六、第七都是戲曲，《三國演義》是通俗（而且歪曲）的歷史，《水滸傳》屬於盜匪或俠義一類，《捉鬼傳》明是寓言，與其餘五種真正的才子佳人小說，迥不相同。但縱在這五種頗稱典型的才子小說裡，境界或與現代小說構成條件相符合上，也各不相侔，《好逑傳》是高出於其餘許多的。

《好逑傳》高出儕輩，證明之一，便是它雖短短十八回，約二十五萬字，與《三國》、《水滸》、《西遊》、《金瓶梅》、《紅樓夢》、《野叟曝言》、《醒世姻緣》等等受普遍注意的大部頭小說相比較，分量不足三分之一，卻至今流行不衰。在各家著錄中，也往往視為才子佳人小說的代表。更有趣的是，它可能是中國古典小說中，譯成西方文字最早，譯本最多的一種，河洛本的序言裡說，它前後共有法、德、英等譯本十三種。梁實秋先生 ❷ 引 Martha Davidson 的書目，提到一種 (H. Bedford-Jones, *The Breeze in the Moonlight*, 1926)，出現很遲，書名也與司徒雷登的自傳中所稱，他所讀的第一種中國小說，是 *Happy Union* 者不同。河洛圖書出版社不知有何根據。但如果想到所有的小說史家等等，一致認為這本書應為明末清初亦即十七世紀的作品 ❸，而最早的西文譯本，當書出版後數十年內便已出現，也就足以顯示它受歡迎的程度了。有人讀，而且持久地有人讀，正是古典或經典性作品的構成要件。約翰遜博士 (Dr. Samuel Johnson) 認為，能夠符合這種條件的，必然是因為作

❷ 〈中國文學作品之西譯〉，《關於魯迅》，臺北愛眉，民國五十九年，頁一〇九。

❸ 周樹人：〈明之人情小說〉，《中國小說史略》，頁二〇二－二〇三；郭箴一：《中國小說史》，臺北商務，頁三一七；孟瑤：《中國小說史》第三冊，臺北傳記文學社，頁四六〇。直指本書為「清無名氏撰」。

品能夠洞察人性，傳摹人情❹。《好逑傳》在這一點上，符合它當時的時代，卻也與後代並無太大不侔之處。

《好逑傳》構成古典作品的要件，有關讀者的部分業如上述，其他原因留待後敘。要了解它構成現代小說的要件，則多少要回溯到這一文學形式的開始。一般而言，西洋的現代小說，恰起於《好逑傳》的西譯時代，也便是十八世紀。這一時代，在哲學上表現的是理性主義，在文學上表現的是寫實主義，整個說來是文藝復興後的新古典主義❺。這三者其實是共通的，而其共通之點，便是常識常理，也就是經驗，以及由經驗而引起的期待 (expectation)。新古典主義注重一般性 (generality)，也便是集體的經驗；理性主義要求凡事不逾常理，因而反對任何超自然的表現；寫實主義也求經驗所同，尤其是共型或代表性，所以與十九世紀的寫實主義，特別是由其孳生的自然主義，大異其趣。這一切合併起來，便是散文面目的小說，必以人情經驗為依歸，不能有超乎自然的現象，人物性格，也不能有前後突變的行為。

《好逑傳》顯然符合了這一點，卻另有特殊意義。孔子雖曾「不語怪力亂神」，我們的小說，自《三國》、《水滸》以降，一直到《紅樓夢》與《兒女英雄傳》，沒有例外地，都有鬼神的事。短篇平話的「三言」、「二拍」，也泰半如此，惟獨明末抱甕老人所編撰選輯的《今古奇觀》，卻背離了常道。在

---

❹ "Preface to Shakespeare," *Samuel Johnson*, Bertrand H. Bronson, ed. (New York: Holt, 1952), pp. 239–241. 參閱 Sainte-Beuve, "What Is a Clssic," Walter Jackson Bate, ed., *Criticism: the Major Texts* (New York: Harcourt, 1952), pp. 491–492.

❺ 參閱 Ian Watt, *The Rise of the Novel* (Berkeley: U. of Cal. P., 1965), chs. 1, 2.

它的四十篇內，真正有超自然現象的，只有〈灌園叟〉、〈羊角哀〉、〈劉元普〉等數篇，其餘的絕大多數，都是人與人在人間的故事。（不妨提及的是，《好逑傳》前後，中國小説中很少有像西方小説那樣，以男女二人為主角，而環繞他們來敘述的，自《金瓶梅》到《紅樓夢》，都是如此。玉、釵、黛固然重要，湘雲、探春、鳳姐等並非完全的配角，這是《好逑傳》與《克拉麗薩》(*Clarissa, or the History of a Young Lady*) 另一相同之處。）這種理性與經驗的表現，是否受了理學家的影響，目前尚不能肯定 **❻**，但《好逑傳》裡，是連怪夢都沒有的，它卻含有濃重的程朱頭巾氣。頭巾氣是十八世紀現代小説特有的色彩，不過西方是以基督教義取代理學而已。

僅就這一點特色，已足使《好逑傳》可以與十八世紀的西方——其實是英國的現代小説相比擬。所謂現代小説，是散文體虛構故事 (prose fiction) 的一支。據塞克斯 (Sheldon Sachs)的分析，十八世紀英國所產這類故事，大別可分為諷刺(satire)，其特色是意在言外，以書內的故事，來影射、嘲諷書外的人事，但無積極的主張；寓言 (apologue)，以情節與人物為工具，倡導某種見解或主義；現代小説（represented action或 modern novel）則是以主角間及主角與他人間的不穩定關係為開始，止於這種關係的穩定，其間矛盾、衝突，使讀者經常為書內人物擔心不已 **❼**。《好逑傳》是符合這個定義的。鐵中玉與水冰心的關係，因各方的阻礙纏夾，不能穩定發展，直到

---

❻ 現在西方已有學者注意到這方面的問題。參閱 George A. Hayden,〈元及明初的公案劇〉（小英譯），《中外文學》六卷九期，民國六十七年二月，頁一五〇—一五一。

❼ Sheldon Sachs, *Fiction and the Shape of Belief* (Berkeley: U. of Cal. P. 1967), esp. p. 26.

障礙盡除，兩人正式圓房合卺，才得穩定。這個具有相當曲折
的愛情故事，與《克拉麗薩》同而不同，值得比較。因為儘管
它們的發展與結局迥異，卻在許多方面都有類似的地方。本文
的目的，就在於指出兩者間的同異，並就東西方的社會價值的
差別，來推定這些同異諸點的原因。

首先是同處。如前所說，這兩本小說，《好逑傳》的著述
年代與作家都無從確定，但就著錄的年代看來，應屬十七世紀
無疑。但其第一種英譯本稱 *Hau Kiou Choaan*，由波西主教
(Bishop Thomas Percy) 於一七六〇前後主持譯出 **❽**，而揆其譯
音，顯然他的底本是法文的。波西以《古英詩拾遺》(*Reliques
of Ancient English Poetry*) 列名文學史，但除了《好逑傳》以
外，還有兩本有關中國的書問世。他對古英語詩歌的興趣，很
可能與當代好新奇及對中國的興趣有關。十八世紀的歐洲，是
要以理性開拓人類視野的時代。恰巧耶穌會教士，自利瑪竇
(Matteo Ricci) 以還，為了表現中國的傳教工作大有意義，竭
力以報導與翻譯介紹中國，到十八世紀，又值反啟示，反制度
化宗教（revealed, institutionalized religion，亦即基督教會及其
教義）的思想濃厚，中國恰是文明古老，政治制度大有可觀，
卻並無類似基督教會的國家，由而掀起歐洲對中國一切的熱
狂 **❾**。《克拉麗薩》的作者李查遜 (Samuel Richardson)，正活

---

❽ George Sherburn & Donald F. Bond, *The Restoration and the Eighteenth
Century*, in A *Literary History of England*, Albert C. Baugh, gen. ed., Sec.
ed. (New York: Appleton, 1967) , vol. III, p. 1017.

❾ 韓復智編：《中國通史論文選輯》，臺北自印，民國六十四年增訂版，下
冊：何柄松：〈中國文化西傳考〉，民國二十四年。參閱 A. O. Lovejoy, "The
Chinese Origin of a Romanticism," *Essays in the History of Ideas* (Baltimore:
Johns Hopkins Press, 1948); H. G. Creel, *Confucius and the Chinese Way*
(New York: Harper, 1949), esp. pp. 254–278; Ernest Baker, *The History of*

躍於這個時代。當時受過一點教育的人，多半都會些拉丁及歐洲其他語言，特別是法文。李查遜是否讀過《好逑傳》，雖然無從認定，但依當時的情形說，卻非無可能。不論李查遜是否讀過或知道有《好逑傳》這本小說，它和全書出版於一七四八年的《克拉麗薩》可算是同時代的作品，殆無庸議。

其次是它們在思想上都代表中產階級。這個階級其實便是社會中作為主體或中堅的階層。在西方，它是基督教新教裡清教思想興起後的產物。經過一六四九年的流血革命和一六八八年的光榮革命，這一階級在政治與經濟上成了決策的階層，它的道德行為標準，也成為社會的共同標準。它的成員是商人。在中國它的成員則是士或讀書人，進而成為官僚，退而則為仕紳或至少有一襲藍衫可穿。這種人的境遇頗不穩定。自屈平或甚至上溯到商鞅諸人，中經賈誼、司馬遷、揚雄、李膺、蔡邕、楊修、孔融、嵇康、謝靈運、崔浩，甚至到了明朝的方孝孺、于謙等等，不少都慘遭滿門抄斬，多半也貶來謫去，更多的是功名蹭蹬，潦倒一世。清代的文字獄，惡毒儘管惡毒，倒也並非真的慘絕人寰，而是古已有之的 ❿。雖然如此，他們仍是不論在朝在野，都具有政治與經濟的力量，更是社會道德價值標準的釐訂者、執行人 ⓫。李查遜是商人，《好逑傳》的作者自稱「名教中人」，則屬於士的階級，也是確鑿的事。

這兩本小說同樣以中產階級的價值為價值，首先便是在理

<hr />

the English Novel (London: Witherby, 1934), vol. VI, pp. 56ff. 朱謙之：《中國思想對於歐洲文化之影響》，上海商務，民國二十九年，敘述最詳，惜臺北未見。

❿ 參閱 Etienne Balazs, *Chinese Civilization and Bureaucracy*, H. M. Wright, tr. (New Haven: Yale U.P., 1974), esp. chs. 1–4.

⓫ 參閱費孝通、何炳棣等有關著作。

性上的表現。這理性是對常理的信賴而依恃，而流露於寫實上。它們的寫實主義，最顯著的特徵，在人物上是主角並非完美無缺的人。這種情形不僅限於自視過高，以致償事的克拉麗薩，也同樣見於自信過甚，頗多血氣的鐵中玉。在另一方面，兩者也都沒有真正十惡不赦的惡人。誘騙克拉麗薩的羅夫雷(Robert Lovelace)，有其十分可惡的一面，卻也有頗為可愛的一面。約翰遜便曾說過：「只有李查遜方能教人同時一面尊仰，一面憎惡」 ❷。羅夫雷的幫兇辛克萊太太，本是鴇母，邪惡本屬自然。至於起初使得克拉麗薩離開家庭的她的父親、兄、姊，也都各有值得諒解的動機。同樣地，《好逑傳》裡的水運、過其祖、過學士、大夬侯、仇太監乃至鮑縣令等人，雖曾傾陷謀害，卻無一真造成無可補償的錯誤，雖曾推波助瀾，卻只本身貽羞，反玉成別人的美事，結果沒有一個值得「綁赴市曹」的。

其次是對社會情形的基本性細節的重視。《好逑傳》的命名自然有關婚姻，便另一名稱《風月傳》顯然與名教有關──「名教中自有樂地」和「是真才子自風流」以及「大德不逾閑，小德出入可也」與「通權達變」的綜合，而婚姻在中國恰是視為「人倫之始」的。《克拉麗薩》強調她是一位「淑女」(lady)，子題則是「有關私生活中最重要的事項，特別是表現父母子女在婚姻方面行為失當時可能發生的可悲情形」，而書內的衝突，起於父母的逼婚與羅夫雷的騙婚。兩本書都以愛情與婚姻為主題，巧的是卻都與財產有關。或者說與財產的繼承有關。水冰心的父親鰥居沒有兒子，所以她的親叔希望早早把

❷ George Sherburn, "Introduction" to his abridged *Clarissa* (Boston: Houghton, 1962), p. xi.

她出嫁，以求把自己的兒子出繼過去，接收兄長家的產業。我國女子，從前沒有繼承權，有繼承權的，是父親的本族，以血緣的親疏決定承嗣的先後。沒有子女的固然非如此立嗣不可，僅有女兒的也無把祖遺或自置的財產隨意處分的權力。然後是「絕幼不絕長」的慣例，亦即弟有一子而兄無子的話，弟必須把兒子讓給兄長，算做自己絕嗣。這是我國從前一般人家長子惟一的特殊權利，因為祖產本來是要平分，不能有任何人多佔便宜的。這種制度有其可笑（兒子出嗣，實質關係卻無法改變）、不合理（女子無繼承權；各支都有出嗣權的時候，則為爭產造成各種不和）的一面，更嚴重的社會影響，是縱為一方首富，經幾代瓜分以後，便所餘無幾，大家一樣窮了。當然，它也有好處：窮人經常可以勤奮創業。十八世紀的英國繼承辦法，則把祖產與自置部分分開。前者必須由長子繼承，無子則由父、母、妻各黨依親疏由男子一人繼承，後者則由置產人自由分配。由於祖產的繼承人只能享用，無權處分，下一個有權繼承的人，當然要經常注意產業的情形，不容其濫權——遺孀除原有約定者外並無繼承權。這種情形，使擁有財產的家族，其家業縱不增加，卻很難減少。文明社會的所謂財產，一向是有土斯有財，以土地為主。英國以前視一切土地都為王室所有，貴族等等的田業，都屬頒賜，任何財產沒有繼承人的時候，則由皇家收回。這種制度一面使土地的擁有集中，而且是真正的世業，擁有者在地方上成為左右政治、經濟乃至宗教等的貴族或仕紳（Squires，其勢力稱 Squirearchy），一面則使有財力希望以購買土地，躋身仕紳的城市中產或商人階級，無從下手。克拉麗薩就是這種制度下的犧牲者❸。

---

❸ Christopher Hill, "Clarissa and Her Times," *Samuel Richardson*, John

　　克拉麗薩的家庭，顯然來自倫敦的商人階層，以各種機緣，取得不少土地，成為地方上的富家，但尚非首富，所以全家處心積慮，希望擴展到富甲一方，乃至弄到個貴族頭銜，成為真正有力人士。她父親兄弟三人，兩人為達成這種願望，甘願犧牲自己，畢生不婚。偏偏她的祖父，愛憐小孫女，把個人所置財產 (personalty)，不遺贈給兒子或惟一的孫子，甚或長孫女，卻給了她。這一著已使她成為全家眾矢之的，尤其受到她哥哥的妒忌。這時又逢蘇謨斯因多年為貴族服務，貴族乏嗣，將財產遺贈給他，他卻喜歡上了克拉麗薩，希望結親。他的條件十分優厚：克拉麗薩如無子女，財產胥歸其母家，如有子女，胥歸子女，但克拉麗薩自祖父所得遺產，不得帶走。蘇謨斯比克拉麗薩大了二十歲，而且面目生憎，但對渴求財產的她的家人來看，不足構成拒絕條件，所以雖克拉麗薩聲明願意放棄她名分下的財產（其實說而未行），仍不為家人所容。特別是當時追求克拉麗薩的，只有羅夫雷，本身雖無勳銜，卻出身貴族，而中產階級，辛苦累積，多半與爵位無緣，或是艱難萬狀，因妒生恨，先天便反對坐享其成的閥閱之家。於是逼婚的結果，造成克拉麗薩的出走與誤上賊船，終至不可收拾。

　　兩本小說雖然都是寫實，以理性經驗為其古典主義精神的表現，卻同樣富於浪漫主義的色彩。這種色彩，在故事與情節的安排上，特別明顯。首先，兩者都屬於才子佳人小說。克拉麗薩遇到的，是白馬王子的化身。但她並非灰姑娘，他也不是忠心耿耿，情愛不渝的王子。這是一種神話的歪曲 (perversion)，但也是中產階級的心理流露。兩個主角都是十分執著的個人中心主義者。過分的個人主義，正是浪漫主義的特徵。後

Carroll, ed. (Englewood Cliffs, N.J.: Prentice-Hall, 1969).

半部克拉麗薩受到凌辱，安心求死，前後數月，眼淚成缸，最末更訂製棺材，置傍臥榻，李查遜假借書中人物，對它詳細傳摹，賺人欷歔，病態的感傷主義 (sentimentalism) 十分濃重。至於她失身前不能逃走，失身後反得逸去，以及對超升天國的自信，寬恕家人與一切仇敵的慈悲，也都是這一主義的表現。羅夫雷顯然是鄙夷一切的拜倫式英雄。水冰心與克拉麗薩同樣是完美主義者，克拉麗薩感情多於理智，水冰心卻理智得幾乎一點感情都沒有。後者當然是作者心目中的理想女性，然而這位女性卻是大理石般地冰冷。她要三度花燭才肯「抱衾與裯」，原來是要畢生守身的。《好逑傳》特別浪漫蒂克的，是過多的巧合。特別是將到終局的時候：鐵中玉在開始時救過韋佩，他偏巧做了水家所在的歷城縣令；仇太監已經軟硬兼施得把鐵中玉陷入必須犧牲原則的境地了，偏有皇帝召宴來為他解圍。其他類似的巧合還有不少。鐵中玉秉持原則，但居然為水冰心想到「士為知己者死」的話❶，殊非儒家思想，反流入了浪漫境界。

它們間最顯著的不同，當然是長度：《克拉麗薩》原共四卷，長達二千餘頁，逾百萬字。《好逑傳》如前所說，只有十八回，二十五萬字。中、英文的所謂「字」本來就大有出入，因而前者就顯得特別長，所以後世往往是以節本的面貌出現的。文字的長短已決定了內容的深入程度，雖然這深入的程度尚有價值觀念的問題——這問題因為兩本書都有其說教意味而特形重要。兩者的技巧，也因價值觀念而互異。《好逑傳》是由與書中人無關的說書人的口氣敘述的，所以用的是第三人稱全知性的觀點，而其敘述者的身分是可靠性的 (reliable narra-

---

❶ 見該書第十一回。

tor) ⓯ ，與讀者的價值觀念相符合，也便是故事裡、故事外所有的是同一種標準，足夠判定一切是非、美醜、道德與邪惡。這種可靠性甚至表現在回目上：每兩回的回目相對偶，各自撮取了回內的要旨，一切都顯得乾淨、明快、俐落，而故事進行的步調也是輕迅的。這些構成的氛圍，特別適用於喜劇，部分原因是它們所喚起的讀者的期望，必是苦盡甘來的大團圓結局。故事的發展時間不甚明確，似乎應在一年裡，但大央候本來幽禁三年，卻好像業已獲釋，所以可以再來非正面地興風作浪。作者顯然並無意追求精確，或如約翰遜所說，要數鬱金香花瓣上的紋路。這種有意或無意的忽略，還可以從時序的變換並不明確上看得出來。李查遜在這一點上，似乎也欠注意。雖然他標出了一月至十二月的時序，甚至每日的星期順序乃至上、下午或幾點鐘，季節卻並不分明，而倫敦的冬天，並非分外和暖。其他方面，情形便全不一樣。《克拉麗薩》並無回目，因為它是以許多（四百多封）書信構成的，有時一天之內便有數封。通信的人，主要地是兩對男女，一面是克拉麗薩和她的摯友安娜之間的，一面是羅夫雷和他的摯友貝德福之間的。其餘大小人物，多半也都有需要寫信的場合，使得每人對任一事件都各有每人的觀點或看法，所以每一事件，都因觀察者的感受認識不同，而有不同的反應、說法與報導方式。這主要的兩對，克拉麗薩熱情而浪漫，安娜理智而持大體，雖然因為她是克拉麗薩的朋友，並非完全客觀。同樣的情形，也見諸羅夫雷和貝德福之間。這樣一來，整個故事的敘述觀點，都是第一人稱的有限觀點，每個敘述者，也都是不可靠的敘述者。

⓯ 有關敘述者情形的，請參閱 Wayne C. Booth, *The Rhetoric of Fiction* (Chicago: Chicago U.P., 1961), pts. II, III.

讀者因此必須「察其言，觀其行」，再以本身的知識與標準，隨時爬梳、裁判與修正自己的看法。同時，兩主角行事的動機心理，經常在他倆分析事物，檢討自己之中表露，讀者更須隨時查察核對。李查遜是第一位注意到小說中觀點與心理問題的人物。至少在表面上看起來，他筆下無一事物不是複雜曲折的。這一點與《好逑傳》的作者，對本身與讀者共有價值標準的自信，大為懸殊。《克拉麗薩》之成為經典之作，深深影響後世作品，《好逑傳》雖在才子佳人小說間，至為卓越超拔──舉例來說，鐵中玉不是白面書生，而是有膽識，卻也有膂力，足能衛身助人；水冰心雖為弱女，卻也剛強堅毅，智足自保有餘的──卻還只是才子佳人小說，李查遜的創新突破，顯然是決定性的因素。但就連他這種創新，仍然與他的社會價值有關。

　　事實上，前面所說的兩書相同的地方，同時也都是它們相異的所在，《克拉麗薩》的發展結果，她受了污辱，痛不欲生，卻並未投繯跳水了結，而是憔悴枯萎，悽惻但寧靜地去世。她遭到污辱，半由環境──也就是她的家人的逼迫，主要地卻是出於她自己的自信和這種自信促成的行為。在作者的安排下，讀者只能期待悲慘的結局，無法指望有大團圓的場面出現。《好逑傳》的愛情故事，則註定必然成功──其喜劇的線索，自始便存在。

　　雖然兩書都有財產問題，背景不同，其問題的方向也便各異。首先，中國的婚姻，當時完全是父母之命，媒妁之言，鑽隙踰牆，投桃贈芍的事固然有，一般是不可以，不可能的。十八世紀的英國，勢利婚姻的安排，也屬常情，但至少已經不能視為當然。不僅克拉麗薩自信自傲，又有祖父所遺財產為依恃，使她在經濟上業可獨立，所以特別反對俯仰由人，費爾定

(Henry Fielding) 的蘇菲亞，雖一向順從父親，但在父親對她的婚姻安排，她認為不能接受的時候，同樣地也要離家出走。中國古典小說裡的女主角，因反抗親命而出走的，並不在少數──例如《聊齋誌異》裡的〈宮夢弼〉一則，但其原因不是個人的原則問題，而是較高的社會原則──父母嫌貧愛富，要訂過婚的女兒改嫁他人，而這種情形，是違反「從一而終」與「餓死事小」的信念。水冰心遭遇到叔父謀產的陰謀，但她所關心的顯然僅限於可能所事非人，而在表面上則是沒有正式的父母之命──她的父親恰被遠戍邊地，其中的涵意，或者說她的期盼，限於親父必會考慮女兒的條件願望，不致要她嫁給紈袴的過其祖，但如果不幸她父親同意這頭婚事，她大約是可以低頭而自怨命運的。她從不曾為財產繼承的問題操心或持異議。因此，財產雖是造成她的窘境的原因，水運迫害她的動機，對她卻並不構成問題。但對於克拉麗薩，可就完全兩樣。她因為有那筆遺產，逗起了兄姊的嫉忌，而這種情形，僅增加她的自傲與對兄姊的輕視。等到兄姊半因報復，半為家庭的榮耀與地位著想，壓迫她嫁給蘇謨斯的時候，她雖自願放棄遺產，卻含有條件：她僅要把它讓渡給父親，從而強調了她的獨立自主。但她雖有這種諾言，並未肯付諸實行，而且連提出諾言，仍然是以不得迫她就範為再一條件的。事實上，她逃出辛克萊太太的魔掌，潛蹤匿名於倫敦貧民窟時的生活費用，包括購置那具雕鑿精美的棺材，以及她在當地行善賙濟別人時所用的金錢，都來自那筆遺產的入息。換句話，財產在《好逑傳》裡只是造成衝突的動機，在《克拉麗薩》裡卻是一切衝突及其後果的中心癥結。

這種不同，反映在社會價值上的不同。《好逑傳》裡的是

非是分明的：鐵中玉儘管並非十全十美的英雄——他有時顯得過分自恃，雖然這種自恃並未造成嚴重後果，但他這方面的人，不論是他的父母、水侍郎、水冰心、韋佩、韓愿夫婦與女兒，乃至侯孝與鮑御史等，都是我們可以與之認同的，水運與過學士以及他們的黨徒和同類，都是我們可以拒斥的。兩者代表了正反雙方，其間壁壘森嚴，不容僭越。在《克拉麗薩》裡，至少有三套價值標準同時存在運轉。安娜的最近於一般標準，但並非毫無距離，因為它並非真正的世俗價值，而是摻入若干個人特殊成分的。羅夫雷所持的是貴族標準，這使他蔑視孳孳為利而躋身仕紳的克拉麗薩的家庭，這種蔑視，還進一步使他必須考驗克拉麗薩，證明她所愛的是他，並非他的家世，而且她的愛必須是無條件的絕對馴順。克拉麗薩恰巧是不能接受這種條件的。她要求的是或全部，或一點也不要的完美 (all or nothing)，她對違抗父母，感到遺憾，但並無悔意；她對羅夫雷的污辱，可以慷慨地寬恕，但不能妥協。她所堅守的個人原則，使她無法像不少中國女主角那樣，接受「生米已成熟飯」的現實，進而尋求「一牀錦被遮羞」的補救。她是維吉爾 (Virgil) 筆下的黛朵 (Dido)，在中國只有《今古奇觀》裡怒沉百寶箱的杜十娘堪比擬。相形之下，我們的道德價值，雖然可以有正反兩面，應當接受的只有一個，而這一個標準，卻又是富於彈性的：「男女授受不親，禮也」，接下去則是「嫂溺援之以手，權也」，這禮、權之間的出入，構成了「大德不踰閑，小德出入可也」。這樣的規範，選擇固然容易，實行起來也無多大困難。然而克拉麗薩就不能如此從容與肯定。

　　這其實是說，雖然兩本書所用的都是中產階級的標準，這標準卻並不完全相同。前面說，羅夫雷是貴族，貴族當然並非中

產階級，而是所謂的上層社會。但在實際上，既成社會中堅勢力的中產階級，與上層社會的區分，其實並非十分涇渭分明。一六四九年的清教革命，並不全是貴族與商人、地主的對立。地主在鄉下的生活方式，與貴族的汲汲以物欲的滿足為準則者，例如費爾定的韋斯坦 (Squire Western) 之日以酗酒縱獵者相較，並無實質的分別，何況他們未嘗不可富則貴，而其個人主義的傾向，尤乏差異。但這種中產階級的思想，既以個人為中心，就未免在判斷上旁生雜出，抉擇為難。反觀中國，如周作人昔年所說，中國人有貧富的差異，卻無階級意識上的分別，統而觀之，總屬功利❶⑥。功利二字，下得有過當之處。但中國自天子以至庶人，確實具有同樣的價值標準，只是運用時寬嚴有別而已。這標準是尚實際，重今生。儒家固然如此，道家等本土思想，也莫不如此。佛家倒是要修來世的，但那些地獄因果，都只為愚民而設，屬於變相。真正的要詣，在於萬法皆空──「色即是空，空即是色，受想行識，亦復如是。」我們既以為士是中產階級，也就是社會中堅一層，則在佛家求慰安，所求僅限於了悟，一切都「如夢、幻、泡、影，如露亦如電」。在倫理觀念或處世方針上，縱能寧靜淡泊，遵依的仍是儒家。一般人對於忠孝節義一類，並無異議，只不過如《水滸傳》那樣，斷章取義，悖謬原旨而已──例如「四海之內皆兄弟」的使用解釋，顯非子夏本意，而由於凜於「萬惡淫為首」(本身顯為保持父系血統的純度而立)，致使除了王矮虎、周通等人外，幾乎全以能不近女色為英雄的特徵，忘卻「男女居室，人倫之始」的教訓。這種具變異但單一的道德規條，因強調共同的遵守而使中國的社會，真正翕然為一。儒家等等，未

---

❶⑥　周作人：〈文學談〉，徐沉泗、葉忘憂編：《周作人選集》，上海，民國二十五年，頁一三。

始不是自個人開始，但除了道家和佛教小乘，沒有一種是讓人以做自了漢為已足的。「刑不上大夫」，強調的是他能夠自律。君子之為君子，不是因為他有學問與能力，而是因為他能夠慎獨。庶人不能自律，便只有律於人。舊日的中國人是沒有認同問題的。

十八世紀的歐洲則不然。遠在十六世紀，文藝復興和宗教革命幾乎同時發生。文藝復興要擺脫宗教的枷鎖，回復希臘的人文精神，但在強調個人價值時，卻把蘇格拉底的「知識即行動」——意指自律，變化為「知識即力量」——意指征服自然，馴致笛卡兒 (René Descartes) 要證明上帝的存在，首先證明自己的存在。宗教革命要擺脫教會的束縛，要個人直接以《聖經》面對上帝。新教的開始，除英國國教是為了一時的政治（或者說婚姻）的理由，對教義儀式，改變不多外，其他各派，多少都具有清教色彩。不論是因直接面對上帝而來的震恐，或是因權威緩衝的消失，清教徒心心念念的，是如何證明上帝的仁愛與正義，也便是如何證明自己地位的穩定。因此，他們強調了原罪的觀念，來肯定人性的邪惡與上帝恩寵的無條件性。為了說明恩光無條件，他們堅持信心的自足，為了確定自己的獲救，他們堅持世俗性成功（也便是發財）為拯救的象徵。強調個人得救是合於人情願望的，強調人人性惡是不合人情願望的。左右逢源是人類一致的夢想。於是十七、八世紀之交的英國，出現了沙夫貝里 (Shaftesbury)，為人們提供了免費的午餐：人性是善的，其證明見於其美好的情感。這是從心理出發的，但也是從常理出發的。到了牛頓 (Isaac Newton)，雖承認一切是上帝所造，卻認為有了常理與數學為裝備，世上無人類不能了解的事物。而這個人是個人。他具有濃烈而正當的情感，儘可以率性而行，不虞失墜❼。但事實上並不能如此，

因為他受制於太多的限制。於是，克拉麗薩與希臘悲劇中，具有性格缺陷 (hamartia) 的主角，同樣地遭到可悲的下場。但克拉麗薩並非伊底帕斯 (Oedipus)。這位不幸的國王，遭到惡報以後，國破家亡，失位目盲，在流亡多年以後，才與命運達成諧和，在無憾中撒手塵寰。但他的死是意義含混的，因為《奧德賽》(The Odyssey) 等裡的冥府，並非天堂，所以他離開人間，縱能沒有後世 (afterlife)，也僅能一了百了。克拉麗薩並不要受那麼久的罪，便不必自嘆「他生未卜此生休」，而是倚恃她那基督教的信心，肯定自己必然能回「父家」——她曾以這個名詞，搪塞過不少人，認為她將與家人言歸於好，卻不知她意中所指，是「我們在天上的父」。她這種必登彼界的信心，不惟約翰遜博士之聞死色變❶，瞠乎其後，便連較早的愛迭森 (Joseph Addison) 的泰然迎接死亡❶，也有所不及。這種自信，其實與起初的自傲 (hybris) 無實質的差異，但卻契合清教精神加上情感主義，也正是中產階級特具的沾沾自喜 (self-complacency)。

　　雖則如此，李查遜究竟能夠在克拉麗薩的死上，達到中國人所再也不會達到的境界。莊子倒是說過，死生亦大矣。道家是要乘化歸盡的，對死亡或是泰然處之，或是抱嘲弄的態度。

❶　Ernest A. Baker, op, cit., V, pp. 33–36.

❶　Bertrand H. Bronson, ed., Samuel Johnson, pp. vii–viii; See also "Prayers and Meditations" in the book.

❶　Edward Young, "Conjectures on Original Composition (1756–1759)", Eighteenth-Century English Literature, Geoffrey Tillotson et al., eds. (New York: Harcourt, 1969), pp. 887–888. 這篇文章是以書翰體寫給李查遜的。對死的興趣，自 Young 的 The Complaint, or Night Thoughts 到 Thomas Gray 的 Elegy Written in a Country Churchyard 特稱「坟墓派」(Graveyard School)，為英國十八世紀文學一大特色。

儒家一面是「不知生，焉知死」，根本忙於人事，不願為無可
補救與逃避的事費心，一面是「死有重於泰山，輕於鴻毛」，
只就其對整個人生立言，不論個體的遭遇或態度。真正的表
現，是子路結纓，曾子易簀，與文天祥的從容。在小説裡，得
享天年的少不得兒孫繞膝，含笑西歸，否則便如關羽，雖有死
後之生，仍並不服氣，而要大叫「還我頭來」。《封神榜》上的
諸家神祇，沒有一個不是恨天怨地的。《紅樓夢》裡的晴雯與
黛玉，《花月痕》裡的韋癡珠等，死時都是遺憾與冤憤交織。
生死一關，他們是都勘不破的。佛家的輪迴來生，麻煩在於縱
非幻象，各生是各生事，只是孽緣愈多，牽纏愈廣，沒個了結
處。我們的傳統裡，沒有摩西之在皮斯加山，也沒有約伯之對
旋風，也沒有耶穌之祈求移開苦杯。換句話說，我們不承認悲
劇的可能性，也不承認人生的不可知性。如果有不可知的地
方，我們只視之為不值得知──「不知生，焉知死；不能事
人，焉能事鬼」。相反地，早年的中國，相信命運的絕對性，
例如秦景公不食新麥，周亞夫和鄧通的縱理紋入口。但到了後
來，連命運也要受人操縱了。《西遊記》裡的鳳仙郡，受到玉
皇的懲罰，業已三年不雨。天上的處分，是麵山、米山和黃金
大鎖。但鳳仙郡侯一旦「誓願皈依」而全郡「一片善聲盈耳」
之後，三事都一下解決 ❷。《濟公傳》裡的王太和：

> 昔日松江問子平，涵齡道我一身窮。
> 事至而今陡然富，皆因蘇興馬玉容。 ❷

歐洲在十八世紀，儘管是理性的時代，基督教的上帝還未死，

---

❷　《西遊記》第八十七回。
❷　《濟公傳》第一百五十九回。

對人生的奧祕，特別是死亡問題，仍是看得十分嚴重。他們因
原罪與救贖和相關的謝世諸觀念所得的特殊視界 (vision)，是
我們所沒有的，卻為了解人生，增加了深度。就人生幸福而
言，我們的人生觀或宇宙觀或許較切實際，但就文字的想像與
視野來看，李查遜那方面顯然較為方便。

　　以社會價值的不同，說明兩本類似小說的不同，不僅牽涉
到思想史的本身，實際上也承認了社會與時代背景，孕育特定
的作家與作品。這種環境與人文的交互關係，中國早就認識，
所謂地靈人傑，以及時代上初、盛、中、晚唐之分，都是把地
緣與時代，視為互有作用的。西方似乎到了十九世紀，才自生
物學上的遺傳與環境對植物的作用，類比到人類的文化活動上
來，於是有了泰涅的決定論❷。以物方人的類比，有其無可解
救的局限性。不論動、植，都仰賴於它們的環境，而且安土重
遷；動、植，尤其是農作物與牲畜，都歷經選種，培育改良。
但同樣辦法，顯然不適於人。人類是知道如何創造、選擇與改
良環境的。舊式婚姻，在我國頗有保持品種的意義，但無法精
密處理。試管嬰兒，也無一位科學家敢於甘冒不韙，堅持到
底。因之，泰涅的民族、時代與環境，不惟解釋為難，也狹隘
與機械過甚❷。這是不當科學而科學的結果。雖然如此，在另
一方面，我們看到了《好逑傳》和《克拉麗薩》的作家的表
現，與他們本身的文化有何等密切的關係。我們知道李查遜的
傳記，對「名教中人」則只能推測他屬於那個時代。但我們不

---

❷　泰涅的理論見其〈英國文學史序〉，收 *Criticism: the Major Texts* 內。此類
　　文獻，最方便的選集是 Edward Stone, ed., *What Was Naturalism?* New
　　York: Appleton, 1959.

❷　參見 Walter Sutton, *Modern, American Criticism* (Englewood Cliffs, N.J.:
　　Prentice-Hall, 1963), pp. 232–233.

必證明，就可以相信，李查遜如生在十八世紀的中國，其價值與表現必與《克拉麗薩》不同。甚至還可以說，「名教中人」假使是生在二十世紀的中國，他也不會把《好逑傳》寫成現在的樣子。這些首先證明了一點：文學不必有意反映時代，其結果卻必然反映成書期間的時代；不必刻意求民族精神，卻也逃避不了民族精神。鄉土云云，深入膝理，是揭不掉、抹不去的。更不必以普遍性與超越性是文學的特質，來認定過分強調民族文學是狹隘的認識。我們的基本需求，與西洋人東洋人都無兩樣。否則我們無從欣賞它國它時的文學作品。威立克 (René Wellek) 說得好：「人類都是一體」❷。

承認環境決定論，並非抹煞個人才具。以名教中人和李查遜相較，我們看到地緣與時代所賦予各人的價值標準，而且看得到價值標準如何影響了創作本身的價值，特別是對人生問題深入的程度。如果我們以名教中人與十七世紀的其他中國人相比，或以李查遜與費爾定相比，便能看出，同樣的價值標準，仍能容許不小的選擇範圍。這種選擇是個人才具與自由意思的發揮。吃飯用筷子是文化，是環境所造，用象牙或烏木做筷子，便是文明，是自由的選擇。名教中人也許寫不出悲劇，但他顯然可以使鐵中玉與水冰心更庸俗些。李查遜永遠是細膩的，傾向於多愁善感，費爾定永遠是大開大闔，縱在窮愁潦倒時，不廢他的樂觀態度。這些只表示作家並非木石，雖不能超越時代，卻也不必刻意迎合環境。

時勢與英雄，本來便是相互為用的關係。

---

❷ René Wellek and Austin Warren, *Theory of Literature* (New York: Harcourt, 1956), p. 50.

有心無心，一人二人

——〈樂仲〉與《湯姆·瓊斯》的同與不同

　　蒲松齡（一六四○——七一五）的〈樂仲〉，載《聊齋誌異》卷三，寫作乃至開始流通的年代，無從查考。我們所能知道的是，全書最早由趙起杲於乾隆三十年付刻，次年（一七六六）問世 ❶，所以蒲松齡雖較《湯姆·瓊斯》(The History of Tom Johes, a Foundling, 1749) 的作者費爾定 (Henry Fielding, 1707–1754) 年長了六十多歲，《聊齋誌異》的出版，卻較《湯姆·瓊斯》遲了十七年光景。《聊齋誌異》顯然上承唐代傳奇和明代用文言寫成的短篇小說，例如瞿佑的《剪燈新話》之類，再加上六朝以來而訖宋代《夷堅志》的傳統，卻繞過了宋代短篇話本、明代的「三言」、「二拍」，和從而選錄的《今古奇觀》等口語作品。從胡適之先生對中國文學的進化立場來看，蒲松齡毋寧是開了倒車 ❷。但在另一方面，自《子不語》、《閱微草堂筆記》、《觚賸》、《諧鐸》、《螢窗異草》到清末

---

❶ 張景樵：〈蒲松齡事蹟年表〉，《聊齋誌異及趙刻合編》第四冊，臺北鼎文書局，民國六十七年，頁一一七。張先生根據的大約是《鄧之誠骨董瑣記》卷七「蒲留仙」條，或《昭代叢書》癸集楊復吉《夢闌瑣筆》，均胡適所引。

❷ 胡先生為蒲松齡寫〈為偽舉例〉和〈醒世姻緣傳考證〉（並見《胡適文存》第四集卷三），甚至譽他為「真是十七世紀的一個很偉大的新舊文學作家」（民國二十四年十月一日，頁三九五），並不曾說他開倒車。但胡氏對文學和白話文學的看法，包括稱新舊，說歷史進化，還寫了白話文學史等，其立場是顯然的。

的《夜雨秋燈錄》，乃至臺灣報紙副刊偶見的文言小說等看來，《聊齋誌異》實不啻開闢了新的傳統，至今衰而未歇，同時還是一切中國文學史和小說史所必收必論的作品，則其重要性和影響力，是可以公認的。至少，專就這一點來說，它足以和《湯姆‧瓊斯》相埒。費爾定儘管年壽不永，其身世坎坷和懷才不遇的情形，已差類蒲松齡，縱然晚年略見騰達，究竟是「夕陽無限好，只是近黃昏」的事。他上宗拉比來 (Francois Rabelais, ?1494–1553)、塞萬提斯 (Cervantes, 1547–1616)、斯卡隆 (Paul Scarron, 1610–1660) 和較同時代的馬利伏 (Pierre de Marivaux, 1688–1763) 與勒薩日 (Alain Rene Le Sage, 1660–1747) ❸，卻因他在寫實、人物刻劃、情節安排以及對小說的深刻新見，成為所謂「現代小說」(the modern novel) 開山祖師之一。

當然，兩人的成就儘管相當，相異之處也正復不少。首先，蒲松齡與費爾定，地隔數萬里，長成於不同的文化圈內，其作品的寫作時間，相差也達半個多世紀。更重要的是，〈樂仲〉是短篇故事，在《聊齋誌異》的三百多則故事裡，篇幅雖非過短，全文僅得二千餘字。《湯姆‧瓊斯》共分十八卷，都二百十章，近五十萬言。前者必須在有限的空間裡進行濃縮，後者則沃野千里，供作者縱橫馳騁。這些分別，似乎使兩者不可能同日而語。使兩作可以同日而語的，是兩位作家對小說的看法，更特別是兩作的主題。《聊齋誌異》雖屬短篇結集，籠罩全書的主題原則，似乎便是本文題目所引的，「有心無心，一人二人」。這兩句話出自該書首篇的〈考城隍〉，說的是宋燾

---

❸ Ernest A. Baker, *The History of the English Novel* (London: Witherby, (1930) 1937), VI, pp. 179–180.

病臥，有吏來召他應試，題目便是那八個字，他的文章的警句
是：

　　有心為善，雖善不賞；無心為惡，雖惡不罰。

這十六個字博得試官（神祇）們的讚賞，卻也正是《湯姆·瓊
斯》的主題。本文要討論的，就在於蒲松齡和費爾定如何發揮
這個主題，其發揮的異同，和其異同的可能原因。

　　蒲松齡和費爾定，都表示他們所寫的是歷史。費爾定在
《約瑟·安篤斯》(*Joseph Andrews*, 1742) 的序言裡指出，他要
寫的文字，是英語裡不曾嘗試過的，因為他要寫的是喜劇性傳
奇 (comic romance)，亦即「用散文寫的喜劇性史詩」(comic
epic poem in prose)，旨在揭發人類行為中的可笑可憎之處。
《約瑟·安篤斯》的全名是《約瑟·安篤斯及其友亞伯拉罕·
亞當斯的歷險史》(*The History of the Adventures of Joseph An-
drews and his Friend, Mr. Abraham Adams*)，《湯姆·瓊斯》的
全名是 *The History of Tom Jones, a Foundling*。兩本書都強調
「歷史」一詞。按前於它們的作品，如狄孚的《魯濱遜飄流
記》(Daniel Defoe, *The Life and Adventures of Robinson Crusoe*,
1719) 或李查遜的《帕蜜拉》(Samuel Richarson, *Pamela, or
Virtue Rewarded*, 1740)，並無這名詞。拉比來《巨人傳》(*Gar-
gantua and Pantagruel*, 1532–1534) 現雖譯為 *The Histories o
f*……原來只稱「傳」；狄孚雖有 *The History and Remarkable
Life of Colonel Jacque, commonly call'd Colonel Jack*, 1722，並
無特殊說明。李查遜的《克拉麗薩》(*Clarissa,or the History of
a Young Lady*, 1747–1748) 稱歷史，但其序言說明，則已遲到
一七五九年。因此，我們大體可以認為，費爾定是第一位有意

識地使用這個名詞的人。在《湯姆‧瓊斯》的〈獻辭〉("Dedication to George Lyttleton")裡，他不僅重複了曾在《約瑟‧安篤斯》的序言裡所說的話，並且更明確的表示，他的目的在於揄揚善良無邪，和以訕笑來祛除人類慣有的弱點邪癖。他還說到，他的材料是人性，他的方法是榜樣 (examples)。同時，歷史也提供了他寫作的方式：紀事本末體而非編年體，因為他是要「有話即長，無話即短」的❹。整個說來，我們可以看出，費爾定除了要為他的創新之作佔地步外❺，同時也用了歷史的敘述方法，和藉助於歷史的褒貶與鑑戒作用。我們固然有《春秋》大義，有自「以古為鑑」孳生的《資治通鑑》，西方也有不少類似作品，包括《執政書》(Sir Thomas Elyot, ?1490–1546, *The boke named the Governour*, 1531)，《親民寶鑑》(William Baldwin, d. 1564, *The Mirror for Magistrates*, 1559) 等。

過去有人擷拾十九世紀西方對神話的創始研究，認為中國小說的開始，應追溯到遠古神話和先秦諸子，包括孟子的比喻和莊子的寓言❻。這種說法是似是而非的，因為那些資料，是講故事的開始，卻並非如小說那樣，故事必須完整，也便是有頭有尾，還必須有相當寫實，也便是契合經驗，而且一般還要

---

❹　*Tom Jones* (New York: New American Library Signet, 1963), BK. II, ch. I, pp. 64–65.

❺　參閱拙著〈中西載道言志觀念的比較〉，原載《文學評論》第二集，臺北書評書目，民國六十四年，收入拙著《二〇世紀文學》，臺北眾成，民國六十五年。

❻　周樹人：《中國小說史略》，民國十二年，始倡此說，所受顯為劍橋神話學派如 Frazer, Lang 等影響，否定班固稗官之說。范烟橋：《中國小說史》，民國十六年；譚正璧：《中國小說發達史》，民國二十四年；郭箴一：《中國小說史》，乃至孟瑤：《中國小說史》都因之。

限定為語體，而非韻文❼。東方與西方的寫實要求，容或不同
——中國便很多超自然的現象，然而那也只是經驗的延伸，無
礙其理性，因為縱為鬼怪，卻仍要按人的道理規範行事。因
此，說小說濫觴自神話等等則可，說開始則不可；而其開始，
最早也只能追溯到現存的〈燕丹子〉，本身是演史的，並非純
屬虛構。虛構的敘述，有完整的故事，也便是亞里斯多德
(Aristotle) 所說的，有開始，承轉與結局，並能以寫實的技
巧，予人真實幻覺的，是唐人傳奇。唐人傳奇，所用的是史傳
筆法，甚至連語言也是史傳的語言❽。班固的《漢書‧藝文
志》，固然業為小說建立了稗官的地位，但在中國既已有六經
皆史的觀念，又有向民間采詩，以見風化的舊制，則小說作
者，於採取方法之外，兼求比附歷史，以彰地位，毋寧是順理
成章的事。在這種傳統下，蒲松齡當然要自比異史，或如其孫
蒲立惪所說：「其體倣歷代志傳，其論贊或觸時感事，而以勸
以懲。」❾費爾定的佔地步、汲體製和資懲勸等三種作用❿，
都是蒲松齡所同的。不同的是，蒲松齡有傳統的歷史觀念做後
盾，語言固然遵循史傳，各篇後異史氏的評論，也全襲史遷的
舊則。費爾定的傳統裡，沒有官書的歷史，有的不僅是私史，

---

❼ 換句話說，喬叟的《坎城故事》(Geoffrey Chaucer, *Canterbury Tales*)，有
短篇小說之實，卻無其名。

❽ 所有過去討論中國小說史的，包括❻所引各書及鄭振鐸、胡懷琛等，都
僅說唐人傳奇受古文運動的影響，卻未看出其語言、敘事及評論方式，
比於史記。

❾ 《聊齋誌異原稿及趙刻合編》第四冊趙刻附錄，蒲立惪附識，作於乾隆
五年（一七四〇）。

❿ 除《湯姆‧瓊斯》卷二章一處，另見卷五章一，卷九章一等。他對神怪
看法，見卷八章一。費氏時代人對歷史的重視見 Herbert Davis, "The Au-
gustan Conception of History," in J. A. Mazzes, ed. ,*Reason and the Imagina-
tion* (London, 1962), p. 214.

而且幾乎全是與戰爭有關的。希臘羅馬均多傳記之作，他卻不肯自囿於傳記，就只好比附於史詩了。更麻煩的是，費爾定雖然不斷地直接間接引述亞里斯多德的理論，亞里斯多德自己對歷史並非十分崇重。至少，他認為詩或文學雖兼具哲學與歷史的成分，卻在實現本身應有功能上，優於兩者⓫。費爾定的比附，因而略有離經叛道意味，不能像蒲松齡那樣逢源於左右。文化背景的不同，使同處也必有異，這便是一個活的例證。

同樣的歧異，也表現在主題的顯示上。《聊齋誌異》的主題「有心無心，一人二人」，是首先需要了解的。這八個字顯然互有關係，且關係又因為典試與受試的，都是儒士——做文章必然是儒生的事，傳統已久，不需證明——所以我們必須從儒家思想去探究，特別是宋儒以來的思想。這以文章加儒家思想來取士，特別是蒲松齡參加的以四書取士，本來是儒家創始的⓬。儒家重慎獨，行不慚影，居不愧屋漏，「一人」顯然說的是這種內省功夫。儒家更根本的思想是仁，二人為仁，也便是自處世接物到民胞物與，是外修的功夫。內外兼修，便是君子，是亞里斯多德所謂的全人或完人，只不過中國方面，謙敬之心較濃，所盼望跂求的，是言寡尤而行寡悔，卻非全然免於過失，於是纔能「大德不逾閑」而小德可以略有出入。要判斷這種出入，就要用上宋儒所講，「有心為善，雖善不賞；無心為惡，雖惡不罰」的動機論了。所謂《春秋》誅心，固然從這個觀念轉化出來，便縱行善事，在士君子也只是為求心之所安，並非沽名釣譽，所以一面要聞過則喜，一面卻又要行善不為人知。這種動

⓫　Aristotle, *Poetics*, ch. IX.

⓬　參閱拙譯，狄百瑞著：〈元代朱熹正統思想之興起〉，《中外文學》八卷三期，民國六十八年八月。

機論的標準是立心或意圖，而非行為的結果。引申起來，它可以是「放下屠刀，立地成佛」。西方雖然有論動機的，例如柯立治 (S. T. Coleridge) ❸，主要傳統可能是耶穌所說的，以果實判斷 (The tree is known by his fruit) ❹。這裡牽涉到的，計為修己或誠，也可稱為善良天性或赤子之心；仁，包括各類人際關係與人及物的關係；和以誠和仁作為動機正誤的標準。這些是如何在費爾定和蒲松齡筆下表現出來的呢？

　　要了解費爾定的看法，自然要首先看他的故事。就其大意來講，地主仕紳全善離家數月，夜晚歸來，就寢之時，在床上發現一個嬰兒，乃撫如己出，並名以「湯姆・瓊斯」。其多年未嫁的妹妹，旋與食客成婚，生一子名卜理福。兩兒同長，就學於一位清教牧師和一位自然神論的哲學家。及長，卜理福表面恭謹規矩；湯姆則心地良善，行為放蕩，多帷薄不修之行，終以誤會，受逐出外。全善鄰紳之女蘇菲亞，因不願其父逼令婚於卜理福，離家出走，中途竟又目睹湯姆逾檢行為，傷心而至倫敦。湯姆俟以巧合，拾得蘇菲亞錢包及支票，再赴倫敦設法返璧。途中及至倫敦後，湯姆熱心助人，始終如一，而不擇細行，亦同往昔，終至陷身囹圄，幾罪犯大辟，且有上烝生母嫌疑。最後真相大白，湯姆出獄，身分實為卜理福同母之兄，屢遭其弟陷害，其弟既逐，他與蘇菲亞成婚，並為全善與岳家雙方的繼承人，自此痛改前非，專心向善。

　　本來的故事當然並非如此簡單。雖則如此，我們仍可以看出若干特點：第一、湯姆與卜理福同母所生，同氣連枝，卻一

---

❸　S. T. Coleridge, *Biographia Literaria*, ch. 10.

❹　《新約聖經・馬太福音》第十二章第三十三節。同書第七章第二十節的說法是 By their fruits ye shall know them.

善一惡。事實上，他們生長在同一環境，同樣無父（卜理福生後不久其父即故去），受同樣的慈藹與正直的人照顧，也接受同樣嚴守宗教教條和滿口理性的老師教導，其結果竟如此懸殊，則天命之謂性，稟賦既立，雖有修道之教，也全不相干。他們那兩位老師，雖多可非議之處，舅父全善，雖也可君子欺之以方，有受到蒙蔽的時候，卻是良師好榜樣，而兩人天性定於先天，遂使後天教育，完全無處著力。第二、性格出於先天，稟賦有善有惡，則費爾定的想法，顯然不宗孟子，不宗荀子，最近而並未全宗當時英國性善論者的沙夫貝里 (Anthony Ashley Cooper, 3d Earl of Shaftesbury, 1671–1713) ❶，但也未宗清教思想，認為人性全惡，卻略是孟荀的混合。蓋兩位先儒雖有性善性惡不同，總認為可以從為學來發揮其善和積漸改善，費氏卻顯似認為，秉賦惡性的，學也無用，性善者則如湯姆質

---

❶ 《湯姆‧瓊斯》書內有數處提到沙夫貝里的名字及引用他的話，表示費氏對此人確能詳悉（例卷二章五、卷五章二、卷十三章十二）。沙氏認為嘲笑是破除迷信的良方。參見 W. R. Sarley, *A History of British Philosophy to* 1900 (England: Cambridge University Press, (1920) 1965), esp. p. 160，即此已可見費氏的「喜劇」概念的來龍去脈。沙氏認為人生為許多衝動左右，包括自私與無私兩者，道德則在於兩者的平衡和諧，而此即幸福，故本身即為報償，不必涉及天堂問題，否則倒成了市福了。惟沙氏仍認為真實的宗教可以倡說神的慈愛而有助於道德。（參見：Albert E. Avey, *Handbook in the History of Philosophy* (New York: Barnes and Noble, (1954) 1961), pp. 148–149.）此種情形，顯為沙氏亦被列為自然神論者的原因。另參考較大的英國文學史，包括 Legouis et Cazamian, *A History of English Literature*, Cazamian and W. D. MacInnes, trs. (New York: Macmillan, 1935)，頁八一五，此書頁七七○認為 Samuel Clarke (1675–1729) 影響費氏，但似僅為自然神論的代表；George Sherburn & Donald F. Bond, *The Restoration and Eighteenth Century*, in *A Literary History of England*, Albert C. Baugh, ed. (New York: Appleton-Century-Crofts, 1948), III, pp. 837–839.

美未學，僅要學到羈勒自律，便可盡善盡美，無往不利。費氏大約是宗善惡二元論的。第三、湯姆的兩位老師，都十分峻嚴，特別是那位主清教思想的卞亥（抃孩，Thwackum=thwack them），認為死後是否得救，全出神旨，不在行善與否，但善行必出神旨，而此生端為待救而活。另一位方矩，臨死皈依宗教，平素則為自然神論 (Deism) 者。按此論以為上帝既在一切事物中，蘊含了自然律法，便能使宇宙持續運行，不必再勞祂操心。既然有此安排，一切自有其常其當，為人只要遵循理性，尋求常當，自能向善。方矩自己認為，道德者，靈魂與觀念界之和諧也。人能依理性制其行為，便能道德。然而這兩人其實都貌是心非，表裡不符，並且根本上宗的是霍布斯 (Thomas Hobbes) 的自私論，是以立論雖高，行為難符。這可見得「善行僅能出自善的衝動，而非出良好原則」❶❻。卷十二第八章裡，費爾定說他在本書裡，旨在推演一樁「偉大、有用而異常的教條」。恩普遜 (William Empson) 認為這教條便是：「天性善良的人，必能直接感受他人的感受，乃至有行動的衝動，如其身受；這種衝動，是個人最大快樂與惟一真正無私行為的根源。」❶❼ 行善因此無關乎學，也無關乎自家樹立的道，卻端在能夠推己及人或「他人有心，予忖度之」。它要的是善根。前面的節要裡並未提及這個教條，但湯姆、卜理福、卞亥和方矩的表現確實如此。最後一點：湯姆行為，全憑善根衝動或者說只求心之所安，一向不計後果。清教巨擘喀爾文 (John

---

❶❻ William Empson, "Tom Jones," in Martin C. Battestin, ed., *Twentieth-Centu-ry Interpretations of Tom Jones* (Englewood Cliffs, N.J.: Prentice-Hall, 1968), p. 37. 此外可參看 Thomas Carlyle, "All Greatness is unconscious," *Sir Walter Scott*.

❶❼ Ibid., p. 38.

Calvin) 倒是主張，為升天而行的善事，不配升天 ⑱。因此，欲達善行或無私的動機，僅能求諸上帝的恩佑。喀爾文的想法，前半全同「有心為善，雖善不賞」，後半則走上了玄學或至少神學的道路，是中國人不大願意操心的事。費爾定大抵是反清教的——他把卞亥乃至衛理公會創始人物，寫得頗為不堪，具見其情操，但其所見相同的只有前半（因為他要使湯姆得到的是塵世的風光，而非死後的天堂），而前半恰與《聊齋誌異》的主張相符。湯姆不僅為善出於無心，為惡也出於無心。行善是出於心之所安，本身已是報償，但顯然只要瑕不掩瑜，行善仍會有其他的善報。費爾定在書內各卷前的楔子中，雖頗強調行善不必有善報，然而湯姆歷盡挫折，終能與美同歸，坐擁鉅產，這報償可也就未為菲薄了。

〈樂仲〉的大意是，遺腹子樂仲，厭其母佞佛茹素，於其母患病思肉時割股以進。母悔破戒，不食而死。仲更割右股，焚佛像，立主祀母，醉後輒對主哀慟。樂仲不二色，就連妻子也在成婚三日後休掉。平時放蕩縱飲，但「里黨乞求，不靳與」，雖受欺無悔。他後來生病不能上墳，「瞀亂中覺有人摩撫之。目啟之，則母也」。母親告訴他她現在南海。他病愈後發願朝南海，路上卻仍「牛酒韭蒜」，遭到同往進香者的排斥，而且途中遇到妓女瓊華，也「遂與俱發，寢食共之，而實一無所私。」在南海別人禮拜，一無所見，瓊華卻看到遍海蓮花，上坐菩薩，他看到的則「朵上皆母」，並且跳下海去，但奇蹟般地「身猶在岸……衣履並無沾濡。望海大哭，聲震島嶼」。他倆分手後，原憂嗣續的樂仲，路上竟撿得成婚三日時所生的兒子，相偕回家。後來瓊華來依，並且帶來財產，使樂仲不至

⑱　Empson 所述, Ibid., p. 39.

為喝酒發愁。有一天，樂仲對酒對美，忽有憬悟，乃見股上的傷，化為蓮苞，他自己說花開時就是他死的時候。但後來花開了，卻因瓊華要求復合。又過了三年，兩人同死。死前，瓊華告訴樂仲的兒子：「父種福而子享。奴婢牛馬，騙債者填償汝父。我無功焉」。後面還有樂仲的兒子幾乎遭族人覬覦財產，加以驅逐的故事，幸得外祖及時趕來作證，乃告無事。最後是異史氏的評論，主要的話為：「斷葷戒酒，佛之似也；爛漫天真，佛之真也。」

我們記得了《湯姆・瓊斯》的故事，就可以看到，樂仲與湯姆，都是順應自然的人物。他們同樣有善根，同樣率性而行，同樣不為流俗所認識，卻都在一人二人上，做到了「無心」，而且同樣地有女同歸，生活上超過了衣食無缺的境界，樂仲甚至比湯姆更幸運，因為他成佛做祖似乎是定了的。湯姆既不受清教的教諭，也不受自然神教思想的左右。樂仲飲酒放佚，非儒家名教所能容，而毀棄佛像，食葷宿娼，至少在表面上也與佛家的要求不合。儘管蒲松齡未提到名教中自有樂地的話，樂仲的行為，絕對違背了事親養志的方式；他也未提及正統的佛家思想，其語氣與取捨是明顯的。然則費爾定和蒲松齡同樣地對同時代的思想，有所不滿，而認為坐而言，不如起而行。蒲松齡未提及人性，意下大約是有善有惡，各從秉賦，──那些騙他的和棄他而去，乃至跟他兒子打官司，爭遺產的想來都有不是之處──但善卻要形諸於外。這一切都是兩位作家，表現得頗為類似的地方。特別是兩人著重的都是動機，所謂佛之似，佛之真，意義就在這裡。除此之外，在細節上還不妨提及的，是樂仲固然愛酒，湯姆也非不愛，而兩人都是頗愛哭的。這好酒貪杯，痛哭流涕，卻也並非等閒落筆，實在另有

寓意，後面當再論及。

　　費爾定和蒲松齡，時代接近，遭逢相似，又同對後世具有影響。這些是他們外緣的同。主題、形式乃至細節的類似，是內在的同。內在同以外，不同處恰也不少。樂仲這個人物，與湯姆一樣地離經叛道，但他與湯姆大為歧異的是孝心與不親女色。湯姆是到處留情，甚至一度在誤會中吃了軟飯。再者，湯姆在故事將結束時，剛剛成年，後來又有了一子一女，所以不至為嗣續掛懷。但全善和蘇菲亞的尊人，也從來不想後代香煙問題。樂仲到三十歲不曾再婚，卻耽心祖先會成為若敖氏之鬼。這孝思、對女色的態度，和憂嗣三點，是兩位主角顯著的不同，恰也是兩種文化的分野。這種分野，同時也說明了，為什麼費爾定的作品，雖然處處有天理天道在，以致生出許多巧合，走的卻是寫實路線，也便是完全以經驗為依歸，不讓梨山老母一類出現。蒲松齡便毫不介意地要樂仲兩次見到死去的母親，而且經由頓悟，勘破生死大關。這些問題，都當再加討論。

　　為了討論的方便，我們不妨把前面說到的，兩作的同與不同之處，重述一次，再試圖說明其同中之異與異中之同的可能原因。首先是主題之同，也便是「有心無心，一人二人」。這裡牽涉的仁與自然，也便是率性問題，包括兩位作家在作品裡對人性的看法。其次是無心之善，雖不求報償卻必有報償。報償卻必以塵世的報償為先。樂仲雖幾乎是註定了成佛作祖，此生仍還是美妻為伴，賢子承歡的，湯姆下地獄的可能性也不大，然而當前先享盡了人間豔福與財富地位。樂仲和湯姆都酗酒愛哭。蒲松齡和費爾定都以所寫的是歷史為言，這一點較為簡單。大體來說，兩人都有為文學佔地位，求重視的意願，也同樣都有前修舊例可援。這部分的同中之異，無關大旨。樂仲

與湯姆的最大不同，篇幅影響情節發展，一望即知，也毋庸多說。他們的不同，重要的在於前者強調了孝道與非色，另外還有嗣續問題。這個問題其實是孝道的延伸。最後也當一提的是寫實或經驗內外的問題。這些問題都是互為糾結，與兩種文化的系統息息相關。

人性秉之於天，是東西方共同的看法。這原因很簡單：除了歸之於天，再沒有更好的說詞。將來的科學，能否進步到足以找出理由，尚不可知。至少在目前，我們必須接受魏禮 (Basil Wiley) 的話，即科學只能解釋其然，人文才能解釋其所以然⑲。人類的理性有其限制，而這種推理的過程，恰是笛卡兒 (René Descartes) 所用的。他證明「我在」，為的是證明上帝存在。牛頓 (Isaac Newton) 的科學理論，也是為了這一目的。伏爾泰 (Voltaire) 甚至說，假使沒有上帝，我們就非造出一位來不可。人性秉賦善惡，則西方大體是認為參半，卻有改善餘地。這與《三字經》開宗明義的說法，並無多大出入。儘管《三字經》是以孟子補充孔子，以為人性本善，卻說「苟不教，性乃遷」，這遷字總是指其向惡，而非遷善，則本性之善顯然並不可靠。十六世紀基督教新教興起，其中具所謂清教思想的，特別是喀爾文，承繼保羅經聖奧古斯丁以來的想法，認為原罪使人人有罪，是故天性完全是惡的，縱能行善，其動機不堪聞問。因此，人類行為無足取，重要的是信心。霍布斯主張人性自私，便從此一思想得來。這種想法，與同時代文藝復興的人文思想不合，尤不符人類對上帝，特別是自己的想法。彌爾頓 (John Milton) 是清教人物，便對此不肯苟同。沙夫貝

⑲ Basil Wiley, *The Seventeenth-Century Background* (Garden City, N.Y.: Doubleday Anchor Books, 1934), ch. I.

里的性善論於焉興起。他認為人性中先天有其道德意識,只要能予以發揚,則人人可以為善。他的根據是人的美感。從美感而到情感,是幾間的事。下一步便是自然流露的情感必是美的。李查遜的《克拉麗薩》,旨在賺人眼淚。湯姆愛哭,實際便從此處衍生,沙夫貝里的想法,旋由盧梭 (Jean Jacques Rousseau) 接受與發揮。那已是後來的事了。

早在希臘時代,索福克利斯在《安蒂岡妮》(Sophocles, Antigone) 裡,已指出世上當有兩種律法,一為天道,一為國法,前者實即人情或所謂人性的自然流露。十七世紀是所謂新古典主義時代,動講規律,但即以其中大師頗普 (Alexander Pope) 來說,雖主規範,卻仍認為人道即合自然。英文中人性與自然,本來都是 nature 一詞。自然便非造作。費爾定的小說,都有一個共同的目的,便是對矯揉造作的行為,肆其撻伐。另外,既然人性為舉世所同,則常情常理,就合於理性,合於人心和天道,足堪信賴。

前面已提到牛頓的名字。十八世紀的科學家,雖無從自感官的經驗上看到上帝,卻相信宇宙出於上帝安排,而且天心仁愛,求知正是上帝的賜與。用科學來毀壞宗教,是十九世紀的特殊貢獻。十八世紀只要了解上帝已有的布署。勃雷克 (William Blake, 1757–1827) 的「一粒沙中見世界」和我們的「數點梅花見天心」,同樣是自詩人的直覺來體會帝旨,科學家則從格物出發。後者認為上帝既造世界,諸事停妥,便自歇向一邊,袖手旁視。而人類智能有限,也不當過為求解於天心。頗普的詩所說,「人當理人事,天心休妄窺」和「事皆合天意」,都是這方面的表現。整個說來,十八世紀的英國,一面是科學開始日趨昌明,思想五色繽紛,但依大而化之的辦法

來看，卻也不外仁善主義 (benevolism)，包括天性善良與情感主義 (sentimentalim)，常情常理 (common sense)，進步或趨善可能 (human perfectibility) 和自我的抑制 (decorum)，只不過這抑制已非斯多噶 (Stoics) 派對情感的斂抑，而是承認人類有所不知。它與宗教虔誠仍是息息相關的 ❷⁰。

這些思想當然有許多互相矛盾之處。然而人類的理性，本自有限，十八世紀尤其對邏輯之學，不願恭維。費爾定在《約瑟·安篤斯》裡嘲笑亞當牧師，滿口基督教式的斯多噶思想，教人逆來順受，以求精神平靜，卻乍一聽到愛子溺斃，立即涕泗滂沱，呼天搶地。在費氏當然是旨在說明，徒恃原則，不足以察言循行。他的想法，與約翰遜在《雷希賚》(Samuel Johnson, *Rasselas, or the Prince of Abissinia*, 1759) 中哲學家的插曲情節一致，具見兩人想法類似。費爾定的妹妹，更是約翰遜的好友。然而他卻與費爾定合不來，常要加以指摘。個人性格使然，無可奈何。費爾定非自然神論者，更非所謂自由思想者 (Free thinkers)，雖受當代思想孕育，卻不宗一家，自為綜合。他的綜合，有什麼樣的結果呢？

費爾定相信人性有善有惡，而且大有遺傳意味。安篤斯的父親是老實人。另一部以主角為名的小說《約拿旦·維爾特》(*Jonathan Wild*, 1743)，歷代祖先都是惡人。前者與美偕老，舉家團圓，後者上了絞刑架。湯姆的生父是讀書人；卜理福的父親偏於清教而刁鑽刻薄，所以雖同一生母，秉賦完全不同。

---

❷⁰ 此處所提，大抵為西方這一段思想史的常識。參考 Kathleen Williams, *Backgrounds to Eighteenth-Century Literature* (Scranton, Pa.: Chandler, 1971)，特別是頁二二二—二二七及 Ronald S. Crane, "Suggestions Toward a Genealogy of the 'Man of Feeling'."

這種看法未嘗沒有小問題：他們的生母與全善是同胞，性情卻也並非全同，但非如後夫那樣心機險惡，應屬尚有善根，可與為善的人物。她沒有影響到孩子，大約是因為在十八世紀的時候，母子關係，恰類孔融認為的，果與容器的關係，是故母子非親❷。撇開這位母親，則卜理福雖在陰謀敗露，號啕大哭的時候，流的仍非懺悔之淚，後來也依然故我，照舊營謀。費爾定在書中數次提到沙夫貝里，顯然接受了後者的仁善論，但是修正的接受，並不認為人人都有先天的道德感。湯姆熱情奔放，卜理福卻是寡情而幾近絕情的。沙夫貝里是自然神論者，視天性為自然而然，人人皆可自修養琢磨而臻至善。費爾定則相信基督教的教義，顯示人性受命自天，而且不堪琢磨，則琢磨也只是白費功夫。他也不同於喀爾文，雖然他相信「有心為善，雖善不賞」，因為他並不相信人性一定本惡，也不相信人可以僅恃信心而不必有善行。他似乎更相信有其中者必形其外，所謂誠中而形外，自然流露的善行才是善行。沒有實踐，只有理論，必然一無是處，只不過偽善與造作而已。

這其實也就是費爾定的中道。他面臨的是兩種極端：一面是嚴峻的宗教教條，卻又把人人視為地獄的候補者，不肯容忍小德的出入；一面是純宗理性，滿口事之宜者，詩云子曰，否定了人性即天理。這兩種人，都是「賊夫人之子」的。這種中庸的實踐主義，使他的紳士，幾於君子。君子慎行，但健犢常要破車，是故湯姆雖生具善根，率性也常能合道，卻也常有出軌的時候。這便需要學乖了。用「乖」字來代替「謹慎」或「謀定後動」(Prudence)，也許有些唐突，然而「伐柯伐柯，其則不遠」，倒還並非全無道理。

❷ Lawrence Sterne, *Tristram Shandy*, vol. IV, ch. 29.

他使湯姆真情流露，率性而行，以致弄出許多紕漏，包括被趕、鬥毆受傷，因錯誤的榮譽感而幾乎娶了茉莉，和實際上吃了一陣子軟飯，跟他上床的，幾乎是他的母親，以及再度決鬥而幾乎犯下對基督徒十分嚴重的殺人罪名，用以說明謹慎的需要。但費爾定究竟是仁善論者，要以誠為出發，也以誠為判斷的依據。這種過重感情，與儒家的禮防大為不合。湯姆的酗酒和《水滸傳》裡的人物的酗酒，同樣是證明丈夫氣概。他的哭也與宋江的哭類似，只是再加上沙夫貝里的感情主義。他的好色，確如孔子所說，「吾未見好德如好色者」，然而卻是中國人的大忌。同時，過重感情，大約也是動機成為判斷善惡的準繩的原因。前面已引過耶穌的話，亞當夏娃被攆出伊甸園，根據也是行為。希臘悲劇中最具代表性的伊底帕斯王 (Sophocles, *Oedipus Rex*) 受懲罰，其惡實出於無心。即前述喀爾文的話，也只「有心為善」，未提無心為惡的問題。莎士比亞 (William Shakespeare) 的悲劇人物，無一不是為其行動後果負責。克拉麗薩和湯姆，倒也並非完全未受懲罰，但儘管兩人故事，自世俗眼光看來，一悲一喜，從精神層面觀察，則都是喜劇。湯姆的故事，受罰更是「高高舉起，輕輕落下」。從整個文字的發展看，自此時起，罪與罰似乎一般都不如前此的嚴厲。感情論 (Sentimentalism) 與人道主義 (humanitarianism) 既同興於十八世紀，則自後果轉向動機，大約正與前者頗具關係。

寫實主義，自十八世紀開始，成為現代小說的特色。它的根據是常識常理，與孔子的「不語怪、力、亂、神」相類，尤合十八世紀的經驗主義。大凡一樁思想的發生，總要經過一番孕育，再有思想家或哲學家出現，予以界說解釋。英國的中產階級，自十六世紀初興起，勢力日漲。這種人本來便依恃自家

經驗，不肯信邪。十七世紀霍布斯的經驗論，再與中產階級的心態互為因果，浸浸然要把經驗看成人生的全部。十八世紀的現代小說作家，不論其本身的信仰，或讀者群的信仰，都偏於經驗常理，於焉導致了文學的寫實，卻也與順應自然的想法相契合❷。然而人生雖憑經驗，人心與其想像部分，卻不能僅以現實經驗獲致滿足。與寫實小說同在十八世紀興起的，是所謂「峨特式小說」(the Gothic Novel)，乃至東方（波斯等等）的怪談，其中《天方夜譚》一書，並非最為荒誕不經之作。這派傳統，在十九世紀部分融入寫實之作，如《咆哮山莊》(Emily Bronte, *Wuthering Heights*)，部分獨立，如《月石》(W. Wilkie Collins, 1824–1889, *Moonstone*, 1868) 或愛倫坡 (Edgar Allan Poe) 的短篇小說，而流風餘韻，至今未息，如卡夫卡 (Franz Kafka) 的小說及科幻之作。寫實是大傳統，然而非寫實的作品，傳統更為悠久，十八世紀中葉中興以後，常以各種面貌出現。西方如此，中國自然是從來不曾中斷，只是因為受了西方過受標榜的寫實想法，以致中衰而已。費爾定是寫實傳統的創始人之一，但寫實並非對現實依樣畫葫蘆，卻是如他所說，他寫歷史，是要有選擇、剪裁而加以組織的❷。有話無話的判定，是作者的事，而作者的依據，是他的信念，包括對宗教的信念。費爾定揚棄超自然的現象，卻不廢超自然的天意。《湯

---

❷　Ernest Baker 書內，業有徵引。較近之作，見 Ian Watt, *The Rise of the Novel* (Berkeley: University of California Press, (1957) 1965), chs. I, II. 按讀者群影響作者，除這兩本書所引專著外，尚有 Kathleen Tillotson, Humphrey House 等家。

❷　費爾定揚棄部分傳統，敘及見 A. R. Humphreys, "Fielding and Smollett," *The Pelican Guide to English Literature*, Boris Ford, ed. (Baltimore: Penguin, (1957) 1965), VI, p. 314.

姆・瓊斯》號稱結構最為謹嚴的作品之一，卻常要藉助於巧
合，諸般巧合中，也不乏巧得離譜的例子，只能以天意來解
釋。這證明了費爾定固要寫實，寫歷史，並不肯自囿於寫實或
亞里斯多德視為的歷史。

　　蒲松齡在動機問題上所繼承的傳統，要較費爾定深厚得
多。蕭何那約法三章的「殺人者死」，似乎不論動機，但趙盾
「亡不越境，入不討賊」之所以稱「弒」，是自行為追溯到動
機，也便是「誅心」。動機論到了極致，就是孔子的父為子
隱，子為父隱，以及孟子的瞽瞍殺人，則舜「竊負而逃」，則
是認定人情天理與國法，儘可以為兩事：皋陶執之，舜則同
遁。動機甚至牽連到兩種律法了。把動機的重要，說得一板正
經的，當然仍是孟子。孟子並非沒有看出可能的問題。彭更問
「君子之為道也，其志亦將以求食歟?」孟子的答覆是：「子何
以其志為哉! 其有功於子，可食而食之矣。且子食志乎? 食功
乎?」但他仍然認為：「君子所以異於人者，以其存心也。」這
種存心，自性善的觀點看，「人之所不學而能者，其良能也。
所不慮而知者，其良知也」。良知良能，要的是「善推其所
為」，樂仲便是這種人物。他急人之急，儘管君子可欺之以
方，這與全善相類，而與湯姆全無二致，他們都不肯因之變其
初衷。這點仁念，在他也是先天得來，非關學養，卻都出於推
己及人。蒲松齡並未提到他有任何功名，雖然他必然是識字
的，能夠寫離婚書。然而這裡所強調的，不是他如何讀聖賢
書，行聖賢事，而是他如何有至性，能率性而行卻幾於道的情
形。

　　按儒家的辦法，事親以養志為先，而不在養體，否則就
「至於犬馬，皆能有養」，無從分辨孝父母與飼犬馬有何不同

了。養志也者，先意承旨，不待吩咐，尤其要順著親意。儒家要的是親慈子孝，本屬相對義務，但到了後來，「天下無不是的父母」。《聊齋誌異》裡這種情形，就有〈珊瑚〉、〈鴉頭〉諸篇。樂仲並不是希意的人，不了解他的母親何以「好佛，不茹葷酒」。依常理推想，「父早喪，母遺腹生仲」，則其母守寡時年齡不大，宗教對她無疑是十分需要的慰藉。樂仲自己「嗜飲善啖」，推己及人，「每以肥甘勸進」，終在其「母病，彌留，苦思肉」，有亂命時誘她開了戒，已是大不應該。他用的是自己的股肉，則「身體髮膚，受之父母，不敢毀傷，孝之始也」的教訓，當然是違背了的。他對「言嫁無釜者，便即灶頭舉贈之」，然後自己借鍋，不啻是「乞諸其鄰而與之」，也非慷慨正則。二十始娶，鰥居十年，則是到他而立之歲，「奴隸優伶皆與飲」，加上胡亂施捨，「家益落」，乃至親友「存問絕少」，則是只依祖業揮霍，不事生生，十足的一個敗家子。結社朝香，不肯齋沐，反而牛酒葷蒜，乃至挾妓同行。自世俗眼光看，樂仲固然一無足取，自儒家的修身來看，「名教中自有樂地，何必是？」也是值得鳴鼓而攻的。然而他竟「生平一度」便有子繼後，還有瓊華為侶，和瓊華帶來的財帛，為他贖故產，因而「婢僕馬牛，日益繁盛」。這種因果報應的辦法，是頗為特殊的。

這特殊待遇，是由於他的孝全出內心，是所謂「至孝」，其特徵在於「誠」，所謂「誠而不動者，未之有也」。儒家的修養要的是「溫、良、恭、儉、讓」，樂仲不曾沾上一點，沾上的是純然的善的衝動，也便是無心，而其無心則到了「一人二人」或內外毫無差別的地步。《中庸》一書，對誠字闡釋頗多，到了玄學神祕的程度：「誠者，天道也，誠之者，人之道

也。誠者，不勉而中，不思而得，從容中道，聖人也。誠之者，擇善而固執者也。」又說：「唯天下之至誠，為能盡其性。能盡其性，則能盡人之性。」這些道理，是宋儒自周敦頤以下，無不闡釋至再的。樂仲渾然天真，不恤人言，合於天理而違於世法，但他雖不曾「博學、審問、慎思、明辨」，卻確能「篤行」，確能「擇善固執」，或如程顥所說，「動亦定，靜亦定，無將迎，無內外」，乃至「內外兩忘」，與「有心無心，一人二人」的要求相符❷。這是他得到善報的理由。

　　然而另外還有一個更有趣的理由。本來，男女居室，人倫之始，知好色而慕少艾，是十分自然不過的事。至少在我們的傳統說法裡，《詩經》始於〈關雎〉，已標出中國人絕不主張禁欲。《詩經》首經孔子評定為「思無邪」，然而〈涉洧〉、〈綢繆〉一類，朱子也只好承認是淫奔之詩，能像〈將仲子〉那樣發乎情而止乎禮，已算中規中矩。中國又一向是多妻制，妾之外有婢，婢之外有妓，乃至女冠等等，加上窺隙鑽穴，卓文君而賈充女，名堂繁多，蘊藉風流的說這些是佳話，古貌道腸的說這些是穢語。然而我們嚮往的大約的確不止是柳下惠、魯男子。但多妻的另一面則是如何保持血統的純潔。柳、魯、狄仁傑等只是拒奔女，到了《水滸傳》，則英雄只許喝酒，不得貪色。天道福善禍淫的話，大約就從此生出。「萬惡淫為首，百善孝當先」，是樂仲實踐力行的事，力行到孺慕終生，而全摒色欲。這種極端的想法做法，很可能是宋儒「滅絕人欲，天理流行」的結果。湯姆之不擇肥瘦，和樂仲的坐懷不亂，很可能是一事的兩面，因為極端總是同為極端的。戒淫是摩西十誡的

❷　參閱蔣伯潛：《諸子與理學》，臺北世界，民國五十八年，十九章以下；鍾泰及馮友蘭等的《中國哲學史》。

第九誡（孝順或尊敬父母是第三），貪淫是七大罪中的第三，顯示淫並非好事，但如果血統問題或父系問題不太嚴重，則其重要性斷然要差了許多。

湯姆和樂仲所受的報償，都有其特別之處。就湯姆來說，他的下場幸福代表了中產階級興起後，宗教思想的改變。中世紀基督教的勢力特高，而基督教總認為人生是苦海，有待拯救。新教挾清教思想而興起，一個強調此生是為來生做準備——它的地獄不是佛家的幻相，也不是中國一般信仰的十八層地獄，受苦者可以逐層提升，而是定讞之後，永無脫離的可能；一面是強調塵世的成功，意味著特邀天眷。所以儘管費爾定不曾談及湯姆是否會上天堂，暗示中大約已有此一著。這種宗教思想的世俗化 (secularization)，是十七世紀以來西方思想的一大變化。樂仲同樣地象徵了一種思想變化，其影響也足能與西方的情形相比。

孔子不語怪力亂神，原因是「不知生，焉知死」，人生的真正首要之務，是日常生活與人際關係。但他既要「敬鬼神而遠之」，最多也只是一位懷疑論者，並不曾正面否認其存在。六朝以來無鬼論者不少，有鬼論者更多。鬼神之事，雖脫出一般經驗的範圍，究竟是不好辦的事。宋儒一面疑以存疑，一面卻要格物致知，非談不可。鬼神問題，與人性問題，都成了宋儒的形而上學的一部分。他們不否定鬼神，對其存在卻視為理氣變化。張載認為鬼神是陰陽二氣之良能——孟子所謂不待教而能，也便是自然而然的過程。朱熹一面承繼孔子，認為「鬼神事自是第二者。那個無形影，是難理會底，未消去理會。且就日用緊切處做工夫」，但因門徒追問，只好說「鬼神不過陰陽消長而已」，「鬼神只是氣。屈伸往來者氣也。天地間無非

氣。人之氣與天地之氣，常相接，無間斷。人自不見。人心方
動，必達於氣，便與這屈伸往來者相感通。」朱熹還認為「氣
聚則生，氣散則死」，鬼也是如此，但人死雖「終歸於散，然
亦未便散盡。故祭祀有感格之理。先祖世次遠者，氣之有無不
可知，然奉祭祀者，既是他子孫，必竟只是一氣，所以有感通
之理」，而至如「伯有為厲，伊川謂別是一般道理。乃其人氣
未當盡而強死，自是能為厲。子產為之立後，使有所歸，遂不
為厲，亦可謂知鬼神之情狀矣。」❷這些及整個理氣構成的宇
宙觀，是無忌先生認為解決中國玄學問題的好答案❷。他與門
人討論的話當然很多，但就所引幾句來看，首先可見的是嗣續
的重要，因為祭祀，祭者必須是自家子孫，同族者可，異姓便
不可的由來。這是《閱微草堂筆記》一再強調的。其次，鬼是
氣，數盡則散，《剪燈新話》卷四〈綠衣人傳〉就相信：「汝之
精氣能久存於世耶？女曰，數至則散矣。源曰，然則何時？女
曰，三年耳。」❷《聊齋誌異》卷十五〈潞令〉裡「異史氏
曰：潞子故區，其人魂魄毅，故其為鬼雄」，另如〈葉生〉、
〈牛成章〉等，都同一道理。第三，神鬼所憑既然是氣，所以
非歆以血食，饗其餘氣，便不能造威福。這是《朱子語錄》以
蜀中灌口二郎廟為例的。最後，「理有正則有邪，有是則有
非。鬼神之事亦然。世間有不正之鬼神，謂其無此理則不
可。」這正邪是與人類社會的氣機相感應的。

　　東方的理性，和西方十八世紀的理性，似乎同樣地以常理

❷　《朱子語類》卷三。
❷　Liu Wu-chi, *A Short History of Confucian Philosophy* (New York, 1955), p. 163.
❷　瞿佑等：《剪燈新話》等九種，臺北世界，民國五十六年，頁四七。

常情為出發點。而這常情常理都是人的，不是宗教的。是否這
種對人類常情常理的重視，引起一般對命運和報應問題的變
化，雖難確定，樂仲的遭遇，確實與以前類似的情形不同，卻
與有了宋儒以後的情形相似。樂仲不信佛氏，不戒葷羶，甚至
誘使母親開齋，褻瀆已到極致。按六朝以來佛家各種果報錄的
方式，則「地獄之設，端為斯人」❷，不要說「花開見娘」，
更不要說美伴賢子了。《太平廣記》所載唐人小說，還不少則
數，敘述神祇與凡人交往，不必依常情常理行事❷。這種不講
理的神，對朱熹來說，是氣歸於邪的結果，但在《太平廣記》
裡，卻是無褒無貶，視為當然的。但《聊齋誌異》裡的邪神，
都受到人類視為罪有應得的懲罰，如〈席方平〉、〈閻羅薨〉
等。朱子還認為命運受之於天賦的氣，修短壽夭，有其定數，
例如顏淵的短命。他的想法，與秦景公之不能食新麥，周亞
夫、鄧通之縱理紋入口，難免餓死，或李廣數奇不能封侯的情
形，好像無大差別。但自理學「昌明」以後，人理似乎或取代
了，或認同於天理，從此「相由心造」，而行為可以改變命
運，馴致司命的神祇，陞降至依違於人，不復能自做主張❸。
《今古奇觀》卷四〈裴晉公義還原配〉有段話說：「又有一
說，道是面相不如心相。假如上等貴相之人，也有做下虧心事

❷　《太平廣記》卷九九──一○一的釋證，卷一○二至一三四的報應，絕大
　　部分都是因不信神佛而遭天譴。明李昌祺《剪燈餘話‧何思明遊酆都》
　　尚有此意，但何思明是宋人，「以性學自任」，則本篇大有可能是反理學者所
　　造，與《還冤錄》等為昌明釋教者立意有別。

❷　例如卷五二〈張卓〉，卷三○九〈張遵言〉，卷三一二〈楚州人〉，卷三一
　　三〈葛氏婦〉等。

❸　《剪燈新話》裡的〈三山福地記〉是一例證。《聊齋》裡〈齊天大聖〉，
　　《西遊記》的〈鳳仙郡〉，特別是《濟公傳》裡的王太和故事等，都符合
　　此一改變。

損了陰德，反不得好結果；又有犯著惡相的，卻因心地端正，肯積陰功，反禍為福。此是人定勝天，非相法之不靈也」。樂仲是這情形的佳例：他不肯佞佛，佛只好來佞他了。

理由只能揣測，尚難確定，但其現象頗為明顯的，是蒲松齡和費爾定一樣，對當時流行的思想有依屬，有排斥和修正。費爾定顯然反對清教主義，也反對過偏哲學的自然神論，卻對宗仁善主義的沙夫貝里，有所修正。蒲松齡塊然老儒，讀的是章句集註，講的是修身養性，卻使樂仲放蕩不羈。他在自敘裡認為前生是老悉曇，對佛家必然有其嚮往，但反對吃齋，更不要修持，而是直指佛性佛心，要樂仲在對美人旨酒的時候，得到頓悟。佛家視人生為幻相，要斷絕一般人類關係，他卻使樂仲見母如見菩薩。這種不落言詮，不求師傳的方式，大約是禪宗家法，卻也不啻否定了釋家的教。不拘小節，不擇細行，不重理論，只因所見者大，所行者高。從而蒲松齡和費爾定，都為「天道無親，常與善人」做了新的解釋。同時，他們清晰明確地扣定了主題：「有心無心，一人二人」，標榜了誠與善心和無心的善行。

蒲松齡和費爾定，文化傳統有異，地理時間不同，卻能殊途同歸。十八世紀在歐洲是中國熱的時代，是否也與信仰類似有關呢？還是僅在於「人同此心，心同此理」？

《閱微草堂筆記》的理性主義

在歐洲，十八世紀稱為「理性時代」(Age of Reason)。這個名稱的由來，牽涉很廣，既非本文的主題，沒有深加討論的必要。但如果想用一兩句詩來說明這一時代的精神，我們可以看頗普 (Alexander Pope, 1688–1744)：

......Presume not God to scan;

The proper study of man is man.

人只論人道，天心休僭窺。 ❶

這裡所謂的人道，說穿了倒也簡單，其實便是常情常理（sense 或 common sense），一般視為放之四海而皆準，或如約翰遜博士 (Dr. Samuel Johnson, *The Vanity of Human Wishes*, 1749) 所說，「自中國到祕魯」，人性咸同的認識。這種咸同，自然有其變異，也有其限制，猶之於孔子認定的「惟上智與下愚不移」，或者說無關高高在上的貴族，或蚩蚩者氓的小民，卻以新興而在十七世紀曾經兩次發動革命的中產階級為其依歸。這一階層的成員，包括商人地主，大抵事業有成，不憂衣食，卻曾經過一番本身或上代的掙扎，纔達到於今的地位。因之，他們往往自信思想穩健，自負道德醇正，但經常表現出相當的狹隘與欠缺容忍，要是其是而非其非。他們既以自己的經驗為唯一正當的經驗，認定自己所行所信有道理、合道理，就

---

❶ *An Essay on Man* (1733–1734), *Epistle*, II, 11. 1–2.

要一面誇耀其獨立奮鬥，倡導處世安身的規範，一面對不符合
自己的想法或自己研擬出來的準則的人與事，不惜口誅筆伐，
導其歸正。由於英國是流血（一七四九年弒查理一世）與光榮
（一六八八年驅逐詹姆斯二世）兩大革命的發生之處，中產階
級的氣燄特為高張，這種情形，也便特別顯著地反映在英國文
學作品裡。

大體上，這類表現或反映，不脫兩個範疇，亦即歌頌或闡
明一般所可者，和撻伐糾正其所不可者。前者如頗普的《論批
評》、《論人道》(*Essay on Criticism*, 1711; *Essay on Man,* 1732–
1733) 及孟得維爾 (Bernard Mandeville, 1670–1733, *The Fable of
the Bees*, 1714) 之屬，後者自德萊登的《麥克福勒斯諾》(John
Dryden, *MacFlesnoe*, 1682) 到頗普的《蠢士傳》(*The Dunciad*,
1728)、斯維夫特的《浴缸故事》和《書戰》(Jonathan Swift, *A
Tale of a Tub; Battle of the Books*, 1704)、狄孚 (Daniel Defoe)
的詩文等，都對被視為離經叛道的人與事，肆其攻訐。而愛迭
森與斯提爾 (Joseph Addison; Sir Richard Steele) 的雜誌文章，
更是揶闓兩者。這兩種精神與趨向，當然並不是如此涇渭分明
的。部分原因在於正面文章難寫，部分在於人事總難完美，所
以歌頌與諷刺，往往只是輕重的程度問題。不僅此也，有時作
者儘可義正辭嚴，板著面孔說話，卻如《三俠五義》裡的黑妖
狐，腳下自畫不字，有時則是作者在不自覺中，露了馬腳。這
種情形，也見之於散文體的小說裡。按現代小說 (the modern
novel)，源出十八世紀的英國，而且與英國中產階級的當令或
左右力量，息息相關。李維斯夫人 (Q. D. Leavis) 早指出，它
以中產階級為其讀者群❷，所以其內涵與價值標準，都以中產

❷　Q. D. Leavis, *Fiction and the Reading Public* (London, 1932)。此後關切這一

階級所有者為準繩，作者本身，也屬於同一社會階層。根據華特 (Ian Watt) 的說法，現代小說的特點，在於必然寫實或合情合理，可以衡諸日常經驗 ❸。塞克斯 (Sheldon Sacks) 以更精確的分析，指出小說固當為散文寫就的虛構故事（fiction 或 fictious writing），虛構故事卻未必便是現代小說。依讀者的反應與期望 (expectations) 來分，還另有諷刺 (satire) 與道德寓言 (apologue) 兩種 ❹。依此而論，則堪稱現代小說的，只能以十八世紀中葉的《克拉麗薩》(Samuel Richardson, *Clarissa, or the History of a Young Lady*, 1747–1748) 與《湯姆‧瓊斯》(Henry Fielding, *The History of Tom Jones, a Foundling*, 1749) 為真正的開始，因為它們的結局雖有悲喜之異，卻如塞克斯所說，同樣是以男女主角的不穩定關係或衝突及其穩定或消釋為過程，而且他們的遭際始終受到我們的關切。我們應當注意到，這兩部小說，都以歷史或傳記為名，使我們想到中國的異史氏、外史氏。不過，較早的看法，更偏重中產階級的意識與價值的反映。因此，狄孚的《魯濱遜飄流記》和《茉莉‧傅蘭黛》(*Robinson Crusoe*, 1719; *Moll Flanders*, 1722)，就已可視為現代小說，而且是偏於揄揚中產階級價值觀念，包括個人主義、獨立精神、成功至上、金錢萬能、資財第一。自《魯濱遜》到《湯姆‧瓊斯》，還有一種共同特點，便是其中絕無怪力亂神一類的超自然現象，而是一以常理經驗為其指歸的。至於撻伐

問題的，還有 Richard D. Altick, *The English Common Reader: A Social History of the Mass Reading Public, 1800–1900* (Chicago, 1957) 等。

❸ *The Rise of the Novel* (Berkeley, 1965), ch. I. 另還指出此聽眾與讀者的關係。

❹ *Fiction and the Shape of Belief: a Study of Henry Fielding with Glances at Swift, Johnson, and Richardson* (Berkeley, 1967), ch. I and passim.

的一類，自然便屬於諷刺。諷刺可以與倡導並行，如《湯姆‧瓊斯》與《約瑟‧安篤思》(Henry Fielding, *Joseph Andrews*, 1742)，同時符合現代小說的條件，也可以是道德寓言，如約翰遜的《雷希賚》(*Rasselas, or the Prince of Abyssinia*, 1759)，於主張普遍人性中偶然嘲弄人欲的虛空與人情的表裡難符。真正的諷刺，則可以是譎諫，亦即輕描淡寫的嘲弄或荷瑞斯式 (Horatian satire)，也可以是冷嘲熱諷，甚至惡言譴責，所謂朱文諾式 (Juvenalian)。兩者兼具，由淺入深，作者憤激之情，愈演愈厲的，則數斯維夫特的《格列佛遊記》(*The Life and Advantures of Gulliver's Travels*, 1726)。

《雷希賚》與《格列佛遊記》，都是理性主義的產物，也都代表或反映中產階級的心理與價值標準，但有其相同與相異之處。《雷希賚》講非洲，《格列佛遊記》說東方，都遠離作者的母國。但《雷希賚》的故事裡，全無超自然的現象。《格列佛遊記》，雖通常以小人國與大人國的面貌出現，事實上它共分四部分。小人、大人都非一般理性所能接受，後兩部分裡，主角兼敘述者格列佛 (Lemanuel Gulliver)，還到了拉普他國及其飛島王宮與從事各項「科學」試驗的大學院，不死國和招魂島，再還有馬國，其中馬為主宰，階級分明，而行事一本理智，類人的鴉胡，卻僅見獸欲，醜陋墮落。這些自然更是談瀛海客，怪力亂神，可謂之荒唐已極，連姑妄言之，姑妄聽之地有意暫停不信 (the willing suspension of disbelief)，也不易辦到。雖則如此，作者仍然使盡解數，以符合經驗常理的「環境證據」(circumstantial evidence)，來促成其逼真性 (verisimilitude)：書前首先是出版者的序言，自稱他是格列佛的表親，因為深感格列佛的經歷，具有廣知與娛樂的性質，乃說動作

者，同意付梓。他還說，《格列佛》原著，航海術語過多，恐非一般讀者所悉，而又憤世嫉俗過甚，也非一般讀者所堪，所以他曾詳加刪削整理，以供同好。這篇序言後附了格列佛的抗議，指摘他的表親違其本意，擅自修改，具見人類難以信賴云云。這一來一往，旨在奠定格列佛真人真事的基礎。到了本文，格列佛首先自述姓名、籍貫、家世、父母、教育處所、航海動機、船上及旅途情形等。其文字既乏藻飾，特見平淡枯燥，恰符思慮單純，不擅乃至不可能撒謊的人的身分。對於船上設備、行事之類，他更能娓娓道來，具見專長。這樣一來，故事雖則荒謬，講故事的人卻似無懈可擊，全然可靠。作者是以合乎理性常識的辦法，來從不情中求寫實的。

　　但是，人並非如亞里斯多德 (Aristotle) 所說，純為理性動物。後人認為人能推理，卻不講理，或者庶幾近之。十八世紀儘管是理性時代，不肯違逆常理，卻在寫實的現代小說以外，同時產生了神怪或恐怖小說 (gothic novels; terror tales)，如華爾普 (Horace Walpole, *The Castle of Otranto*, 1764)、瑞柯麗芙夫人 (Mrs. Ann Radcliffe, *The Mysteries of Udolpho*, 1794)、魯易斯 ("Monk" Lewis, *The Monk*, 1796) 等作家與作品，都與常情常理的作品，背道而馳，具見人類天性中，自有一股力量，不肯自囿於現實，而要說鬼道魔，任幻境想像馳騁。儘管我們知道我們的感官和感情在撒謊，我們不因哥白尼 (Nicolas Copernicus) 與伽里略 (Galileo Galilei) 而不說明月東升，旭日西墜，也不因阮籍等等，就夜行而不畏神鬼。所以，尼采 (Friedrich Nietzsche) 在十九世紀要宣布上帝之死，十八世紀啟蒙時代的大師伏爾泰 (Voltaire) 卻要說：「如果上帝不存在，就必須造一個他。」❺ 這纔是理性的話呢。

僅就確屬理性這方面的作品來說，根據塞克斯的分析，道德寓言裡的主角，其遭際無何衝突，也無可關切。故事只是提倡道德或生活準則的外衣，所以其興味在於書外言外的教諭和取法，與情節的動人與否無關，諷刺的情形，除主角人物，同樣無可關切外，意旨與道德性寓言相反。它並無積極的建議，也無所提倡，而是就人類各種可笑、可氣、可憐的情形，加以揭發諷刺，所以其興味端在書內的離奇荒謬，其判斷的標準完全不能求諸書外，因而不涉及書外的取捨問題。依此分析所得尺度，我們不僅可以看到，《雷希賚》與《格列佛遊記》，完全契合規格，中國十八世紀的若干作品，恰也可做如是觀，尤其是《儒林外史》與《閱微草堂筆記》。

中國在十七、八世紀，恰巧也在理性主義的時代，也便是具有正統思想，對違逆其標準的必然加以撻伐的時代。理性主義，部分反映在正面的揄揚性作品裡，例如抱甕老人編選的《今古奇觀》，其中雖多巧合，卻除了少數三幾篇以外，都沒有神怪鬼狐類的超自然人物。這種安排，顯然是有意的。我們只要對照一下編選底本的「三言」、「二拍」，便可以看出，《今古奇觀》的故事不僅都具有成熟的敘述技術，也都有趣和具道德教訓意義，更重要的是它們大多從世俗經驗衍生。與《今古奇觀》同時的《俠義風月傳》，更是無一絲越自然的地方。另外一邊是諷刺小說的興起。前此的元明小說，如《三國》、《水滸》、《金瓶梅》等，雖多有反諷 (irony) 的意味在，只有《西遊記》、《三寶太監西洋記》一類，纏於滑稽突梯之中，寓有諷刺。但這些所表現的，似乎仍是《史記‧滑稽列傳》的傳統，

❺ Voltaire (1694–1778), "A l'auteur du Livre des Trois Imposteurs, Epitre CXL." (November 10, 1770)

誇張渲染的成分不多，而這個傳統，大約部分是建立在莊生寓言、齊諧志怪裡的。李辰冬先生認為《西遊記》影射諷刺了明朝的政治❻，倒是契合小人國裡所用的手法。但這是後世的觀點，與當時視為正眼法藏，金丹大道者大為歧異。影射小說 (roman a cléf) 固然需要索引，卻要只隔一層紙，其中人呼之欲出，或其本意很快即可得到會心，如斯維夫特的小、大人國與《芻議》(*A Modest Proposal*, 1729) 或狄孚的《處歧捷徑》(*The Shortest Way with Dissenters*, 1702)，以及較早借古諷今的德萊登的《亞伯沙隆與阿奇托佛》(*Absalom and Achitophel*, I, 1681; II, 1682)。有意而且其意昭然的寓言諷刺，在中國這一時代的前有《捉鬼傳》，與以狐鬼嘲科舉的《聊齋誌異》，和較晚的《儒林外史》，對科舉和文人竭力攻訐。

　　《儒林外史》是第一部有意識地從事諷刺的奇書。清末的譴責與黑幕小說，自《官場現形記》到《海上繁華夢》等，無一不以它為宗祖，甚至在結構上也學它。但它有兩種難以克服的欣賞上的障礙。它有若干超自然的描述，卻毫無結構上的必要。再便是它的結構：書裡沒有中心人物。我們縱可以主題為它的結構原則，把正、反雙方，亦即作者顯示他所贊同與反對兩面的對比視為貫串的線索，其結果仍然難以使人信服。書以王冕為始，以市廛隱逸為結，以杜少卿和虞博士等祭泰伯祠為其巔峰，而以陷溺於科舉內外的芸芸儒士為相比的對象，仍會覺得吳敬梓所反對的固當反對，他所贊同的也未必值得效法。因此，作者或要從《雷希賚》為開始，卻只辦到了《格列佛遊記》，也便是其價值標準只能局限於書內，不能成為安諾德 (Matthew Arnold) 所謂的「人生批評」，其表現因而全屬消

---

❻　臺北世界書局版《西遊記》。

極，使讀者無可以適從之處。這種情形，可視為失敗，倒不僅甚至並非由於積極道德意義的缺乏，而是藝術上的未能善盡職責。以說服為目的，結果卻是謾罵一番了事，如何能謂之完美的藝術作品？至於其他麻煩，例如書內多談闈墨帖括，卻既無「範文」，也無講文談詩的地方，使讀者無法懸揣正面的標準。另外還有人物性格上的矛盾與肯定及交代不清情節等問題，馬純上為什麼一定不如鮑廷璽？王惠為范進用了許多銀兩，所求何在？匡超人孝而勤奮，後來何以變得十分不堪，與其原來性格全異？這類疑問同樣是道德的也是藝術的。

相形之下，談鬼說狐的《閱微草堂筆記》，卻能融會揄揚與諷刺，揉合了《雷希賚》和《格列佛遊記》。事實上，這部表面上全屬因襲的所謂筆記小說，是十分獨特的作品，甚至是前無古人，後無來者的。原來所謂的筆記小說，在我國歷史最久。我們未見過齊諧志怪的原著，但自《孟子》以降，凡以小故事如齊人有一妻一妾章來做例證的，至少都應視為筆記小說的濫觴，因為這種小說，往往只是一篇故事的最簡摘要。魏晉六朝小說，除了〈燕丹子〉、〈飛燕外傳〉等「鉅製」外，都屬此類，只不過是把許多短故事集在一起。不過，《孟子》、《莊子》都只把故事當做說明的例證（exemplum 或 parable），六朝小說，則於例證及讀書札記如《金樓子》以外，增加了名人軼事如《世說新語》，廣知如《山海經》和《荊楚歲時記》，宣傳如《還冤志》，鬼怪妖精如《搜神記》、《搜神後記》。它們的共同特點是敘事簡短，而且開門見山，不務迴旋曲折。要注意到敘述藝術 (the narrative art) 裡，敘述者的可靠或可信性，以增加故事在幻覺上的真實感，大約還須等到中唐以後的李公佐等人。他們是轉述他人或明言是敘述自身經驗的。但到了這時

候，筆記小說和較長篇的傳奇，似乎業已分道揚鑣。《集異記》、《朝野僉載》、《酉陽雜俎》等，儘管與〈虬髯客傳〉等同樣蒐錄在《太平廣記》裡，後者篇幅既長，所需情節便自然較多較細，發展業自不同了。如果筆記源自諸子，則唐代的傳奇卻顯然是仿自《史記》的列傳。語言與敘述方式，都接近史體。六朝的筆記小說自然也要顧及人、地之類的逼真，甚至偶然也會繫以年月，但一般不似唐代的《集異記》那麼明確，更比不上傳奇那樣注意「環境證據」。《聊齋誌異》部分是從史傳與傳奇脫胎的，並且還有意地自稱異史氏，如《史記》列傳後的體例，從事評論，卻不大說及年代。

《閱微草堂筆記》在敘述的方式上，踵武了筆記與傳奇兩面。紀昀（一七二四──一八○五）是《四庫全書》的主要編纂人物，讀書當然廣博。這部屬於他暮年遣興的作品，計分五部分、二十四卷、一二○二則（我用的是臺北文光六十六年的本子，記得是新興書局的翻版，以版本論當然是糟不可言。據我自己所數，應為一一五四則──他兒子紀汝佶的六則在外）。根據紀昀的小序，這裡面〈灤陽消夏錄〉六卷，成於乾隆五十四年己酉或一七八九，〈如是我聞〉四卷，成於乾隆五十六年辛亥或一七九一，〈槐西雜志〉五卷，成於乾隆五十七年壬子或一七九二，〈姑妄聽之〉四卷，成於乾隆五十八年癸丑，〈灤陽續錄〉六卷，成於嘉慶三年戊午或一七九八。他這時「編排祕籍……校理久竟」，腹笥既博，寫起筆記小說來，自然有所取法，也有所增益改進。紀昀在書內提到六朝、唐、宋如《太平廣記》、《夢溪筆談》、《夷堅志》、《輟耕錄》乃至《西遊記》（從〈如是我聞〉卷三第四十一、四十二條看來，他讀過吳承恩，卻未見過丘處機，所以混淆了兩者），但說及較多的是

《聊齋誌異》和《子不語》。不過，他所用的敘述技巧，卻與蒲松齡和袁枚不同。

這不同在於他較前此與後來的作者，都更注意提高故事的幻覺的真實和魅力。他在這一部分，用的是蒲松齡偶然用到的唐人方法，卻更為貫徹一致。他也在多數的故事前繫年，包括故事發生的年月，最多的卻是以他的長親、長輩、僚友和門生、下屬做敘述者，其次則是他的親身閱歷。這些敘述故事的人，不少是乾隆年間的顯宦學者，包括裘用修（一七一二——一七七三），程晉芳（一七一八——一七八四），戴震（一七二三——一七七七），蔣士銓（一七二五——一七八四），陸錫熊（一七三四——一七九二），周永年（一七三○——一七九一）等等。這些人的話如何沒有分量？他以這種方式取得信用以後，下一步便是《史記》列傳與《聊齋》異史氏的辦法，藉自己與他人的權威，討論故事的意義。紀昀並不是每一次都以自己的身分發言，而是常常客觀地錄下別人的意見。他要左右袒，但並非感情用事，而是藉助一般可以接受的正統思想和常理。另外，他常以類似的故事不斷出現，來加強效果，更重要的是，他於自己及他人的權威以外，表現了謙和與坦誠 (candor)，藉以博取讀者的好感與合作❼。他強調鬼神的存在，但各組所冠名稱是消夏，是姑妄言之，是如是我聞，是卷七序言裡自稱「一有偏嗜，必有浸淫而不自已者」，〈槐西雜志〉序言的「老不能閑」❽，以及〈灤陽續錄〉序言的「景薄桑榆，精神日減，無

---

❼ 這類問題，Wayne Booth, *The Rhetoric of Fiction* (Chicago, 1961) 討論最為深入而詳盡。較早而有趣的是 Erich Auerbach, *Mimesis* (tr. Willard R. Trask), Princeton, N.J., 1953.

❽ 俟後引文，即以臺北文光圖書有限公司民國六十六年版本頁碼為準。

復著書之志，惟時作雜記，聊以消閑」。這裡的低調，儘可以是有意地要人不忍質疑或詰難。他所用的語言，介於《聊齋誌異》和《子不語》，而典雅不在那兩部書之下。我們或者也有理由相信，他以與他同等的人為對象，從事所謂「勢利型誘引」（snobbish appeal），要讀者得到奉承的感受。他的故事又詼諧多趣，不避誇張，卻輔以明白的表示：他並不要求讀者的接受。但綜觀他所施解數，包括了動以情，服以理，重複以堅信，多趣而增誘力，挾知名之士以踵華，讀者又如何能不受到吸引？至於他這些技巧，非出無意，則我們有盛時彥跋〈姑妄聽之〉為證：

> 夫著書必取鎔經義，而後宗旨正；必參酌史裁，而後條理明；必博涉諸子百家，而後變化盡。譬大匠之造宮室，千楹萬廈，與數椽小築，其結構一也。故不明著書之理者，雖詁經評史，不雜則陋。明著書之理者，雖稗官胠記，亦具有體例，先生嘗曰：《聊齋誌異》，盛行一時，然才子之筆，非著書者之筆也……古書多佚矣。其可見完帙者，劉敬叔《異苑》、陶潛《續搜神記》，小說類也；〈飛燕外傳〉、《會真記》，傳記類也；《太平廣記》，事以類聚，故可併收。今一書而並兩體，所未解也……

盛時彥所說，其實已經指出，紀昀在《閱微草堂筆記》裡面所表現的技巧，都與他的主題意旨，融為一體。《雷希齎》敘述這位王子因受國法制約，必須自囚於深山幽谷之中，為了要看世界，增閱歷，廣見聞，得友人之助偕妹及婢潛出流蕩，於見到形形色色的人情世故，各家思想與實際後，悟出人生最重要的事是修己，以求表裡如一，乃毅然回山。這個主題，是

希臘諸哲與我國儒家共同主張的。《雷希賚》至多只做到《大學》修身八綱的格致誠正，而且所得只要自了，其褊狹可想。約翰遜所採取的方式，是平鋪直敘，一瀉千里，並無迂迴轉折。女婢受到綁架，只為了增加雷希賚無從得到的經歷；哲學家喪子失常，只為了暴露斯多噶派的喜怒不形於色的不足恃，與人性弱點的另一面。作者想不出好辦法來的時候，例如詩或文學的性質功能問題，便只有請雷希賚的伴讀自說自話。全書只為了要闡明一個簡單主題，是以塞克斯視之為手揮五絃，目送飛鴻，而意在言外。《格列佛遊記》主旨在於揭發人性弱點，特別是理性的欠缺，所以全部情節冒險，胥從此出。小人國嘲笑英國政府政治，大人國譏刺全歐各方面的典章制度，拉普他彈擊人類求知成欲後的偏差，馬國則總結於人類的獸性囂張。在整個過程中，格列佛由自傲他高出小人國民，到凜然於馬國的理性，一面似乎是性格與認識上起了變化——從自傲到自我的擯斥，一面卻始終扮演天真、簡單的聽眾。他是僅以無知來博取讀者同情的。這個計策大體成功，但顯然不似《閱微草堂筆記》那樣，在技巧內暗伏了許多層次。這些層次，卻又與紀昀的主題意旨，渾然一體。

紀昀的主題，恰也是一個「理」字，但是一個深具彈性的理性，而無絕對與武斷 (dogmac) 的氣息。他要求常理，為常理辯護，其目的則在做人處世，因之，他不僅要指出理的用處，同時也指出過分的理性之不足恃。他著書一面是為消閑遣興，一面是匡正或發揮世道，所以既符荷瑞斯 (Quintus Horatius Flaccus) 所說，詩或文學的功能，在於娛樂、廣教，或寓訓誨於娛樂，也能併《雷希賚》與《格列佛遊記》的積極、消極雙重目的。綜合起來說，紀昀主張理性，卻要佐之以道中

庸，主戒慎，從而他宗定命，傳報應，嘲講學，並且糾彈一切
過分逾矩的事物。由於他雖得傳統的支持，卻不肯黏滯，所以
始終能維持一付活潑的心胸。這些是部分可以從他的自序與門
生的序跋裡窺知的。盛時彥說紀昀特重體例，他自己卻說：

> 晝長無事，追錄見聞。憶及即書，都無體例。小說稗官，
> 知無關於著述；街談巷議，或有益於勸懲。（頁一）
> 余性耽孤寂，而不能自閑……三十以前講考證之學，所
> 坐之處，典籍環繞如獺祭。三十以後，以文章與天下相
> 馳驟，抽黃對白，恆終夜構思。五十以後，領修祕籍，
> 復折而講考證。今老矣……惟時拈紙墨，追錄舊聞，姑
> 以消遣歲月而已。……緬昔作者……引經據古，博辯宏
> 通……〔或〕簡澹數言，自然妙遠。誠不敢妄擬前修，
> 然大旨期不乖於風教……（頁四八）
> 儒者著書，當存風化。雖齊諧志怪，亦不當收悖理之言。
> （頁九八—九九）
> 惟不失忠厚之意，稍存勸懲之旨，不顛倒是非……不懷
> 挾私怨……不描摹才子佳人……不繪畫橫陳……冀不見
> 擯於君子云爾。（頁四四八）

這裡有自負，也有謙退，其宗旨應是十分清楚。盛時彥的總
序，說得更清楚：

> 文以載道，儒者無不能言之。夫道豈深隱莫測，祕密不
> 傳……哉？萬事當然之理，是即道矣……文，其中之一
> 端也。……降而稗官小說……其近於正者，於人心世道，
> 亦未嘗無所裨……河間先生，以學問文章，負天下重

望，而……不喜以心性空談，標榜門戶；亦不喜才人放
誕……是以……老……乃採掇異聞，時作筆記，以寄所
欲言……而大旨要歸於醇正，欲使人知所勸懲。

如盛時彥所說，道其實就是理。但這個理字，並非宋明的理
字。紀昀借狐對魏環極（象樞，一六一七—一六七八）的話
說：「公所講道學，與聖賢各一事也，聖賢依乎中庸，以實心
勵實行，以實學求實用。道學則務語精微，先理氣，後彝倫，
尊性命，薄事功，其用意已稍別。」（頁三二）這正是《閱微草
堂筆記》攻訐講學，不遺餘力的原因。不過，就在牽涉到所謂
首要原則的時候，紀昀仍要調停兩者，不肯偏廢，後文當再敘
及。專就宗定命來說，〈灤陽消夏錄〉二，說及「余第六侄與
奴子劉雲鵬，生時，只隔一牆，兩窗相對……非惟時同刻同，
乃至分秒亦同。侄至十六歲而夭，而奴子今尚在。豈非此命所
賦之祿，只有此數。侄生長富貴，消耗先盡，奴子生長貧賤，
消耗無多，祿尚未盡耶？盈虛消長，理似如此」（頁一七）。但
在同書卷一謂李衛渡江遇救，「道士曰：適墮江者命也，吾不
能救，公貴人也，遇阨得濟，亦命也，何謝焉。李公又拜曰：
領師此訓，吾終身安命矣。道士曰：是不盡然。一身之窮達，
當安命。不安命則奔競排軋，無所不至……至國計民生之利
害，則不可言命……」（頁四）另一條討論命皆前定的問題，
謂大善大惡，都可使宿命變化，而其果報不同，則是各人情形
不同，而不使先知，則因「先知之則人事息，諸葛武侯為多
事」（頁三二）。他結論說：「此或灤陽所託論諸冥吏也。然揆
之以理，諒不過如斯」。這裡的機械論卻揉合了自由意志，所
謂「數雖前定，苟能盡人力，亦必有一二之挽回」（頁五三）。

因此，「孟子有言，不立乎巖牆之下」（頁五九）。至於傳說魏忠賢臨刑潛逃事。

> 余謂此無稽之談也。以天道論之。苟神理不誣，忠賢斷無倖免理。以人事論之，忠賢擅政七年，何人不識？使竄伏舊黨之家，小人之交，勢敗則離，有縛獻而已矣。使潛匿荒僻之地，則耕牧之中，突來宦官，異言異貌，駭視驚聽，不三日必敗。使遠遁於封域之外，則⋯⋯忠賢無是也。山海阻深，關津隔絕，去又何往？昔建文行遁，後世方且傳疑。然建文失德無聞，人心未去，舊臣遺老，猶存故主之思。燕王稱戈篡位，屠戮忠良，又天下之所不與，遞相容隱，理或有之。忠賢⋯⋯毒流四海，人人欲得而甘心⋯⋯安得深藏不露乎？故私遁之說，余斷不謂然。（頁四〇—四一）

在其他地方，紀昀也做同樣的論斷，例如「夫償冤而為逆子，古有之矣；償冤而為慈母，載籍之所未覿也。然據其所言，乃鑿然中理」（頁一三三）；「斯言平易近理」（頁一六四）；「然揆以情理，似當如是」（頁二〇〇）；「此先生自作傳贊，託諸斯人耳。然理固有之」（頁三四五）等等。但如前所說，他並不堅持理的絕對性。例如「訟情萬變，何所不有。司刑者可據理率斷哉？」（頁七三）他甚至造出鬼打官司爭地界的故事，老於世故的鬼說：

> 夫勝負烏有常也。此事可使後訟者勝：詰先訟者曰：彼不訟而爾訟，是爾興戎侵彼也。可使先訟者勝：詰後訟者曰：彼訟而爾不訟，知理曲也。可使後至者勝：詰先

至者曰：爾乘其未來，早佔之也。可使後至者勝：詰先
至者曰：久定之界，爾忽翻舊局，是爾無故生釁也。可
使富者勝：詰貧者曰：爾貧無賴，欲使畏訟賂爾也。可
使貧者勝：詰富者曰：爾為富不仁，兼併不已，欲以財
勢壓孤煢。可使強者勝：詰弱者曰：人情抑強而扶弱，
爾欲以膚受之愬聳聽也。可使弱者勝：詰強者曰：天下
有強凌弱，無弱凌強。彼非真枉，不敢冒險攖爾鋒也。
可以使兩勝曰：無券無證，糾結安窮，中分以息訟，亦
可以已也。可以使兩敗曰：人有阡陌，鬼寧有疆畔？一
棺之外，皆人所有。非爾所有，讓為閒田可也。以是種
種勝負，烏有常爾。（頁三六三）

因此，最好的辦法，是「取其所長，而不敢諱所短」，以達持
平之論（頁二二四），其方法是「兩義兼陳，其理始備。必規
規然膠執一說」，便是不通其變（頁八一）。應世的辦法，因之
便一面是君子自重，亦即「視所自為──苟道德無愧於聖賢，
雖王侯擁篲不能榮；雖胥靡版築不能辱。可貴者在我。則在外
者不足計耳」（頁二八三），一面是不使行為有缺失：「苟無其
隙，雖小人不能伺。苟無所好，雖小人不能投。千金之隄，潰
於蟻漏，有隙故也」（頁三〇一）。整個來說，紀昀是持理而又
反理的，甚至可說是不可知論者：「天下真有理外事也」（頁四
〇四）。紀昀是不肯固執的。

　　他調停兩者，不趨極端的態度，恰是《閱微草堂筆記》最
顯著地可能被視為訾病之所在，亦即宣揚神鬼報應，詆毀理學
講家。賴芳伶說：「紀昀對於『鬼神是否存在』此一問題，與
其說是肯定，不如說他抱著矛盾和存疑的態度」。❾其實，他

所表現的是儒家的「不知生，焉知死；不能事人，焉能事鬼」的辦法。他雖曾說「鬼神茫昧，究不知其如何也」，他真正所想的，無寧是「其事為理所宜者，固不必以子虛烏有視之」（頁七六），卻並非真正相信的。舉例來說，他雖懷疑明心和尚的冥府之說，結論是「然神道設教，使人知畏，亦警世之苦心，未可繩以妄語戒也」（頁九○）。他反對講學家，至少部分原因是「神道設教，以馴天下之強梗，聖人之意深矣，講學家烏識之」（頁三五六）。由於神道深入民心，在禮刑不能及的時候，用報應來約制，正是最具實用功能的「因勢利導」之法，所以，紀昀引別人為佛家因果辯的話說：

> 林生曰：聖賢之為善，皆無所為而為者也。有所為而為，其事雖合天理，其心已純乎人欲矣。故佛氏福田之說，君子弗道也。客曰：先生之言，粹然儒者之言也。然用於律己則可，用以律人則不可；用以律君子則可，用以律天下之人則斷不可。聖人之立教，欲人為善而已。其不能為者，則誘掖以成之，不肯為者，則驅策以迫之。於是乎刑賞生焉……苟以刑賞使之循天理，而又責慕賞畏刑之為人欲，是不激勸於刑賞，謂之不善；激勸於刑賞，又謂之不善，人且無所措手足矣……蓋天下上智少而凡民多，故聖人之刑賞，為中人以下設教；佛氏之因果，亦為中人以下說法。儒釋之宗旨雖殊，至其教人為善，則意歸一轍。（頁三一）❿

❾ 〈閱微草堂筆記中的觀念世界〉，《文學評論》第三集，臺北，民國六十五年，頁一九八。
❿ 另參見頁一六四，一七二一一七三。

所以，「聖人以神道設教，信有以夫」（頁一六三）！理學闢佛，他則認為「其空虛清靜之義，可使馳騖者息營求，憂愁者得排遣；其因果報應之說，亦足警戒下愚，使回心向善，於世不為無補」（頁二七三）。至於他自己的信仰，前引「魏忠賢」條，他表面不廢天理，立論卻全宗人理或常情。小說常說的祈夢問功名，他似乎並不反對，但公案小說裡的祈夢破案，他就不同意了：「禱神祈夢之說，不過惜伏愚民，紿之吐實耳。若以夢寐之恍惚，加以射覆之揣測，據為信讞，鮮不謬矣。古來祈夢斷獄之事，余謂皆事後之附會也」（頁五四），這是何等斬截的說法！紀昀的父親說：「儒者論無鬼，迂論也，亦強詞也」（頁一五七），他卻為了其他目的，認為「說鬼者多誕，然亦有理似可信者」（頁二一二），也便是不廢此說，所要相信的，卻是「天道遠，人事邇；六經所論皆人事。即以易闡陰陽，亦以天道明人事也。舍人事而言天道，已為虛杳，又推及先天之先，空言聚訟，安用此為。」（頁二二五）——這正是他對理學的駁斥。

　　理學在清代之忽遭攻擊，說法很多，或以為明亡是講學的結果❶，或以為朱熹尊王攘夷，深受清廷疑忌，所以清代雖因襲前代科舉，以朱註取士，卻反對義理，興文字獄外，轉而提倡漢學，驅學者走向故紙堆裡❶。何佑森先生認為當時雖有輕

---

❶　紀昀也有此看法，參閱頁一八九——一九〇。另梁啟超：《中國學術思想變遷之大勢》，臺北中華，民國六十年，頁七七——九一；《清代學術概論》（民國十年），臺北啟業，民國六十一年，第三章。錢穆：《中國近三百年學術史》（民國二十六年），臺北商務，民國六十一年，第一章等，均持此一最普遍說法。

❶　魯迅〈門外文談〉作此論調。此文收且介《亭文集》，在《魯迅全集》，上海，民國二十六年，第七冊。

重軒輕，真正的學者卻並未肯偏廢 ❸。按理學家將宇宙萬物，分為理氣二元，使中國哲學思想，脫出實際經驗範疇，而至形上的玄學世界，與希臘哲學相交通，曾受柳無忌的讚美。紀昀頗受乾隆皇帝的殊遇，則迎合上意，桀犬吠堯，未始無其可能，但從實用的觀點，他仍然是可以反對理學的。首先，如果鬼神真是「二氣之良能」，人死魂升魄降，歸於寂滅，一切都可以解釋，那便違反了頗普的「人只論人道，天心休僭窺」。再如果人人都接受這種「揣測的推理」(speculative reasoning)，先王以神道設教的願望便落了空，刑責既窮，最後的防線亦破，則勢必洪水 (the Great Deluge) 復現，人欲橫流。「無往不復，天之道也。使智者終不敗，則天地間惟智者存，愚者絕矣，有是理哉」(頁三五二) ❹！所以存疑可以商量，完全的破惑論，不合需要，非曉曉爭辯不可。其次，他對於程朱諸人本人的責難不多，但十分反對講學家的「門戶分而朋黨起；朋黨盛而公論淆。輵轇紛紜，是非蠭起，其相軋也久矣」(頁三三六)，結果一定泯沒天理，而且「以講經立門戶，紛紜辯駁，其說愈詳，而經亦愈荒」(頁四三)。紀昀總是覺得「天下之理無窮，天下之事無窮，未可據其所見執一端之說也」(頁三九九)。總之，違背常理的都要不得：「故余於漢儒之學，最不信《春秋陰陽》，《洪範五行傳》；於宋儒之學，最不信河圖洛書，《皇極經世》」(頁二〇八) ❺。最後卻可能與他的偏見有關的，是講學家往往道貌岸然，徒執一理，膠柱鼓瑟，而內外不符，再或「孫復作春秋尊王發微，二百四十年內有貶無

❸ 〈清代漢宋之爭平議〉，《文史哲學報》，臺灣大學，民國六十七年。
❹ 另參閱頁一二一，二六五－二六七。
❺ 另參閱頁六〇，三一一，三五四。

褒；胡致堂作讀史管見，三代以下無完人。辯則辯矣，非吾之所欲聞也」（頁二三一一二三二）。有操守的「講學家動以一死責人，非通論也」（頁二三四），表裡非一的則「一儒生頗講學，平日亦循謹無過失，然崖岸太甚，動以不情之論責人」（頁二六四），臨到自己，卻「恣情縱欲」，否則也會「兩塾師……相邀會講……方辯論性天，剖析理欲，嚴詞正色，如對聖賢，忽微風颯然，吹片紙落階下……則二人謀奪一寡婦田，往來密商之札也」（頁六六），再或要以德勝妖，卻「拱揖之頃，忽袖中一卷墮地，取視乃祕戲圖也」（頁七四）。紀昀痛恨這些，所以嘲笑斥責，無所不用其極❶。

　　這裡所說，都還是原則，紀昀所用的方法大抵是《雷希賚》的方法，《格列佛遊記》式的譏刺，對他似乎也不陌生：

　　　相傳有塾師，率門人納涼河間獻王祠外田塍上……忽舉
　　　首見祠門雙古柏下，隱隱有人……知為神鬼……前向問
　　　姓名，曰：毛萇、貫長卿、顏回……塾師大喜再拜，請
　　　授經義。毛、貫並曰：君所講，適已聞，都非我輩所解，
　　　無從奉告。塾師又拜曰：《詩》義精微，難授下愚，請煩
　　　顏先生一講《孝經》可乎？顏回面向內曰：君小兒所誦，
　　　漏落顛倒，全非我所傳本，我亦無可著語處。（頁一八）

格列佛在招魂島上得與亞里斯多德的鬼魂晤對，庭中則擠滿了歷代註疏家的幽靈。亞里斯多德固不認識他們，他們也不敢登堂與亞氏相見。

　　不過，他雖偏重漢學的訓詁考據，卻如何佑森所說，並不願偏廢一方。相反地，頁七九指出兩考據家想不到《春秋左氏

❶　另參閱頁三二〇。

傳》的作者會知道應該用周正，頁一四一的余蕭客傳誦先宋諸儒之說的故事，可能是對他自己的諷刺。紀昀自己最明白的說法，雖對漢儒有左袒之嫌，還是兩義兼存的，而其結論是：

> 夫漢儒以訓詁專門，宋儒以義理相尚，似漢學粗而宋學精。然不明訓詁，義理何自而知？概用詆誹，視猶土苴，未免既成大輅，追斥椎輪……於是攻宋儒者、又紛紛而起……漢儒重師傳，淵源有自；宋儒尚心悟，研索易深。漢儒或執舊文，過於信傳；宋儒或憑臆斷，勇於解經。計其得失，亦復相當。惟漢儒之學，非讀書稽古，不能下一語；宋儒之學，則人人皆可以空談。其間蘭艾同生，誠有不盡饜人心者。是嘵點之所自來也。（頁八一九）❼

這幾乎是西洋傳統的歷史等批評與新批評以來的方法的論爭了。

　　因此紀昀真正可稱為瑕疵的，並非他攻宋學，倡鬼狐，而是他究竟受到太多時代的限制。特別是在對奴僕的名分上，他惡毒地咒罵奴僕的故事頗多。最令現代人髮指的當是他的一隻狗死了，他「收葬其骨，欲為起冢，題曰義犬四兒墓，而琢石象出塞四奴之形，跪其墓前，各鑴姓名於胸臆……或曰：以此四奴置犬旁，恐犬不屑。余乃止，僅題額諸奴所居室曰師犬堂而已」（頁八二），其實這隻狗的好處，僅在「途中守行篋甚嚴。非余至前，雖僮僕不能取一物」而已，並不是曾經救過他的性命。陶潛送僕給兒子的信上說：「此亦人子也，當善遇之。」這種藹然仁者態度，較紀昀合於人道得多了。只是，十八世紀似乎舉世都是尊卑分得十分清楚的時代。魯濱遜救了星

---

❼　另參閱頁四三。

期五，行好事而得奴隸，實在是上好的交易。格列佛在馬國所
見，主奴之分森嚴，他自己也十分奴顏婢膝。另外一點是，紀
昀確實似乎過分反對理性——常理與 speculative reason，也未
嘗不應該兼存。過分依賴常理，則只能抱殘守缺，成為偏頗的
不可知論者 (agnostic)。

　　然而這些都無礙於《閱微草堂筆記》之為一部上乘的諷刺
文學作品。它並非長篇，因而既不能像《格列佛遊記》那樣，
以格列佛的逐深日濃的厭世情緒為結構原則，也不能像《雷希
賚》那樣，以旅程的始終為當然的外在形式。但它的主要成分
是常理，是近取諸身的常理，而以常理的遵依和悖逆為正反的
辯證二元，所以其結構原則是頗稱無懈可擊的，特別是我們想
到，它一面堅執了傳統的正道 (orthodoxy)，一面又迎合了當
時的學風主流，卻能佐以最擅博人同情的態度，娓娓說法。更
重要的是，《格列佛》與《雷希賚》的故事，顯然還在循著基
督教性惡論的觀點，所以縱不完全對世界深惡痛絕，避之若浼
如《格列佛遊記》，也要似雷希賚仿伏爾泰的戇第德 (Candide)
那樣，以耕耘自家的花園為已足。紀昀是有所為而為的。他顯
然是性善論者，而且骨子裡和一般中國文士一樣，外儒內道，
偏於原始主義，所以至少有兩篇故事，是歌頌庸人庸福的（頁
四，三四五），而且視愚者之存為天道（以前引過的頁三五
二）。雖有這一點，這部書仍是相信人皆可以為堯舜的，施以
教諭，可達善域。就由於這種信念，本書不似《雷希賚》那樣
呆板枯滯，而能書外可以勵行，書內可以娛樂；也不似《格列
佛遊記》那樣，興致只在書內，卻與書外的行為無關。因此，
它實際上冶諷刺與道德寓言於一爐，而在成就上超越了兩者。
這正是紀昀的理性主義的特出效果。

武俠小說論

三十多年來，我看了不少武俠小說，到了發憤忘食夜以繼日的程度。到現在看小說幾乎是我的正業，但實在留戀的，仍還是武俠小說。積數十年的經驗，我至少悟出了一項道理：人言不足信。我們從幼年就聽說，中國人的處世哲學，是「各人自掃門前雪，莫管他家瓦上霜」，因為「是非只為多開口，煩惱皆因強出頭」。要想免得「出頭椽子先爛」，還以縮頭袖手為上策。一部《道德經》，一部《南華真經》，乃至楊朱為我，拔一毛利天下而不為，所教總不外這一套。僅看這一類的寶訓，我們一定會覺得，中國人大約是世上最不願意管閑事的民族。事實呢？恐怕完全不是那麼回事。儘管孔子聽訟，所要求的是「必也使無訟乎」，在為政上也希望「譬如北辰，居其所而眾星拱之」，要似堯舜之為無為，但真正的情形，卻是「夫子何為者，栖栖一代中」，乃至「惶惶然若喪家之犬」，其去墨子的「摩頂放踵」，也只是幾間的事。孟子後車數百人，周遊列國，到處碰壁，卻對楊朱大為不滿。更有趣的是，佛教傳入中國，先來的是小乘。小乘修己，是不管閑事的最高境界。然而大乘一出，雖然沒有君士坦丁大帝之為基督教那樣的護法，仍然不旋踵就把佛教定於一尊，管閑事的那一尊。菩薩們誓不成佛，寧把柳枝甘露，八功德水，遍洒眾生，連是非都不追問，豈非白相人「閑話一句」的極致？儒家思想，由廟堂而民間，佛家思想，由民間而廟堂，專就禹溺己溺和我不入地獄，誰入

地獄的悲天憫人襟懷來說，就不像不喜歡管閑事的。這兩家深入民心，遠甚於僅在失意時才想得起來的道家。所以，中國人儘可以相信「管閑事，惹閑非」，卻無礙於他們的愛管閑事。這愛管閑事，顯然是我們的國民性的一部分。那些不許管閑事的教誨，其實來自我們太愛管閑事。

　　不僅此也。我們另外還有一種誤解，一種只有藉助武俠小說才能廓清的誤解，而這種誤解，則以胡適之先生的寓言〈差不多先生傳〉為代表。胡先生以為中國人立身處世，向持差不多態度。我們日常說話，也很少能離開「馬馬虎虎」一辭。我們還相信所謂的中庸之道，也便是「致中和，天地位焉，萬物育焉」。其可能的解釋之一，顯然是「水太清則無魚」，所以要做阿姑阿翁，當以痴聾為上策。但在實際上，這一套說法可能又是矯枉過正，欲蓋彌彰的話，至少也欠缺深入。儒家求的是道，而《大學》一上來就說，「物有本末，事有終始，知所先後，則近道矣」，這本末，終始和先後，可不是馬虎得過去的事。孔子罵鄉愿，惡紫奪朱，一心一意要辦的是正名，正名者何，「鐵掀便是鐵掀」也 (calling a spade a spade)。孟子朝著楊墨發脾氣，還可說同行是冤家，卻也否定了「船多不礙路」的說法。但孔子取瑟而歌，孟子寧撒謊生病而拒朝齊王，則其頂真也到了什麼程度？這兩大夫子，都不怕撒謊，卻非認真不可，幾時要差不多來？

　　我們過去這兩項誤解，原因可以說是在於國人未能善讀《孟子》。我們尊他為亞聖，把他高高供奉在上，但除了明朝帝王，認真過甚，把他的語錄大加刪削以外，都不肯仔細咀嚼，以致陶淵明多而孟子少。孟子教過讀書方法，特別是指出來，盡信書，不如無書，要不以文害辭，以辭害意。我們如果

能遵照他的辦法，必可發現，管閑事和認真——不計「小德出入」的認真，才真正是我們的國民性。而這兩種國民性的最顯著，最鮮明的表現，則是武俠小說。

說到武俠小說，我們首先要分清楚，武俠是武俠，小說是小說。武俠的行事與思想，構成小說的內容和形式。但這些的本身卻是真正發生過的事，因此是人生和歷史。小說是文學的一類，可以模仿人生，創造歷史，但其本身是虛構的，所藉助的主要力量是想像力。武俠與小說，有本質上的差異，所以必須分別考慮。

中國是在什麼時候開始有了武俠的，可能並不太容易決定。劉若愚先生的《俠》(*The Chinese Knight-Errantry*)——大約是中、西文字裡討論這樁問題的第一本專著——引了馮友蘭、勞榦、陶希聖、和楊聯陞諸先生的看法，就俠客的出身，揣想俠的起源。這些意見，依次是認為俠是失業農工轉而為職業戰士的人；（漢代）平民以俠為職業的人；無常業、恆產而又喜逸惡勞的社會游離分子；封建制度崩潰時流離失所的貴族後裔和下層社會的剽悍子弟。劉先生自己的意見，則偏於增淵達夫 (Masubuchi Tatsuo) 的見解，亦即俠氣出於天性，而與個人的社會或家世背景，並無多大關係。這個說法，顯然僅限於俠士，我們很快便可以看到它實在為前說的國民性當了註腳。

我的想法，是劉先生的想法，但有其歧異。馮友蘭等學者所說的俠，顯然是指司馬遷的游俠，特別是朱家、郭解等的所謂大豪人物。學者們所說的階層背後的時代，不論是否標明，顯然都跟「封建制度」的崩潰有關。中國式，也便是非西方式的封建制度，究竟何時崩潰，各方學者辯論不少，大體上都同意是在戰國時代。概括說來，所謂封建制度，整體上是宗法社

會，而其中最重要的精神，大約是工之子恆為工，形成一個秩序井然，尊卑明白劃分的社會。這個社會上自王侯，下至農工，人人有其專業，而且各個動彈不得，想來縱有游離分子，也當為少數中的少數，興不得風，作不得浪（《漢書·卷六二·游俠傳》便是這樣想的）。戰國群雄割據，貴族往往要逃亡和仕於異邦，各國又特別需要人材，人材用於戰爭，戰爭造成士庶的流離，於是俠客便由此而生了。劉先生雖以為俠是個人性向使然，但既相信游俠之起，當在戰國，便雖肯定個人的因素，卻又不啻承認時代因素的重要了。這一點可能大大值得商榷一番。

首先，封建制度的社會，是否真正如我們想像的那樣井然有序，很可能只是神話。武王要伐紂，周公要誅管蔡，可見要使人人樂於安分守己，死而無怨，不是太容易的事。縱然秦始皇廢封建，改郡縣，漢朝又再恢復封建，但侯王們僅能衣租食稅，並且往往在二三世以後就身誅國除，意味著封建制度的消失。但封建制度發生裂痕，顯然不自戰國始，而是於時為烈而已。春秋時代的篡竊、弒逆、兼併已經不少。協助齊桓晉文的，曷嘗都是世族？劉先生列出荊軻、侯嬴一類人物。荊軻在《史記》裡，是列入〈刺客列傳〉的。與他同列的，還有曹沫、專諸等，未列的尚有刺趙盾的鉏麑，刺慶忌的要離等等，與劉先生的定義所說的，「俠客直接了當地自掌正義，匡正扶弱，不惜用武，不恤法律。另一方面，他們以博愛為心，甘為原則授命」（頁二—三），並無不合之處。這些可都是春秋時代的人。《中庸》裡子路問強，「子曰：衽金革，死而不厭，北方之強也」，活脫脫一副俠士面孔。子路緼袍不慍，結纓就死，豈不是相當標準的俠士？如僅說性情，不論武術，則蘆中人、

桑下餓夫、乃至介之推、范蠡，也都有很大俠氣。《孟子》的
「志士不忘在溝壑，勇士不忘喪其元」，未必便僅指當時的情
形。因此，從文獻上看時代精神，或者說「封建制度的崩潰」
情形，俠至遲也當起於春秋，只不過那時候還沒有這麼個統一
的名堂，或者說當時叫做「強」、「勇」而已。說起來，侯嬴大
約未必有半分武功。

說「俠」起於春秋，雖可能更切事實，但跟說它起於戰
國，同樣有其問題。第一位提到俠字，而且挺身出來加以反對
的是韓非。這位法家巨擘，指摘「儒以文亂法，俠以武犯
禁」，兩者同樣地大逆不道。這跟《商君書》裡說到，國內有
講仁義的國家必然垮臺，和獎公戰禁私鬥的精神，毫無二致。
但韓非似乎並未明確指出任何堪稱俠的人物。太史公把刺客跟
游俠截然劃分，各不相混。而他說的朱家、郭解，都是秦末漢
初人物。漢書為游俠找祖先，找的是孟嘗、平原、信陵、春申
（班固稱之為四霸，未必便是恭維）和虞卿，這便大可玩味。
簡單地說，劉若愚先生把俠歸始於荊軻等刺客，至少跟司馬遷
和班固的看法不合。如依這兩位名史家來看，最早出現的俠，
當以四霸等為濫觴，而以朱家、郭解，和《漢書》裡附加的劇
孟、萬章、樓護、陳遵及原涉為代表。這些人都是任俠仗氣，
疏財仗義，但在另一方面，卻難免狐群狗黨、武斷鄉曲、睚眥
必報，而以管閑事，打群架為能。這種看法跟韓非的話不必有
什麼衝突，因為武字不必然一定指武術。它可以指動不動就掏
出扁鑽來，也可以指動不動就想打架。這兩種情形，到現在還
是叫做「動武」的，所以韓非的所謂武，大可以是指暴力。犯
禁更容易懂。朱家、郭解乃至原涉之流，並不以武藝聞名，但
他們不僅招降納叛，視國家法律治安如弁髦，即以阻撓、侵犯

國家租稅來說，也對國家經濟財政，有極大妨礙。劇孟以商為俠，不必說他。即如范蠡和卜式，敝屣富貴，慷慨輸財，也都有一股俠氣。但我們想想，貨殖必然漁利平民，刺激物欲，已非以農立國的社會之福，何況再憑仗著這種有「不當利得」的行業行俠？漢代重農抑商，很可能部分是由於畏懼、遏堵這股惡勢力。（這裡范蠡只代表某種精神，不論時代。）貿遷的錢來得比種田容易，也因之更容易用在不正當的行為上，但總算受了辛苦，費了心機，今天看來，也還取之有道。其餘不經商的，可就更為可怕。太史公說朱家「所藏活豪士以百數，其餘庸人，不可勝言」。這些人難道不喫飯的？飯從那裡來呢？至於郭解，客舍養了不少「邑中少年及旁縣賢豪」，及其被徙茂陵，「軹人楊季主，子為縣掾，舉徙解。解兄子斷楊掾頭……解……已又殺楊季主，楊季主家上書，人又殺之闕下」。《漢書》裡的原涉，急人之急，但「內隱好殺，睚眦於塵中，觸死者甚多」。這些人視人命如草芥，不惟目無法律，又曷嘗有什麼天理！

上面要說的，只是馬、班心目中的俠，都是漢朝人。因此，縱然上溯到以四霸或四君為始作俑者，真正的俠大抵是秦末以後的惡霸或江湖人物。儘管後世稱俠，往往以武字為它的相關語，這些所謂的「游」俠（大約是游蕩之俠），沒有一個是以武術或技擊之能得名的。《史記》裡的刺客，倒似乎都有一套武打本領，但都不見得多麼高明。那些人當中，曹沫是惟一大獲全勝的，只是他的勝利，出於齊桓公的仁義，似乎遠多於出乎他的能耐。假使齊桓公事後翻臉不認賬，曹沫還有什麼法術好使？鉏麑不見於〈刺客列傳〉，雖然他才是值得敬佩的人。其餘專諸、豫讓、聶政、荊軻之流，不講是非，不顧大

局，縱然僥倖成功，都連老本都賠進去了，有什麼好恭維的？聶政不僅賠上自己的命，還賠上了姊姊的。荊軻尤其可恨，燕丹碰上這麼個人物，要手剁手，（美人的！）要馬殺馬，要頭（樊於期的）砍頭，而荊先生呢？神氣活現，大言炎炎了半天，結果是一敗塗地，卻不怪自己無能，只恨天心有私！

太史公一肚皮牢騷，很可能要借別人酒杯，澆自己塊壘，一部《史記》，大約大部分都可做如是觀。他頌揚夷齊，一下就想到「君子疾沒世而名不稱焉」，刺客們「自曹沫至荊軻五人，此其義或成或不成，然其立意皎然，不欺其志，名垂後世，豈妄也哉」，意旨並無二致：桓溫說的，真辦不到流芳，便遺臭也使得。至於游俠，更是他嚮往來為他出氣的人物，所以才要擬之於季次、原憲，譽之以「其言必信，其行必果，已諾必誠，不愛其軀。赴士之阨困，既已存亡死生，而不矜其能，羞伐其德」，甚至主張「俠客之義，曷可少哉。」這些跟他筆下的游俠面貌大有出入，完全是別有用心的。班固的遭際也並不十分順當，他的態度也便頗多矛盾，他一面譴責游俠的行事，一面則責備社會和政府，雖然他大體上是自道德和消極榜樣立言的。他說：「非明王在上，視之以好惡，齊之以禮法，民曷繇知禁而反正乎？古之正法，五霸、三王之罪人也，而六國、五霸之罪人也。夫四豪者又六國之罪人也。況於郭解之倫，以匹夫之細，竊殺生之權，其罪已不容於誅矣。觀其溫良泛愛，振窮周急，謙退不伐，亦皆有絕異之姿，惜乎不入於道德。苟放縱於末流，殺身亡宗，非不幸也。」這個「非」字下得不輕。但是後世讀書人，記得司馬遷的顯然比記得班固者多；再來上個割裂本文，斷章取義，兩位史家的話，可也相去不遠了。這些位游俠的行為，是我們「管閒事」和「認真」兩

點國民性的註腳。我們誤解馬、班，又是這兩點的偏頗表現。

劉若愚先生把武俠的特徵，歸納成八條㈠重仁義、鋤強扶弱，不求報施；㈡主公道，如郭解不為姊甥報仇，卻能「路見不平，拔刀相助」；㈢放蕩不羈（或傾向個人自由），如荊軻友屠沽、劇孟好賭、陳遵好酒，都不拘小節，不矜細行；㈣個人性的忠貞，或士為知己者死——豫讓就曾這樣說過；㈤勇，包括體力與道德上的勇氣；㈥重然諾，守信實，如藉少公雖不識郭解，卻甘心為他守密而自戕；㈦惜名譽，也便是司馬遷說的「脩行砥名，聲施於天下」；㈧慷慨輕財。這些話儘管都有所本，但無一椿是鐵案如山的，多的是言過其實（所謂 the grand name without the grand content）。劉先生既把刺客跟俠客同列，刺客當中，專諸刺王僚還只是以暴易暴。聶政刺俠累，插手的是私人仇怨，俠累似乎並非壞官。豫讓吃兩家飯，也並沒有「受他人點水恩，當報湧泉」，而是憑己意為軒輕的。荊軻的殘酷，前面已經說到。這些人縱是「烈士殉名」，但自吳光到燕丹，加上其間的四霸，那一個不是鈔票麥克麥克的？不然的話，如何買得動他們的心？然則這些俠客，與殉財的貪夫又有多大差別？朱家、郭解等人，縱能慷慨，所花的似乎都不是自家的血汗錢。因之，《水滸傳》雖是小說，在若干細節上可能特近現實；夏志清先生就注意到，武松血濺鴛鴦樓以後，滿地死屍，不僅不曾妨礙他的胃口，也不曾妨礙他把酒席上的金銀杯盤，掃在地下，用腳踹扁，然後一一拾起，揣在自己懷裡。魯智深離開桃花山，把「朋友的」金銀器皿席捲一空，然後——他可是從後山上滾下去的！這兩位是響噹噹、鐵錚錚的血性漢子（雖然為什麼血性漢子，一定不愛色，頗難索解），但到這種節骨眼上，假如還有絲毫值得佩服的地方，便是他們

那付從容勁兒。這兩位後來成佛做祖的人物，跟狄更司 (Charles Dickens) 筆下的韋蔑克 (Mr. Wemmick) 的念念不忘「動產」(portable property)，毫無分別。他們如果慷慨，豈非都是慷他人之慨？其他方面，忠義堂前掛的杏黃旗上所寫是「替天行道」，而其道大似張獻忠的七殺之道。李逵除了吃酒殺人，還會幹什麼？連宋江也不反對拿活人心肝做解酒湯呀！

然而千百年來，武俠是我們的社會所嚮往的，嚮往到把神話 (myth) 當作現實，小說看成人生。這原因便在於不僅我們自己愛管閑事，愛認真，也希望有人出來，更愛管閑事，更愛認真。這裡得有個小小的註解：認真要能與反面的不求甚解混同一番才好。所謂不求甚解，就是鄭板橋的「難得糊塗」，也便是裝糊塗。認真而有了關礙，智者不為。一九六七年紐約某報報導，一位猶太拉比（rabbi，老師）喟然嘆息於《查特萊夫人的情人》(*Lady Chatterley's Lover*) 等既經解禁，在時報廣場引起了一番革命，講出一段「拉比」的話：「這男女之事，古已有之，日光之下，何來新事？不過呢，一向既然藏著遮著，大家究竟還有些不好意思之處。聰明人從來不吃這一套，倒也罷了，總還能嚇阻一些糊塗人吧。現在好了，一切公開，還有啥好說的！」此公深得難得糊塗三昧，而這也是何以猶太人竟被視為西方的中國人的緣故。就由於愛管閑事、認真和不求甚解，俠的本來面目掩蓋起來，似是而非的面目，就成了武俠小說的骨架。

就前面所說的來看，俠指氣質，武俠指俠客動不動要揮拳拔劍，游俠指其缺乏安土重遷的遊蕩脾氣，而這些當中，沒有一項是及於武功的。這一點可以說是俠或游俠和後來的小說裡的俠客之間，最顯明的分野。有趣的是，最早的武俠小說，應

當是唐代的傳奇，然而十世紀後半的《太平廣記》，共收可算武俠的小說四卷（卷一九三─一九六），計〈虯髯客〉、〈紅線〉、〈聶隱娘〉、〈荊十三娘〉等二十五篇，卻稱之為豪俠，而且把「驍勇」另立一目為兩卷卅八篇，可見在編纂者的心目裡，豪俠與驍勇並非一事，而前者除了俠氣與勇敢外，其特徵為武技，特別是劍術、飛簷走壁，乃至飛行絕跡之能。《太平廣記》的故事相當蕪雜，如〈李亭〉只不過「好馳駿狗，逐狡獸」；〈彭闥高瓚〉敢於活吃畜牲，〈嘉興繩伎〉則近於後世白蓮教的幻術；〈侯彝〉擅於熬刑；〈胡證〉多了幾斤蠻力；〈馮燕〉輕色尚義、殺了情婦等各篇，都跟劍術等等無關。雖然如此，在這些早期作品裡，我們已可以看出後世武俠小說的特質，與劉先生所說俠的特質具有絕大不同之處：

一、尚氣任俠，急人之急。

二、恩怨心強，特別是報恩。

三、自信心強；一擊不中，飄然遠行。

四、有是非心，能從諫如流。

五、獨來獨往，不沾不滯。

六、名利之心或無或極為淡薄，常為隱士或市隱。

七、千里戶庭的飛行術，至少登高如履平。

八、能殺人於不知不覺中的劍術。一定用短武器。

九、常能先知，至少能望氣觀色，知所趨避。

十、可以有時代背景，甚至歷史人物，但主要人物，必屬虛構。

這十條裡面，只有第一條與劉先生所講的相符，其餘都不相同。第十條是小說與歷史的分別，但因此我們可以感到，魏、晉或更早的，把荊軻的故事加以小說化的〈燕丹子〉，應屬

《三國演義》、《東周列國志》等通俗歷史演義，不能算做武俠小說的先驅。在另一方面，《莊子》裡的藐姑射仙人，特別是《列子》裡的越女和猿公，倒更像是武俠小說的濫觴。《太平廣記》裡的豪俠，到了宋朝及以後的話本裡，或改寫、或模擬，除了文言改為白話外，像〈李汧公窮途遇俠客〉、〈劉東山誇技順城門〉、〈烏將軍一飯必酬〉、〈十一娘雲岡縱談俠〉等「三言」、「二拍」裡的作品，都是遵循《太平廣記》裡這十項特徵的。〈十一娘〉一篇（《拍案驚奇》）裡，指出當時已有了《劍俠傳》和《俠女傳》。而所謂俠女，包括紅線、聶隱娘、崔妾、賈人妻、車中女子、三鬟女子是《太平廣記》裡的，香丸女子、俠姬、解洵妻方屬後有。臺灣舊書散佚，搜書不易。記得昔年大達圖書供應社曾翻印過三百頁左右的文言短篇劍俠小說，想來這些都在其中。重要的是，它們都契合這裡所稱的精神。

　　這樣說來，武俠小說跟其他性質或類別的小說一樣，是在唐代開始的。魏晉時代當然業有小說，但多屬軼事、特寫（sketch 或 episode）性質，缺乏完整的結構。唐代的小說，在精神上偏向以瑣細的情節和逼真的對話求寫實，在結構方法（包括語言）上則模仿史書。這兩方面都是要製造像真的錯覺（illusion of reality），同時上攀史傳，為虛構的故事佔地位。另一方面，民間有變文的興起，為宋、金、元的院本、話本鋪路。中國的戲劇和小說，至少在故事上是常要以唐代的成品為靈感來源的。唐代的成品，傳流到宋代，一面以《太平廣記》為其總匯，一面採取白話為其語言。當時的說話人所做的分類，特別是南渡以後的耐得翁《都城記勝》裡的，亦即「一者銀字兒，如煙粉、靈怪、傳奇；說公案，皆是搏拳、提刀、赶

棒及發跡、變態之事；說鐵騎兒，謂士馬、金鼓之事」，比明朝胡應麟《少室山房筆叢》所分志怪、傳奇、雜錄、叢談、辯訂、箴規等六類，切合事實得多。武俠小說、包括劍俠小說在內，顯然屬於耐得翁的第二類說公案，而裡面儼然把後世武俠小說的發展，都已預見了。

這預見就是後世的武俠小說，儘管有愛情或煙粉，有法術或靈怪傳奇，但非銀字兒。它也可以有士馬、金鼓之事，但非鐵騎兒。武俠小說的特點，仍是前面所說的十項，另外便是俠客的武功，既能飛行絕跡，真正需要表現本領的時候，鐵騎對他們反成累贅。所以，不惟劍俠劍仙不要坐騎，便是尋常俠客，要以馬匹代步，到了節骨眼兒上，都不用牲口（駿馬、健騾或神驢之類）。換句話說，不論劍客、俠客，有何神通，其共同之點，還有「步戰」（包括在水裡）在。

就只「步戰」這一點，辨別了武俠小說與《說唐》、《岳傳》乃至《水滸傳》一類間的差異。原來步戰同時限定了武器。我們看武俠小說，偶然有用長槍的，耍大刀、舞畫戟的就已不多，多的是刀、劍、判官筆一類的短兵器，鍊子錘、桿棒、三節棍一類的軟兵器，因為只有這些才適於近身肉搏。《水滸傳》裡的好漢，起初只會步戰，但到成了氣候，秦明、呼延灼、關勝、徐平等等參加以後，那各次戰役，可就都成了馬戰。另一方面，清代宣傳鉅著的《永慶昇平》、《彭公案》、《施公案》，乃至部分人物衍自《彭公案》，但到民國以後還一續再續的《三俠劍》，以及《三俠五義》、《小五義》之屬，雖有陣圖和攻城一類的戰爭，其中的人物，卻始終維持步戰及竄房越脊的基本原則：騎馬可以威武，作戰必然在地下。這一點是「公案」和「鐵騎」的分別，也是「豪俠」和「驍勇」的

分別。

　　另外一點要說明的是，武俠既以獨來獨往為主，而且自負絕藝，所以只許單打獨鬥，嚴戒群毆，並且認為這是武林規矩。這種情形跟結幫立派並不衝突。《太平廣記》裡的〈車中女子〉和〈僧俠〉，都有其團體，可擬之於《拍案驚奇》裡的〈劉東山〉。到了後世，不少的武俠，可就往往開山立寨，結幫成派了，但仍符合這種小說的傳統。

　　較為複雜的倒是劍客與俠客之間的分別。他們都擅武藝，不論是否用武器，都以步戰為主，但有頗為顯著的不同。以《三俠五義》為例，歐陽春的刀，蔣平的水功，誠非常人所及，但究屬人類按部就班地，踏實傳授和熬練出來的武藝，並無超自然之處。民國以來的《三俠劍》、《俠義英雄傳》、《荒江女俠》，甚至《雍正劍俠圖》等，都屬這一範疇（《紅羊豪俠傳》演太平天國故事，半屬講史，名實不符）。它們顯然是較遲的傳統，很可能脫胎於《水滸傳》，以《永慶昇平》的馬玉龍等為其傳統依據，而以《三俠劍》為其直接來源。這一傳統本來都是說書人的創作，所以特別口語化，也特別常識化——當年聽評話的人會對掌風等等嗤之以鼻的，因為這種聽眾反對任何反常理、背經驗的話。我幼年聽過說《雍正劍俠圖》，但《荒江女俠》已經不能入說書之選。抗戰前後，出來了三位大家，也就是鄭證因、劉白羽和王度廬，後者特以其情節纏綿悱惻，為讀者所樂道。他熔愛情和俠情於一爐，卻較《兒女英雄傳》曲折得多，細膩得多，又不似《好逑傳》之方正，也算能推陳出新了。郎紅浣先生大約是跟他學過的。整個說來，這一派較近「驍勇」。另一種名稱是「技擊」小說，或者也可以說是「常識派」。

劍俠一脈，直接從唐代傳奇孳生，但與「常識派」同樣，
盛於晚清，重要的代表大約是《七劍十三俠》、《劍俠奇中奇》
等等。《七劍十三俠》講的是王守仁平宸濠，當然要有行軍布
陣之事，但玄貞子等儘管會駕雲，還是站在地下放飛劍或口吐
一道白光的時候多。手頭沒有這些書，但似乎直到此刻，還沒
有武當、少林一類的寶山門派。事實上「振興」這一派的平江
不肖生向愷然，在《江湖奇俠傳》裡，有了柳遲、呂留良等等
劍俠，還搬進來丐幫、排教和苗峒放蠱，大大地擴展了武俠小
說的範圍，熔拳師和劍仙於一爐，甚至其他法寶，也統統出
籠，似乎也還未能驚動達摩老祖或邋遢道人張三丰。這些門派
是誰首先搬進武俠小說的，文獻不足，無從認定。但想來還珠
樓主至少也曾推波助瀾。此公的《蜀山劍俠傳》（共出五十
冊，不過最後三冊顯屬續貂）的前三冊，一直到大破成都慈雲
寺的時候，還跟鄭證因的技擊甚少不同。自辟邪村開始，可就
波譎雲詭，變幻百出了。他似乎從未提過少林，但除此以外，
以峨眉為中心，青城、武當是正派，華山、崆峒、邛崍是邪
派，另外再加上南極北極，海島散仙，十分熱鬧。還珠樓主的
氣魄很大，要以峨眉諸劍俠的前生後世，做同心圓式的擴散，
於是孳生出《長眉真人前傳》、《柳溪俠隱》、《峨眉七矮》、《北
海屠龍》、《青城十九俠》、《武當七女》、《黑摩勒》、《黑松
林》、《黑螞蟻》等等——這些是我不但看過，而且多少還有點
印象的。另一方面，他顯然是標準的中國文士，對儒釋道各家
的常識，特別豐富，例如道家的四九天劫，天狐寶相夫人的彌
塵幡（可以隨意所之，而上面畫的是一顆心）等，蒐羅起來，
應當足夠一篇博士論文的材料。他的衣缽傳人，當屬《南明俠
隱》的作者，可惜我忘了這位作者的名字。龍井天早期作品，

也可歸入此類，現在則模仿唐人傳奇了。整個來說，這一類的小說，是「超常識派」，其中情節、人物，都不能以常理去了解，而要「姑妄聽之」或如柯立治 (S. T. Coleridge) 所說的「意識性暫止不信」(willing suspension of disbelief)。

這兩派在臺、港合流，把武俠小說帶進了新的境界與結構形式，其特色為名義上是技擊，實際上是劍術，表面屬於常識，骨子裡那股掌風能夠無形而傷人於幾丈幾十丈之外，則顯非常識所容。不寧惟是，它還納進了「銀字兒」、「說公案」和「鐵騎兒」，或「豪俠」與「驍勇」諸種類，而仍能維持其武俠小說的面貌，成為新的「正宗」。這類小說，還常常有偵探小說的懸宕意味。它的公式尤為鮮明：一個孤兒——常常是因私仇遭到滅門之禍，以致流浪的孤兒，因特別的機緣，得到各種奇遇，包括靈丹、祕笈、動植物如魚膽、何首烏之類、神兵，以及前輩高人贈予幾十年、幾百年功力，然後重歸江湖，無往不克，贏得一大群美女的追求，最後則找到了仇人——罪惡黑幫的領袖，終能手刃寇敵，或曉得了身世真相。到這時候，他可能左擁右抱，也可能是堅定的一妻制者，但既然功成名就，剩下的便只有飄然遠行，找地方享清福去了。

近二十多年來，我看過的武俠小說，總有兩百部上下，其中絕大多數當然是臺灣作家寫的。我最喜歡的是東方玉和司馬紫烟——思想頗稱正統，情節很有曲折，文筆清通，常識至少比《水滸傳》的作者高明得多——《水滸傳》裡的地理似乎是一塌糊塗的。其他作家有的驚嘆號太多，有的主角永遠勝利，有的過分新潮，看起來頭發昏，胃作酸。印象最深刻的是《雷電風雲》，特點是主角是個女孩子，卻從不談戀愛，而且從不自作聰明，打得過就打，打不過就跑，很有別開蹊徑的滋味。另

一位予我深刻印象的是雲中岳，大約對《明史》頗有研究，所以刻意創造歷史氛圍，暗合西方歷史小說的要求。讓我投票選最有趣的作家，我當然會選金庸。我看過《射鵰英雄傳》、《神鵰俠侶》、《倚天屠龍記》、《笑傲江湖》、《天龍八部》、《鹿鼎記》等等，大約共有十部上下。他的特色是作品完全符合前面說過的公式。以《神鵰俠侶》為例，楊過是個孤兒，性情偏激詭詐，對因襲的道德，頗多反叛，但他也多奇遇、多豔福，而且逢到緊要關頭，他的行為一定與道德相合。他最後也是明白了真相，獲得了永久伴侶，而在功成名就以後，飄然遠行的。楊過危步於道德與邪惡的高索上，搖搖擺擺，卻能不失不墮，這一點可是金庸的特技。而其情節過程的詭奇，文筆的尖刻與細膩，更很少作家能望其項背。他對歷史十分熟悉，也是難得的。至於他的許多書都有相當的連續性，形成西方所謂的 cycle，在前書中留下後書的線索，前後呼應，動合符節，更見他的氣魄磅礴處。雖則如此，他的作品跟其他作品同樣有著很難補救的弱點，便是虎頭蛇尾，結局總顯得鬆懈。《神鵰俠侶》可能是結構最嚴的一部，但張三丰故事的伏筆，其實是頗為突兀而著痕跡的，聽說他正致力於修改舊作，而且業有數部殺青。這個工作想來十分艱鉅，其困難甚或超越創作。願他成功。

結構的虎頭蛇尾，因「著書端為稻粱謀」而變得敷衍推拖，一面是摻雜不必要的情節，影響結構的嚴整，一面是三五個字便成段落，過兩百字的段節少之又少，使讀者花了錢有受騙的感覺。這種一心計算稿費的表現，以及現行公式的反經驗反常識的特質，引起不少爭論：武俠小說算不算文學作品。這種懷疑，有其道理，但乍看起來卻似學院裡的「知識勢利」(intellectual snobbery) 的延續。余光中不就說過嗎？教莎士比

亞 (William Shakespeare) 的是大學教授，莎翁自己來可就在大學裡找不到一席之地。小說是否可以當作研究對象，也就是說算不算正規學問，在歐美也曾爭論多年，直到三十年代，教授們仍還以為小說僅是消遣，要談學問，必然要限於經典章句之作，訓詁考據之學。但是，如僅就英文的 literature 一詞來看，任何書寫、印刷、流通的文獻，都可以包括在內。為了標明「純文學」，西方學者如戴慈斯 (David Daiches) 特別用「想像」一詞來加以界定。什麼是「想像的文學」(Imaginative Literature) 呢？「人類狀況的象徵表現，包括其實際與願望，俾求增加對人生的了解。」這個界說實際上兼及文學的本質與功能。以本質說，武俠小說之出於想像，總沒有人肯否認。在功能上，他以為要的是對人生的了解。這一點就值得考慮，或至少另有說法在。戴氏是主張文學要具道德功能的，只是由狹隘的載道擴展為個人意識的加大而已。他對道德的關切跟艾略特 (Thomas Stearns Eliot) 並無不同。艾氏以為文學作品的高低，當依文學（實即美學）的標準衡量，其良窳或是否偉大則應該用所含的思想（哲學、神學，實即倫理）作為評價的尺度。這種看法偏向亞里斯多德 (Aristotle)，但跟柯立治的「文學的直接目的是快感」顯有不同。事實上，第一個明確說明文學功能的各方面的是荷瑞斯 (Quintus Horatius Flaccus)，而荷瑞斯的話本來是「或娛樂、或教誨、或兩者」。把文學功能訂為以娛樂為手段，以教誨為目的，從而視文學為糖衣藥錠的是新古典主義時代。娛樂豈不就是消遣？小丑插科打諢，逗人一笑，曷嘗非有政治、道德意義不可？狄更司《艱苦時代》(*Hard Times*) 的馬戲班主斯利瑞 (Sleary) 說得好，「人總是需要娛樂的。」(People got to be entertained. They can't be always working.) 就以道德來說，武俠小說裡的人物、情節和思想，當然有其偏頗乖謬之處，但其整個精神，總還是歸於道德，而且是儒家道德的。至於「超常識或經驗」，更不成問題。要求文學作品合於經驗，是十八世紀「理性主義」時代的事。把文學作品訂為必須擷取「人生片斷」(slice of life)，更要遲到十九世紀左拉 (Emile Zola) 等人的時候。試看荷馬 (Homer)、但丁 (Dante Alighieri)、莎士比亞或彌爾頓 (John Milton)，有多少是打算跟著經驗走的？此外，不少武俠小說的讀者，把武俠小說跟西方的偵探小說相提並論。兩者同樣讓人愛不忍釋到廢寢忘食的程度。但在緊要處就大不相同。詩人奧登 (W. H. Auden) 有一篇論文討論偵探小說──他自承是偵探小說迷。他指出，偵探小說在初讀的時候，儘管十分扣人心絃，拿起來就放不下，看完一遍後，就沒有讓人再看一遍的興趣。這原因當然是偵探小說所處理的，必是謀殺案。當時在場的活人，個個都可能是兇手，令人一面讀一面要絞腦汁跟著幫忙找犯人，其特質在於懸宕。兇手既獲，懸宕已解，便如陶壺墜地，再也拾不起來了。準此而律諸我自己的經驗，武俠小說便不如此。《蜀山劍俠傳》我看過總有六、七遍，《神鵰俠侶》也看過三遍。這些書裡儘管有懸宕，但其興趣顯然並不全在懸宕。孤兒求知身世，是常見的「套子」或小說結構形態。也是懸宕的大源。但費爾定 (Henry Fielding) 的《湯姆・瓊斯》(*The History of Tom Jones, a Foundling*) 的基本輪廓，正是孤兒要找尋自己的身世，在經過不少奇遇後，不僅真相大白，而且人財三得（美人、美人和瓊斯的義父亦即舅父的財產）。要說這本書的思想主題，可就更好笑了。它不是聖經賢傳，而只簡單一句話：「心長在正經地方，一定無往而不利」，所以瓊斯雖好勇鬥

狠，拈花惹草，無礙其結局是大團圓的場面。然而《湯姆‧瓊斯》不僅為現代小說的開山之作，二百多年來仍然膾炙人口。這可怎麼說呢？

有人指摘武俠小說引導少年走上歧途，這是柏拉圖 (Plato) 的老調。幾十年前，報紙也報導少年結伴上嵩山或武當學道。在臺灣似乎沒有聽說過這種事——現在的少年未見得肯看武俠小說，山難等等尤其跟劍術扯不上關係。那些不良少年的幫派，靈感來源至夥，不必便是武俠小說。

這樣說來，不啻肯定了武俠小說的文學性和功能性了，但非如此簡單。誠然，梁實秋先生常說，文學的巨廈是廣闊的。不過，這句話是梁先生的哈佛老師白璧德 (Irving Babbitt) 改《新約》裡耶穌的話。白氏承認文學的領域廣袤：「文學的巨廈，有許多房間。但這並不是說它們都在同一層。」換句話說，儘管一切想像的作品都可以算做文學，甚至合乎美學的尺度，但並非沒有高低良窳之分——艾略特也是白氏弟子。武俠小說是文學的一支，具有重要的功能。但它的動人之處和毛病，亦即其地位堪疑處，並非全由於知識性勢利，卻出在它的功能的消遣性上。這一部分跟我們國民性裡的愛管閒事和不求甚解的認真有關，更能反映「永久、不變的人性」。而其解釋，則非從心理學著手不可。讀者對作品的反應，本來就是心理學上的現象嘛。

對於心理學，我當然是外行，所以談起來總要有惶悚之感。不過，心理學可以是佛洛伊德 (Esther Freud) 等的「科學」，也可以是常理——白璧德至少是喜歡從常理看心理的——所謂「意識裡的直接資料」(the immediate data of consciousness) 者是。從常理走而間以通俗化了的佛洛伊德，至少

可以使我們對專家的意見，採取審慎的批評態度。楊國樞先生在陳秋坤先生訪問他的時候（《中國論壇》一卷八期），指出武俠小說受人歡迎的六大特質：㈠其人物等等與現實大有距離；㈡主角少，讀者注意力易於集中；㈢正反派人物區分清楚；㈣行為規範單純而規則；㈤人物行為直接了當；㈥大團圓結局，使讀者不感遺憾。這六項大部分都與小說及一切文學的傳統、當代理論相合。㈠是現實與美學距離 (esthetic distance)，猶之於德萊登 (John Dryden) 視喜劇為「惡意的快感」(malicious pleasure) 或休謨 (David Hume) 視悲劇的娛樂性，在於讀者、觀眾，深知劇裡邊的人物，並非自己。㈡是認同問題。塞克斯 (Sheldon Sacks, *The Shape of Belief*) 指出，現代小說的特質，在於讀者可以跟主角認同，由而「象憂亦憂，象喜亦喜」（這裡不全是《孟子》；象兼指意象裡的人物）。這一點與㈤有關，因為一般人總是「不敢妄為些子事」，而「狼心兔子膽」的。㈢和㈣卻是人性當中另一對立二元：我們既怕事又喜事，既要追求秩序，又要追求混亂，所以才有「窮則變，變則通」的需要；此所以傳統跟現實，總難免要經常衝突或互為調整、適應。㈢和㈤可就比較有問題。較為深刻的作家，特別是金庸，常能掌握或至少意識到實際人生、人性的複雜性而加以描繪。金庸筆下的人物，如楊過、黃蓉、郭芙等等，最終的表現雖是屬於正的，但在很多方面都不太容易辨其正、邪。縱是較為顯明的「反派」，其動機往往也是常情所有，人情所憫的。至於大團圓，那些粥粥群雌，並非個個得到歸宿，或有情人都成眷屬。金庸的小說，《天龍八部》和《鹿鼎記》以外，似乎都給人頗多憫然的感覺，正義固然伸張了，伸張後卻是空虛。

　　㈡、㈤和㈥似乎特別適於用佛洛伊德的學說加以解釋。現

在起我要說外行話啦。佛氏認為意識 (consciousness) 與潛意識 (subconsciousness) 由超我、自我、本我 (superego, ego, id) 構成。超我要求行為嚴格遵守規矩，本我只望隨心所欲，不惜毀綱蕩紀，自我調停其間，以求能在社會上不致過分扞格，所以這三種特質又稱道德、快樂和現實原則 (morality, pleasure, reality principles)。社會生活中有許多規條，壓抑本我，產生各種抑制、挫折和創傷 (repression, inhibition; frustration; trauma)。迫使人類行動於外的是衝動活力 (libido)。應付、解決那些抑制等等的辦法有兩種，一是藉適應 (adaptation) 而求昇華 (sublimation)，這是正常人的辦法，一是幻想或白日夢 (daydream)，想各種一廂情願的事，例如灰姑娘的故事 (Cinderella) 或中愛國獎券第一特獎。作者有其衝動，其解決抑制等等的辦法是把白日夢以文字表達出來。這種辦法是神經質的 (neurotic)，其結果是夜長夢多，愈陷愈深，經常生活在幻想的世界裡，永遠不能面對現實，在極端情形下，甚至以住進松山療養院或自殺為了事——海明威和三島由紀夫顯然是這麼辦的。崔靈 (Lionel Trilling, "Art and Neurosis," *The Liberal Imagination*) 反對這種說法，認為作家能把雜亂無章的幻想組織起來，予以嚴密的結構，正顯示作家可以經作品達到昇華，藉創作求適應。姑且算崔靈是對的吧。對於讀者的反應怎麼說呢？他們是否也能得到適應和昇華？對這個問題的答案，柏拉圖顯然是否定的，魏爾遜 (Edmund Wilson) 也近於否定，亞里斯多德和瑞查茲 (I. A. Richards) 則是肯定的。我們不妨再按常理和佛洛伊德加以檢討。

首先是楊先生的㈤，亦即以行動直接表現喜怒哀樂。我們也常聽到或受到鼓勵，要「敢愛、敢笑」。其實呢，這是浪漫

主義皈依自然與高貴的野蠻人 (Noble Savages) 的說法，在現實裡是行不通的——山難是違背自然規律的結果，坐監獄是違背社會法律的結果。然而我們是愛管閑事、愛認真（不求甚解型）的民族——其實芸芸眾生的通性大約都是如此，在現實裡辦不到的事難免很多。日常芝麻小事，例如受了攤販或計程車的氣，或是綠燈老不亮，我們可以一笑置之（正常的成人態度），也可以幻想自己是俠客，或根本不必為這類事操心，或可以拔刀一揮——「車船店腳衙，無罪也該殺」，豈不就是這種心理？我們的自我說，飛行絕跡辦不到，隨便殺人有警伯相候。現實既辦不到，用幻想吧，在武俠小說裡求代替性的滿足 (vicarious gratification) 吧。這樣閑事也管啦，真也認啦。問題是，這種真是完全師心自用的，沒有慎思明辨的。事實上呢，事未易知，理未易明。以「中庸」為例，我們叫中庸叫了兩三千年，現在還有人以為「中庸」就是差不多、馬馬虎虎或折衷兩端呢。其實中庸是十分難於達到的。以天平為比喻，在真空狀態下好辦，在有風或基礎敧斜的時候，就必須費盡心機加以調整，那時的中心，就未必是絕對的中心或等距了。代替性的滿足有其好處。十五、六年前遲婚而找不到對象的男子頗多，武俠小說於是都為男主角安排一大群美而多才的女子，而且都是送上門來的。那時候社會現實曾造成不少因婚姻挫折而生的新聞，假使沒有武俠小說讓讀者認同和陶醉其間，發揮安全活瓣的功能，慘劇可能更多得多。楊先生認為這種心理狀態的「本質跟小孩子辦家家酒或玩玩具的想像活動是相同的，都是一種短暫的忘卻現實的心理狀態」，但是他隨著附上一條但書：「當然，這也要看讀者心理是否成熟而定了。」成熟也者，便是自適應求昇華。如果武俠小說所給予的是「忘卻現實」，

縱然是短暫的，顯然並非適應。對讀者能否自武俠小說裡覓得適應和昇華的問題，楊先生的答案可能是否定的。

楊先生如果這樣做答，當然是對的。亞里斯多德的肯定答案，似乎僅指悲劇，而且是希臘特有的悲劇。〈詩論〉一篇的立言根據，主要地是索福克利斯 (Sophocles) 的作品，與二十世紀的悲劇有相當基本性的差異。瑞查茲的肯定答案，雖可以引用到一切文學作品，他所想的，根本上乃是詩，具有謹嚴結構形式的詩。小說在西洋文學形式中最為晚出，也最為蕪雜 (amorphous)，連魯巴克 (Percy Lubbock) 也承認其結構不易尋覓，則想來瑞查茲的文學予感情以適當的方向與秩序，便不那麼容易由小說達成。武俠小說是最定型 (stereotyped) 的形式，但是這種定型限於人物與故事的發展，其內容與形式，既不能發揮亞里斯多德所說的淨化作用 (katharsis)，因為它僅誘發而不能規範感情，也不能予人以美學的秩序感——武俠小說裡的秩序、明確與大團圓，是把人生簡化，而非增加對人生的了解。相反地，武俠小說的消遣功能，除了建立在把人生簡化到兒童時代的單純以外，其發揮是仰仗於逃避現實和滿足人類最原始的蠻性。這並不是說偶然地不能面對現實也不應該。人生的壓力很大，社會關係愈複雜壓力也必愈大，但每個人承受壓力的能耐不一，能有安全活瓣洩除積鬱未嘗不好。但長期耽溺於幻想的世界，結果必然跟酗酒一樣。適量的酒於身體有益，過量必然有害。長期慣性的逃避怎會有好處？但代替性的滿足所引起的問題必不限於規避現實。人性錯綜複雜，不論孟、荀等怎樣說，必然是混淆有善惡二元的。惡當中又可分兩種，較輕的是惰性——走捷徑、抄小路、喜逸惡勞。武俠小說裡的主角，武藝超群，但那分武功，固然要經過幾年修煉，卻因為他

們一定同時要年輕英俊，這段時間便不能太久。更重要的是，一招一式的武功介紹起來，不僅非作者所能，而且情似流水賬，不易引起興趣。因此，作者與讀者特別津津樂道的，便是那些奇遇，舊日《神童詩》裡的「朝為田舍郎，暮登天子堂」一樣的奇遇。事實上，科舉時代白衣公卿不是沒有，但實數大約比鳳毛麟角多不了多少。武俠小說裡的傳功、度力、山洞裡的祕笈、大力丹之類，則顯與鳳毛麟角等量齊觀——根本沒有！為學不能躐等，經驗從點滴累積，那裡有捷徑小路？我們笑淳于髡的田夫，卻相信大乘，兩者都是喜逸惡勞的明證。武俠小說是鼓勵這種脾性和僥倖心理的。

更嚴重的是殘酷心理。我們常以為兒童天真無邪，其實他們似乎在先天裡就帶來一份殘酷，習見於他們對待小動物。從心理學上看，本我不僅求蕩檢逾閑的快感，還可以從殘酷的行為，懲罰別人（暴虐狂）、懲罰自己（受虐狂）裡求快感。前面引到的「無罪也該殺」、德萊登的惡意快感，以及我們尋常掛在嘴上的該殺、該剮、該剁，大約都跟這種潛意識裡的殘酷傾向有關。這些其實跟管閑事和認別人的真是一碼事，也是幾千年來人類文明力圖袪除的蠻性的遺留。武俠小說一切訴諸直接行動，其實是對這種蠻性因風助火，推波助瀾。所以，武俠小說的問題癥結，不在一時一地的不良效果，而在於長遠地腐蝕人心，破壞原則，妨害正常的適應，終至反社會，反文明。

追求正常的適應必然是理性的，符合社會而非個人價值標準的。強調理性，並非一定要「滅絕人欲」以使「天理流行」，而是說感情必要受理性的駕御，求其合於中道。如前面所說，中庸的意義，須從慎思明辨上來。說孔、孟撒謊是過分的理性，漠視了其撒謊在於強調更重要的人類原則。說禹溺己

溺，嫂溺援之以手，甚或范仲淹的「先天下之憂而憂」，我們還須牢記，除了特例，在正常情形下儒家要求的是反求諸己，盡其在我。格致誠正都是修己，不是管別人的閑事或瞎認真。而大學之道，應該是求適應的不二法門。劉墉的父親譏笑他「一室不治，何天下國家為」；伏爾泰要康迪德 (Voltaire, Candide) 主張「修治自家的庭園」，都意味著要管別人的閑事，最好先管好自己。只有這樣，認真才能認得有道理。

高尚的文學，冀求的是表現人性的高尚或向上面——哲學或神學講的總離不了這一套。向上面的最大要求和表現就在於管自己。武俠小說是文學，因為它用文字、動想像、具思想。當前的武俠小說因受後天的局限，結構不夠嚴密，文字不夠洗練。這種毛病不難療治。但它在先天上所受局限更為嚴重，以致在偉大作品的天平上稱起來，分量就重不了。因此，它雖可以在文學的巨廈中分上一間房子，除非有不世出的天才，廓清武俠小說的積穢，建立新的殿堂。它那間房子大約是要留在地下的。沒有特殊的改變，武俠小說不僅永遠只是消遣品，而且不是家家酒般的消遣品，卻是裹著糖衣的毒藥。

朱西甯的〈破曉時分〉

一、新文學與舊文學

民國以來的所謂新文學，是西方對中國所生影響的一部分，無論在思想上，在內容上，都曾大量汲引西方文學的理論與實際表現。儘管文學革命的先驅如胡適，曾經為了支持他白話文學是中國文學的正統，寫了一部《白話文學史》，而且特別在小說方面，指出自《三國演義》至《老殘遊記》等所形成的特別傳統，他的努力，實質上已為文學革命時代的重要理論家周作人推翻。周作人的〈人的文學〉，是胡適自己所承認的新文學的理論，而在這篇文章裡，周作人其實是把中國的傳統文學，尤其是小說，於分別納入思想陳腐、助長迷信、誨淫誨盜等範疇之後，一概抹煞掉了。

從理論上講，文學是應該沒有新舊的，尤其是從歷史的觀點立言。今天的所謂新文學作品裡，何嘗少了無病呻吟、思想陳腐的表現？若專論誨淫，前幾年臺灣也曾鬧過所謂黃色小說問題。《查特萊夫人的情人》(*Lady Chatterley's Lover*)，誠然有其道德的涵義，但那種涵義是我們絕對無法接受的。喬叟 (Geoffrey Chaucer) 是胡適引為語言改革的榜樣的，但他的《坎城故事》(*The Canterbury Tales*)，頗多黃色，結尾的懺悔之語，跟《肉蒲團》裡的教訓相較，並沒有太大差別。如果提到助長迷信，夏濟安先生的《耶穌會教士的故事》，完全是活

用輪迴和因果報應的觀念。而濟安先生在中西文學上的造詣，大約是沒有人肯否認的。由這些可見新舊之說，不能依周氏的意見成立。

周作人在民國二十年曾講過「新中國文學的源流」。他一面承認文學不能以新舊區分，一面卻指出當代的中國文學，與前此的有其異同，其異同則在於載道與言志思想的遞嬗。周氏和林語堂同是上宗公安，提倡小品文，而以言志為職志的，所以鄙薄載道的思想。在另一方面，文學革命的重要手段，本來就是破壞、否定和揚棄傳統，尤其反對所謂不合現代需要的思想。這種概念的形成，自然有其時代背景，無法在這裡說得清楚。重要的是，所謂載道與言志的分野，其實依然不能成立。文學革命時代所反對的「道」，事實上是傳統裡的孔孟儒學，是一種十分狹隘的解釋。文學的功能，中西的看法其實是一樣，總是以為「言之不文，行而不遠」的。所謂文，自然是文學之所以為文學的特質。所謂行遠，則要問為什麼要行遠，也便是文學的功能是什麼。

孔子教訓兒子的話，所謂「小子何不學夫詩」那一段，是十分功利的，而包括在這種功利思想裡的「可以興、可以觀、可以群、可以怨」等等，顯然都具有道德的意義。這和西方傳統中的「教訓與娛樂」，一面要有倫理意義，一面要有美學表現，實在並無分別。二十世紀的最偉大詩人與批評家之一的艾略特就說過，文學作品的好壞固然必須衡以文學本身的尺度，而其價值的高低必須取決於道德的標準。換言之，我們如果以廣義的道德來解釋「道」，而不僅局限於郭巨埋兒式的孝，割面斷臂式的節，則文學作品一定都是載道的，包括言志類的文學作品在內。道德既為人類群居生活的規律，人除非不營群居

生活，作品除非僅藏之名山，連後人都不傳，則文學如何能夠脫離了道德？西方的浪漫主義，因反新古典主義而生，力擯說教，但還承認雖作品不當有道德的教訓，卻仍要有道德的目的。王爾德 (Oscar Wilde) 是唯美主義的大師，為藝術而藝術的主倡者，雖曾說一切文學作品都是不道德的，卻不知如無道德，那裡還能有不道德？他的作法，只是矯枉過正，只是「語不驚人死不休」。

但專以中國文學的實際情形來說，新舊的分別其實是存在的。而且不僅作者自己心中有一把秤，讀者們顯然也都有同樣的一把秤。這種分別的表現，大體而言，是舊的方面趨向於抱殘守缺，深有迷戀骸骨的意味，在韻文方面是依然古詩近體，以擬前人為滿足，在散文方面，是才子佳人，空中樓閣，不肯對人生作深入的探索。新的方面，則是力反前人，願意汲取新的理論，運用新的技巧，和表現新的體材。這種對比，顯露在近五十年來所有的文學作品之中。論其基本，則在於因為觀念有了改變，所以態度和技巧、形式都有了改變。新舊文學的劃分的最大標準，很可能就在於新舊態度的區別。

具體地說，這種觀念的改變，在於文學各形式的相關地位與以前不同。尤其是對於純文學性的小說、戲劇的看法，有了很大的差異。專以小說來說，前人為自己或他人的作品作序的時候，大約毫無例外地總要先說明，小說之家，出於稗官，所以向為政府採風的根據，而且能夠以具體的事實，勸善懲淫，盡其道德上的功能。這種說法，基本上是辯護性的：它一方面指出小說有其正當、可敬與歷史的淵源，一方面強調它能如苦藥外所包的糖衣，在苦口之中，達到利病的目的。但是，這種辯護的態度，適足以證明，小說在一般人的心目中地位十分低

微，所以才有辯護的必要。反觀那些真正被視為載道之器的詩文，何嘗需要辯護？在這種心理的促使下，作者視小說不過是遊戲筆墨，可以嬉笑怒罵，言者無罪，讀者視小說不過是排時遣悶的工具，茶餘酒後的談助，稍一過分，便要受到玩物喪志的譏刺。

這種態度，自然不是中國所獨有，也不僅是以前才有。但至少從十九世紀開始，西方的作家對自己的作品的性質，有了新的認識。他們不再為作品的存在理由，採取辯護的態度，轉而認為，文學本身自有其存在價值，既非道德的附庸，亦非殺時間的利器。他們認為，作品一方面可以反映時代、反映社會，一方面則因為作家大體上都是感覺敏銳、觀察力強，而又表達能力高的人物，能見人所不能見，發人所不能發，所以他們的作品，足可洞入人生，把人類生命中一切問題，用生動的語言，具體的意象，曲折地傳達出來，使人類能對一切人類情況，增加認識，從而提高了解，多了遵循的道路。在這種新的認識之下，作家們領悟了自身的任務的重要，便把自己的態度，從遊戲轉變為嚴肅。中國的新文學運動，既為西方影響的結果，這種新的認識，自然也促成了中國作家態度的轉變。我們可以說，中國新舊文學的分野，正在於嚴肅與遊戲態度的不同。所謂新文學，其最顯著的標誌，便是作家的態度都是嚴肅的。他們縱然需要煮字療饑，為稻粱謀，卻決不肯承認謀生是他們寫作的終極目的。同時，他們也多能體會到文學的各項使命，因而寧可曲高和寡，決不肯捨己從人，阿世取容。

隨著這種態度的轉變而來的，是題材和技巧等方面的改變。這種改變顯然是由於舊瓶不宜於裝新酒。仍專以小說來講，以前的作品，在內容上大抵是才子佳人、綠林豪俠，真正

談到居社會上大多數人的升斗小民之類的很少，而且縱然所講的是普通市民，在思想上不脫忠君孝親，樂天知命的窠臼，與現代的了解不同，需要相異。論方法，則總是平鋪直敘，一覽無餘，縱有情節上的波折，卻乏方法上的婉轉。其中敘人敘事，脫不了所謂「盤古開天」(ab ovo)，姓氏、鄉貫、年貌，說來不嫌辭費，而且多半還要歸結到大團圓為止，因而並無「單刀直入」(in medias res) 的認識。所以，作家雖然也討論技巧，說些倒筆、伏筆的道理，在實際運用上，仍然是幼稚的，粗疏的。其中對心理的活動，尤其缺少理解。相較起來，西方的所謂現代小說，已有兩百多年的歷史，經過許多大師的努力，發明了許多新的方法，確實細膩曲折得多。在思想上，也能更為契合當前作家們的願望與認識。西方的題材取捨與技巧發明，於是自然成為中國作家借鏡的對象。

西方現代小說，是中產階級的產物，體材要取中產階級的人與事，精神上是寫實的。這當然不是說，中國以前的小說不講求逼真，而只是說它為中國的社會締構與意識形態所局限，所能要求的真實，雖是相當地合情合理，與西方對同一問題的認識，仍頗有出入。出入的癥結，在於中國對人生的認識，操縱於士大夫之手，西洋的則為重商主義下新興的平民資產階級。西方的這種轉變，是漸進的，有其歷史的演變。在中國，則要到科舉制度廢了，教育比較普及了，才能有類於西方的資產、小資產、或半資產類的階級，而這些則只在幾十年間便都應運發生。同樣地，中國的新文學，在受到西方文學思想的時候，自然不可能是漸進的，而是生張熟魏，兼收並蓄。歷史的演進，顯然不能引用於中國的情形。但中國小說之直追西方小說的理論與技巧，則是事實。

這種技巧，在表現真實上，首先是亨利‧詹姆斯 (Henry James) 所講的觀點問題。本來，如果專就觀點來說，十八世紀英國李查遜的《克拉麗薩》(Samuel Richardson, *Clarissa, or the History of a Young Lady*)，以書信的形式，使每一件情節，都由幾個人物加以觀察描述，應該是這種方法的開始，但詹姆斯仍不失為第一位把這種方法理論化的人。他首先指出，每一件事情，都因觀察者所處的方位相異而有不同的反應與看法。在實際運用上，新的方法則為從作者全知全能，總攬全局的傳統方法，增加了以故事裡的主角或配角自不同角度進行觀察與反應的方法。這種方法，使故事的進行，多了一個立足點，減少了觀察者的全知能力，增加了逼真性。這是因為尋常我們觀察一椿事物，也是無法避免個人學養、經驗以及好惡的左右的。這種方法，使敘述故事的人，是否真正可靠，受到相當考驗，而必須由讀者隨時加以判斷，因此不能像讀傳統小說那樣，故事裡說什麼就聽什麼。這樣就增加了讀者對小說的參預。

與觀點及讀者的參預相關的，是戲劇的手法，也便是故事不但是講出來的，而且是演出來的。讀者對小說中人物的個性習慣等，不能聽任作者告訴，而是要從人物的行為來衡量測度的。

更進一步，為了要表現和逼近現實，也為了要符合觀點和戲劇手法的要求，另外又有對心理過程的描繪。本來人類的表面活動，都是由內心的活動操縱的，誠於中必然要形於外。十九世紀以來，人們對心理活動的認識增加。表現在文學方面的，一方面是意識流，亦即應用起來改稱為內心獨白的東西。意識流認為人的意識不斷活動，類似不息的河水，而執掣其間的，則為十八世紀以來常談的聯想作用。一方面則是佛洛伊德 (Esther Freud) 的性心理和榮格 (Carl Jung) 的種族記憶 (racial memory) 以及連帶起來的原始類型 (archetypal patterns)。意識流還可以視為文學利用心理學新說而得的新技巧，原始類型則與文學的道德功能直接有關了。

就整篇小說的結構而言，新的方法其實是西方最古老的方法，是亞里斯多德 (Aristotle) 在《詩學》(Poetics) 就說過的方法，只是擴大了應用的範圍而已。亞里斯多德的名文，本來專就戲劇，或者更嚴格地說，僅就希臘當時的悲劇立論。他說，戲劇是模仿一樁行為的，要模仿的行為，必須是單一的，嚴肅的，完整的，而且必須合於或然性 (probability) 或必然性 (necessity)。所謂嚴肅的，衍生來說，是文學的功能，所謂單一及完整，是指結構而言。人生本來多端，吃飯睡覺是必不可少的，但除了在特別情況下，並無多大意義。要使人生顯得有意義，便須於紛紜人事中，擷取其精華所在，亦即最能表現人類實際狀況和願望的一面。至於完整，則是只要這一面，而把與這一面有關的前因後果，分別執擇，加以濃縮，旨在使主客分明，使雖僅一樁故事，卻能為人生的典型縮影。至於或然性和必然性，一方面是為了表現理想之所在，而不局於現實，一方面仍要入情入理，不致與現實完全脫節。換句話說，它還是與寫實思想相符的。

亞氏所說的嚴肅性，與從榮格心理學所生的原始類型，都與文學的功能有關，而且也與文學的所謂永久性和普遍性有關。人類雖有幾千年或幾萬年的歷史，但其典型的狀況與願望乃至由而生出的喜怒哀樂的情感，應該是不會有本質上的改變的。文學希望增加人們對人生的了解，但不能無中生有，而必須從人類已有的狀況和願望中採擷。只有在這類狀況與願望能夠是放諸四海而皆準的時候，文學才能有永久性和普遍性。我

們讀荷馬 (Homer) 的《伊里亞特》(Iliad)，儘可以訕笑那種對超自然現象的迷信，不齒那些野蠻的行為，但對阿契里斯的因受了委屈而發怒，以及他篤於友誼的表現，和普里安 (Priam) 喪子後的悲哀等等，卻仍能心領神會，正因為這類情感人人都有，所以雖在三千年之後，我們仍能擯斥其時間性與地域性的東西，直探其肯綮的所在。文學的永久性和普遍性，因而與它的嚴肅性是無可劃分的。

前面說過，中西兩方都認為文學有其道德的意義，所不同的，至少在於十九世紀以後的文學，不願為道德的附庸，所以避免以教訓的口吻，直接表現社會上的因襲的道德觀念，而是要選取人生典型的狀況和願望，用具體的意象來為其象徵。這種新的認識，是象徵思想與方法的來源或推廣及加以範疇化，也是原始類型發揮其作用的地方。所謂象徵方法的推廣，在於由美人香草之類的類比擴展到整個人生；所謂範疇化是指今日的象徵思想，已有別於前此的各種比喻，如 allegory 之類，使它的使用，更為專一化。這種改變，又與現代人對於語言及心理的認識有關，也便是承認心理及屬於心理活動的外觀的語言，有其複雜與多元性。因此，以象徵手法寫出的作品，於表面意義之外，還能容許許多不同的解釋與了解，而這些解釋與了解，要在能夠暗合人生經驗的原始類型。換句話說，象徵的對象，就是這些原始類型。

這些原始類型，最顯著的是人生的生死大限和不甘於生如燈滅，而懷重生永生的願望。這種願望，以天道來說，見之於四季的遞嬗和草木的枯榮，以人事來說，大處有三不朽，小處有對繼起的生命的創造與維持。再有中西所見相同的，則為人生是一旅程，而要能成功地完成這種旅程，必須先受訓練，能

夠窺得入門途徑。這種訓練與入門，正是中國古代的冠禮、笄禮，今日臺灣山地同胞中尚偶有存在的成年儀式所代表的。人生既為旅程，便必有目的地，必有去的理由或追尋的對象，這正是另一種原始類型。

　　以上的話，主旨在於說明討論現代小說時所牽涉的若干觀念，以支持前面所說：中國文學裡新舊的區分，在於態度和技巧，在於在題材上各有所偏好，但並不在是否使用白話，是否旨在載道或言志，以及是否所用的題材是新是舊。前面說到夏濟安先生的作品，便是為了證明舊瓶容或不能裝新酒，而新瓶卻正不妨裝舊酒。另一方面，本文主要是討論朱西甯的〈破曉時分〉，所以前面那些話的另一主旨，在於指出這篇兩萬多字的小說，是中國新文學正流裡的產物，有其歷史地位，是值得我們不憚詞費，仔細領會的。

二、〈錯斬崔寧〉

　　〈破曉時分〉這篇短篇小說，如果單依其內容來說，很顯然是一篇舊短篇小說的改寫。那篇舊的作品題目是〈十五貫戲言成巧禍〉，亦稱〈錯斬崔寧〉，本來是宋代的話本，後來收入三言二拍裡的《醒世恆言》中。原文也是用白話寫的，正是胡適認為白話正宗的作品之一。事實上，如果專就白話來說，原文顯然較朱西甯先生的作品，更接近於口語。為了比較上的方便，我們可以看一下原文的大意：

　　南宋臨安劉貴，棄儒從商，因為不善經營，本錢耗折，祖產耗盡，只賃了兩三間房子，在家賦閒。家裡除了原配王氏，還有為嗣續而娶的妾陳二姐。一天，岳丈過生日，夫妻倆都去了，只剩陳二姐在家。岳丈看劉貴落魄失業，要他去開柴米

店，先給了他十五貫錢去收拾籌備，將來再給他十貫做本錢。岳丈要王氏到生意開張時再回家，劉貴就先走了。他在中途找了一位做生意有經驗的相識討教，還喝了酒，直到天黑以後，才駄著錢到家。二姐已經睡了，待敲門才起，看到了錢，就問情由。劉貴既已半醉，又嫌她開門過遲，故意嚇她說把她典給外鄉人了，明天來接。他說完話就竊笑著睡了。

陳二姐既怨丈夫心狠，又怕娘家父母不知道，就把放在桌子上的錢收起來，放在劉貴腳下，然後收拾了隨身衣服，偷偷地到左鄰朱三老兒夫婦家，說明經過，借宿了一夜，第二天清晨跑回娘家去了。

劉貴睡到半夜口渴醒來，找不到陳二姐，又睡了。這時來了小偷。因為陳二姐只拽上了門，他得以輕易進來，但在偷錢時卻驚醒了劉貴。結果劉貴被小偷用家裡的柴斧殺掉，錢也被拿走了。次日清晨，血案由鄰居發現，朱三老兒說起陳二姐借宿，已回娘家。於是大家一面向劉貴的岳家報信，一面分人去追陳二姐。

陳二姐在途中只走了一二里路，已因腳痛而休息。這時恰有一個叫崔寧的後生，路過這裡。崔寧在城裡賣了絲，要到鄉下褚家堂去，恰是陳二姐娘家附近，兩人乃商議結伴同行。他們只走了兩三里路，就被朱三老兒和另一個鄰居追上了，而且要他倆都回去。

送官之後，發現崔寧的搭膊裡，恰有十五貫錢。府尹為了急於結案，苦主和鄰居又力咬陳二姐和崔寧，於是將兩人問成見財起意，殺死親夫，劫了錢隨奸夫逃走的罪名。上詳之後，崔寧問斬，陳二姐淩遲。

王氏守孝將近一年，娘家派了老家人來接。在路上，他們

遇見了路劫，老家人被殺，王氏從了強人靜山大王。靜山大王
自從得了王氏為妻，諸事順遂，積下了一筆財產，就聽從王氏
的勸告，改行開了一家雜貨店，並且吃起齋念起佛來。後來，
他對王氏說，他雖是個剪徑的毛賊，也知冤有頭，債有主，不
敢輕易殺人，但仍然枉殺過兩個，冤陷了兩個，希望到廟裡為
這四個人禮懺超度。據他所告訴王氏的，這四個死者，恰都與
王氏有關，就是劉貴、王家的老家人、陳二姐和崔寧。王氏於
是告了官，結果靜山大王償了命，原問官削職，崔寧與陳二姐
的家優恤，王氏分得賊人一半家產，捨入尼庵，自己念經禮佛
終身。

　　故事並不複雜，敘述的形式尤其簡單。它本來是說書人的
話本，屬於口語文學的傳統，而這篇故事是完全遵守這一傳統
的體例寫成的。它以教訓兼說明性質的詩開始，以同樣性質的
詩結束。開場的詩下面，首先是所謂「入話」，也便是「楔
子」或「開篇」，以性質類似而具「比」或「興」意義的故事
來介紹「正傳」，然後便是平鋪直敘，不僅交代了陳二姐與崔
寧的負屈含冤，而且還為他們報了仇，以盡「善惡到頭終有
報」的「詩的正義」(poetic justice)。這篇故事的教訓意義因之
是十分顯豁的，讀者不須思索，就能領悟。當然，除了獎善懲
惡以外，它還有兩種教訓意義，一種是「嬉無益」，雖是閨帷
之中，也不應該說笑話，以免弄假成真，鬧出糾紛來。一種是
指示聽訟的人，應該重視人命，詳為推研，不當草草了事，以
致不僅害人銜冤九泉，自己也斷送了前程。在後一點上，說平
話的人，還特地議論了一番。

　　以手法來說，這篇故事是以說話者從全知總攬的觀點來發
言的。他並不要讀者或聽眾問他為什麼能夠知道一切，例如劉

貴在家裡戲弄陳二姐的話等等，因為他所著重的是這篇故事的教訓性，而不是它的寫實性。因此，他不必做出超然的姿態，置身事外，反而隨時在他認為適當的時候，現身說法。但我們這種說法，並不是要否認故事的合理性。事實上，作者對於故事的入情入理，是曾經運用過一番匠心的。譬如劉貴戲弄陳二姐的動機，說書人就提出了兩樁完全合乎常識的解釋，一是他喝醉了，因之失去了理智，一是他嫌陳二姐睡迷了，以致開門太慢，害他在門外等候，所以要惡作劇地嚇她一下。當然，古中國的妾婦，乃至於妻子，都只是丈夫、父親的財產，可以任意買賣的陋俗，雖未經說書者道出，卻是一個人人都能知曉的因素。再如靜山大王能夠輕易摸進劉家，是因為當時並無司必靈鎖，陳二姐私出，只能把房門虛拽。這裡說動機，顧細節，都是寫實的手法，雖然只是常識的，淺陋的手法。

但是這種常識的運用，同時也是全文結構的組織原則。整篇故事，實際上是繫於巧合，包括岳丈給錢、朋友留飲、夫妾相戲、穿窬恰來、問官昏憒，尤其是崔寧的搭賻中，不多不少，整整十五串錢，都過分湊巧。後半部分靜山大王的殺家人，迫娶王氏，和嗣後時來運轉，諸事順遂，更是巧得出乎常情，雖然他超度亡魂的動機，是完全符合當時的迷信的。但是，我們知道，文學雖是模仿人生的，卻並不真是現實、未加抉擇鍛煉的人生。只要能具有或然或必然性，就可以是想像而寫實的文學。靜山大王的行為，不論從或然律來看，或者從福善禍淫的眼光來看，多行不義終必是要自斃的。說書的人自然只想到第二點，但「巧合」是想像文學裡的重要因素。所謂無巧不成書，一面是作家必須從人生中提取特具意義的部分的結果，一面也是或然律和必然律所使然，是常理所能了解的。這

樣看來，故事前半的巧合，除了劉貴與崔寧各有十五貫錢外，實際並不過分牽強，而那十五貫既是故事的中心，我們便非接受它不可。倒是靜山大王那一段，雖然情理可通，作者對道德的關切，究竟是超過了他對藝術的關切的。再進一步說，作者的思想有其時代的局限，其道德的原則是我們可以接受的，而其道德的細節，便未必能為我們接受。這種時代的局限，影響了作者的了解，也影響了作品的結構。

前面曾經談到完整性的問題。這篇故事，當然有它的完整性，甚至可以說它是先有了主題觀念，而且是十分顯豁的主題，亦即天道好還和禍從口出的思想，再編個故事來予以具體描繪的。這種思想決定了故事的形式：從劉貴的戲言召禍，經過陳二姐崔寧的冤死，到靜山大王和問官，抵命的抵命，削職的削職。假使作者對文學以及整個人生的了解不同，則雖是同一題材，他的選擇會不同，處理的方式也就有異了。例如，他可以不尋求戲言所產生的全部因果關係，卻僅著眼於陳二姐和崔寧的悲慘遭遇，全屬偶然的因素造成，以刻劃偶然的命運，在人生歷程中的分量，則儘可以強調以宿命和自由意志來講，以願望和結果的分歧來講，人生其實是相當可悲的。它也可以藉一個目擊全局的人的觀點，說明這多種機緣湊巧的悲喜劇，對他有什麼啟示，從而仍然有助於增加我們對人生的了解。

三、〈破曉時分〉

最後所說的這個方法，正是朱西甯先生在〈破曉時分〉裡所使用的。在這篇故事裡，原來的經過都濃縮了。它只講徐門周氏，一個十五歲時便遭父母以五百兩銀子賣給姓徐的為妾，十七歲時夫家已經家運衰落，到了三餐不繼的境地，甚至丈夫

已不能養活大婦,而要她留居母家。故事裡說,徐某在臘八的前日,家裡缺錢少米,連賒欠的地方都沒有了,只好出外告貸。當晚在風雪中回來,背回了五百兩銀子(三十多近四十斤,而且是散碎的),在酒氣醺醺中,告訴小婦人,他已把她賣了,銀子是身價,次晨就要來接人。然後,酒色相連,他以食物給妾,妾把身體給他。他熟睡後,她徹夜未眠,在天將亮時逃向母家。天很早,路上絕少行人,她只遇到一個四十多歲騎驢的人,而且受邀搭乘。但走了不久(一共只有十七里,平時只要大半個時辰,也便是一個多小時。頁二九一,臺北市皇冠出版社,無出版日期),在約莫交辰時(早晨七時左右)的時候,就被縣裡捕房馬快迫上,兩人雙雙被擒。馬快在騎驢的人的鞍下褡褳中,搜出了四百八十兩銀子。偏巧這時的縣官,上任時自帶了小隊子,平時不肯找捕房辦案,這次捕房在案發後兩小時就破了案,不啻是可以跟小隊子別別苗頭的機會。再者,苦主徐家大婦並不知道有銀子牽涉,所以只猜度與訛詐似地報了兩百兩,與五百兩有了三百兩的出入,可供捕房上下其手,設法俵分。名與利兩種動機,使捕房不惜湮滅證據,欺瞞上官,所以雖然五百兩與四百八十兩銀子數目並不相符,而其不符並無法交代,雖然騎驢的戴某可以提出人證,捕房也不惜找自己人頂替。此外,審案的縣官,顢頇邋遢,似乎並不遜於〈錯斬崔寧〉裡的問官,因之徐周氏和戴某的命運,大體上已是注定了的。

但是對於他的下場,我們雖然可以憑著已有的證據,根據常理去推測,實際上卻並不知道,因為故事裡並未這樣交代。事實上,就連這些證據與線索,都是讀者根據徐周氏、戴某、和衙役中一個叫黑八的人所說的話,零星陸續地積聚起來的。

不但如此，周氏、戴某、黑八等人的話，並不是由作者直接端
給我們的，而是經過「火神廟背後陸陳行的少老三」的記憶或
「現場轉播」的方式，間接告訴我們的。這種由說書人直接敘
述，轉變到故事的目擊者的間接講說，是〈錯斬崔寧〉與〈破
曉時分〉的最顯著的不同。這一改變，使得兩篇小說的結構以
及重心和意義，都起了很大變化。朱西甯先生的匠心，都從這
裡開始。

　　首先，自觀點上來說，原著的說書人，是一切線索情節的
唯一來源。他對一切來龍去脈和人物心理，都能瞭如指掌，使
讀者在在都必須信賴他。不但如此，他在情節上是唯一的告密
人，在思想上則代表了傳統，因而讀者再沒有另起爐灶，自加
研判的餘地。當然，說書人並不是把所有的事都從自己口裡說
出來。他顯然已感覺到戲劇手法在刻劃真實上的重要性，所以
例如十五貫的來歷，一面是由劉貴的岳丈道出，一面是由鄰居
衙役自崔寧身上搜得。一面是對話，另一面是動作，除了在臺
上搬演外，戲劇也只有這兩種手法。但在換了敘述故事的人，
這情形就不同了。這位新的敘述者，「陸陳行的老三」，是個二
十多歲的年輕人，父母仍視為孩子，連穿衣服都要父母操心的
人（頁二七六），而且性格偏於懦弱，從來不曾跟別人紅過臉
（頁三○七），顯然更不曾打過架，甚至心軟到看見徐周氏受
刑的慘狀，感到他縱與她有不共戴天的仇恨，也不會那麼樣狠
打她（頁三○○）。另外一面，這個我們僅知道排行老三，卻
不知道姓名的年輕人，跟一般羞怯、軟弱的人一樣，感覺特別
敏銳，想像力特別豐富。徐周氏受刑時發出的慘叫，使他想到
「整垛子瓷碗盞一下子倒下來給人的驚嚇……細木匠鋪子裡做
鏇工，鏇刀不當心……刮到鐵軸子上……牛車滾下坡，煞車棍

咬進大轂轆的軸縫裡……」（頁二九九）。這類的描述，還有很多，都能為我們刻劃出這位老三的脾氣與性格。而故事是由他連眼前看見的，和心裡感受到的，交互摻雜著講了出來。〈錯斬崔寧〉的說書人是唯一的情報來源，所代表的是普遍共有的信仰與見解，這就使他的話有了很大的客觀性。比較來說，〈破曉時分〉的老三，是一個具體的，受各種條件限制的人，以他的眼睛看事物，其可靠性難免要打很大折扣，這裡的主觀成分是顯然的。

觀點的改變，直接影響了故事的結構。〈錯斬崔寧〉是白描的，敘述的，自先到後，自因到果，一覽無遺。〈破曉時分〉則是多層進行的，戲劇的，它撇開了先後，不談因果關係，只摘取當中最具教訓意義的一段，在幾個小時內——至多是午夜老三被叫起來，到黎明或卯辰之交左近，就交代了一切，而其正與崔寧故事裡相近的情節，全用倒敘法由當事人敘述出來。這種新的結構，顯然是把故事的重心，由徐周氏與戴某的負屈含冤，轉移到這個故事對目擊審訊、「現場轉播」故事的老三的教訓意義。對於這一平行發展部分，我們等到後面再講。

朱西甯所用的新的技巧，其次是在人物方面。在〈錯斬崔寧〉裡，人物的刻劃是相當簡陋的。我們對陳二姐、崔寧、劉貴、靜山大王等人，知道他們的穿章打扮，遠多於他們的性格。至於對問官、鄰舍乃至王氏，我們所知道的更少。如果按福斯特 (E. M. Forster) 的分類來說，全部人物，都是「平面型」(flat) 的，僅由說書人敘述，不能供我們想像。但在〈破曉時分〉裡，人物顯然都是立體 (round) 的。老三的怯懦、隨和、耽於幻想等氣質，都自他的言語和行為當中表現出來，雖

然我們並不知道他的姓名與籍貫，或者這篇故事發生在什麼地方。事實上，在全部人物中，我們只知道四個人的姓，卻沒有一個有名字的，但我們卻知道黑八、章大、徐周氏、戴某、縣太爺乃至二爺等的性格：黑八顯然是典型的老吃公門飯的人，狡詐多智，笑裡藏刀，洞練世情，卻具有外場人的義氣。章大的自傲與和易，二爺的冷酷，與縣太爺的漠然，或幾筆帶過，或細膩描述，都能生動。而徐周氏從慘苦命運裡所學來的逆來順受，卻在大關節處表現了堅毅，戴某的端方、正直，和以為自己守法守理，便能抬得起頭來，也正是中國舊時代的典型小人物。他們的命運，是造化撥弄使然，是人類悲劇的一部分。但他們在命運撥弄中的表現，應該是有其教育意義的。

〈破曉時分〉在背景和情調上，顯然也經過作者的意匠經營。〈十五貫戲言成巧禍〉裡面完全沒有季節與地方的描述。儘管說書人說出了時與地：南宋臨安城中箭橋左側的劉貴家，離城二十餘里的岳丈王員外家等等，但它的時與地可以是任何時間，任何地方，因為其中缺少具體的、季節或地方性特有事物的描述。在〈破曉時分〉裡，這些都具體化、特殊化了。雖然作者並沒有說明是什麼地方，我們卻知道這裡冬天很冷，家裡要燒炕、要穿皮衣，而且以驢代步。裡面的情節顯示故事不可能發生在民國，因為裡面提到了清朝的衣冠、法律制度、治罪，乃至抗洋槍的小隊子。這些線索使我們猜測它必然發生在晚清的北方。案子的發生是臘月初七日晚間到初八日早晨。審訊的時候我們雖不能確定，但應該是過年以後，因為地下的積雪似乎已經沒有了，雖然天氣還是很冷，尤其在夜晚。而寒冷與黑夜，造成了全篇小說的氣氛，同時也與大堂上的世界裡的人心相照應。在這種情形下，天氣的嚴寒，與人情的冷酷，互

相為用，具現了象徵的色彩。堂上的光明與堂下的黑暗，乃至
衙門前的明暗相間，一面是對比，一面應該是含有「反諷」
(irony) 的意味，因為以徐周氏和戴某來說，這個世界完全是黑
暗的。它甚至有些接近卡夫卡 (Franz Kafka) 的《審判》(*The
Castle*) 裡的荒謬，雖然這個兩人的遭陷害具有可理解的理由。

　　以上從觀點、人物、背景、和氣氛來看，都顯示作者在技
巧上的新努力、新表現。但是，想像的文學作品，其內容與形
式，應該是整體的締構。它如僅能具有完整性，還只能達到美
學上的美，還不能完成其道德上的使命。在新的觀點下，這篇
小說的結構與重心既已起了變化，徐周氏和戴某的悲慘遭遇的
意義，已轉到陸陳行的老三身上，因為他不僅目擊審訊，報導
審訊，而且對這審訊，有許多感受，因而它對他有了教訓的意
義。作者在處理這種意義的時候，有什麼樣的表現呢？

　　老三以賄賂的方式，買了衙役的差使，使他一面首次正式
進入社會，一面窺得衙門裡的祕密。衙門裡問案有其固定的形
式儀節，恰與人類學裡的各種成年禮儀相類。以「原始類型」
來說，老三顯然是參加了一個為他舉行的啟蒙儀式 (initiation)
正如人類學或社會學裡祕密幫會裡的儀式。這種儀式，使老三
由「沙彌」似的人物，成為人類社會的成員，進而對人生的奧
祕有了領會。這種模式，既屬典型的，在現代小說裡是經常出
現的。事實上，現代的文學作品，揚棄直接的說教，特別偏好
利用這類模式，使讀者領悟人類的境遇，從而達到它的道德使命。

　　這篇小說之契合於這種模式的，首先是老三可以說共有三
個父親或師保似的人物：他的父親慈愛、殷勤，伴他在半夜走
路，但卻只能在衙門外面癡望，並不能進去。他實際上是在最
吃緊的關口，對兒子的教導成為無能為力的。黑八應該是第二

個這樣的人，他甚至接受了可視為束脩的五石小麥，但是他不僅太忙，不能全盡師保的責任，而且他所代表的是衙門的世界。他為老三提供了終身的衣食飯碗，介紹朋友，教導他使用刑杖所必具的知識，他還為老三講說衙門內的祕密，並且攙扶老三，好像把老三當做剛學步的幼兒。他要老三變成另外一個人，自衣著到姓名和職業。這些都是他為老三盡的力量，但是衙門的世界縱或是現實的世界，它所代表的豈能是人類的願望？第三個做老三師保或父親的代替人的，是章大爺，練太極拳卅年而持之有恆，老三也以為應該向之學習的人。他教給老三喊堂威，充分顯出老師的指撥任務。恆心是一種美德，但太極拳卻可以使人有其他聯想——推搪敷衍不是俗稱打太極拳的嗎？而且他的恆心的作用，雖能使他耐寒，主要的卻只不過是能與黑八較量而已。這三個父親型的人物，雖都各盡其能地為老三指路，他們卻都各有所短，並不能真正擔起應負的任務。

　　整個來說，〈破曉時分〉的世界是一個陰暗、寒酷的世界。重複地說，它包含了兩個平行的故事：一邊是老三的教育與啟蒙問題，一邊是徐周氏和戴某的官司。前者完全在黑夜與嚴寒裡進行。後者是從黑夜到天剛亮的時候，沒有太陽，雖則有白雪。兩者的結束因而都是「破曉時分」，但是它們的最顯著的意象是黑暗，是寒冷。這種自然的陰寒襯托出的人的世界，也是陰冷嚴酷的。衙門外是光暗交錯的街道，但老三父子並看不見他們所走的路。衙門裡是光暗對比的大堂上下，但大堂是森羅殿，堂上是有著浮屍般面孔的煙鬼，噴雲吐霧的廟裡的判官，堂下是令人跌跌撞撞的道路，導向刀山油鍋似的所在，和披枷戴鎖，自墓裡彼世升起的幽魂。這些意象（自然的與人世的）所刻劃出的，不僅不是人的世界，因為它全失了人

間所具有的溫情，甚至不是傳統中一般相信的鬼的世界，因為它沒有《玉曆寶鈔》之類所講的正義或賞善罰惡。這種世界觀所意味的，如果是現實，則是一種偏頗的現實，只注意了陰暗的一面，而忽略了或抹煞了光明面。如果是理想，則顯然違反了人類的願望，因為不論人的本性是善是惡，他所追求的總應當是幸福，是光明。

〈破曉時分〉裡當然並不是完全沒有光明面。與縣官至章大爺等對立的一方，是徐周氏和戴某。徐周氏起初的逆來順受，特別襯托出她的不肯完全向命運低頭的堅毅高貴本質。她為了父母，為了衣食，被賣為妾婦，但當她知道了丈夫要轉賣她的時候，她反抗了。她相信依她的年齡，她儘可再被賣幾次；她了解肯以五百兩銀子買一個已非處女的妾婦的人，應該能夠給她至少不必再愁凍餓的生活。但是她不肯就此低頭。而在逃走的時候，她還顧念著丈夫，不肯攜款潛逃，雖然那五百兩銀子對她顯然能造成自由與奴隸的改變。在審訊的時候，她發現乞哀求憐已不能改變她的命運，就毅然地接受了它。我們想，秦皇漢武之類的入海求仙，築臺求藥，與這麼一個卑微童稚的妾婦相比，豈不顯得十分委瑣可憐？這一切的一切，都給予她「悲劇的身分」(tragic stature)。戴某只是一個牲口販子，但在與徐周氏萍水相逢，看到對方伶仃寡助的情形的時候，發揮了人類愛，把自己的坐騎，讓給徐周氏，甚至守著男女授受不親的傳統信條，避嫌地僅牢抓住花驢的嚼轡，不肯攙扶她。這與徐周氏的丈夫在忍心賣掉她的時候，還要以幾片糕餅，來換取肉慾的滿足，豈不有人獸之別？在另一方面，他在堂上對自己四百八十多兩銀子的來龍去脈，交代得清清楚楚，應當是進一步地暗示了他的來去分明。受審時他的堅毅不屈，力主自

己的清白，顯然也是有正面意義的。

　　然而作者並沒有使老三從他們的表現上看出人類應有的態
度，應走的道路。相反地，徐周氏對他來說幾乎連人都不是。
她「瘦小如一頭畜類」（頁二八四），是一個會凍僵的「黑影
……挺脆的，使勁兒扳一扳就斷了」（頁二八四），是「死去的
冤鬼還魂了吧?」（頁二八六），「哪像是一個人趴在那兒?」（頁
二九八），「不光是叫得不像人聲，飛禽走獸也嗥不出那樣悽
慘」（頁二九九）。至於戴某，老三可以看到的，只是他「一臉
兇相」（頁三一三），「或許真是殺人犯」（頁三一三），是挨打
的肉，而且挨打以後「還是不招供」（頁三〇七）。老三的唯一
感受，僅發自他原有的善良的天性，惻隱的感覺，所記得的永
遠是他那五石小麥，而且雖然了解「我不殺伯仁」（頁三一
一），還是跟黑八去換了衣服，上堂頂替悅來客棧的老闆，所
關懷的是大老爺的菸袋鍋（頁三一二），是「儘管五十大板沒
當回事兒，可是我犯了什麼錯?」（頁三一五），籠統地說，因
為他並未能夠推己及人，老三其實沒有從他這一夜的經驗裡，
得到一點教訓。

　　因之，當老三在同僚的維護下挨完那五十大板而下堂去
後，他雖醒悟到那件沾滿油膩、象徵著拖他下水的長衣，有使
他惡心的腦油氣味，而急於脫下，這樁動作喪失了它應有的象
徵意義。他願一再強調這用五石小麥換來的飯碗，可以吃死
人，他的結論卻是甘願同流合污，認為可以等等看（頁三一
六）。只是這種等待，這種開頭，「跟在後面的還很多」，縱然
他能由「半生不熟」到成熟，他的道德觀念，雖然只能「彷彿
這天色，這破曉時分，說夜不夜，說晝不晝」（頁三一六），他
所存在的世界，將永遠是黑暗的世界。在這種情形下，縱然

「好在天總是破曉了，一天總有一個太陽」（頁三一六），我們
是無法想像太陽的出現的。結果恐怕只能永遠「看不到多大的
天空」，只能滿足於「遍地是雪一般白霜」，而「就很夠了」
（頁三一六）。假如這是這篇小說的主題，這篇小說的教育意
義，它是我們絕不能接受的。

　　在細節上，似乎也有若干小問題。作者利用第一人稱的主
觀觀點，誠然避免了若干作者無法解釋的細節，而且作者本來
有創造他的世界的自由，但這並不是說作者可以背棄亞里斯多
德所強調的「或然性」。〈錯斬崔寧〉只牽涉到十五貫錢，不是
一個太大的數目，而劉貴典妾的話，只是拿來哄騙陳二姐取笑
的，其中利用了陳二姐的無知。五百兩則是一個相當大的數
目，尤其在清末以後銀價頗貴的時候。這麼大一筆錢，故事裡
已暗示不是徐某岳家所給（大妻只瞎報了二百兩），也不是僅
趕年關販賣年貨所能用得了的，則其解釋必然是它確是徐周氏
的身價。我們無法想像任何傻子以外的人，肯相信如徐某那樣
全部產業絕不值此數的賣妾之徒，把銀子一下拿出來，而不要
穩妥點地一手交錢，一手交貨。他難道不怕徐某挾款挾妾潛逃
嗎？戴某的四百八十兩銀子應該可以買十幾頭牛，到年關收
款，已是大手筆，假定他所收僅是尾款，更足以證明他並不是
沒有身家的人。家離城二十多里路而不連夜回家（牲口不足兩
小時或一個時辰的距離），已是違乎常情，衙門裡居然敢蒙蔽
到連證人都不找，也不是常理所能容許的，何況縣太爺與小隊
子未必能如此地易於欺瞞，而且後面還應當有「三推六問」！
此外，徐周氏的證詞，變成老三的倒敘，雖然省卻好些解釋，
增加了新的感覺，卻也過添了「新文學」裡的濫調，減低了真
實感──我們難以相信徐周氏在作供的時候會提到那些騙人的

腳步聲，那場醜惡的獸慾的發洩，那叢被雪壓倒的苦竹、簷下的風雞，釘鞋留下的腳跡，乃至大花驢的鈴聲等。但就全篇看起來，這些已是小疵了。

　　最後，我們的看法是，朱西甯先生的〈破曉時分〉，代表了新文學運動以來到今天各位作家的求新、嚴肅的努力。作者在若干認識上，仍然有需要注意的地方。我們誠然惋惜他混淆了是非，我們更欽佩他的向上心，因之，這篇小說的總的方向是值得敬重，值得討論的。

〔比較文學叢書〕

當東方遇上西方，
能否出現溫柔的共鳴？
跨越時空與文化的「同」與「異」，
尋找關於歧異與匯通的道路……

比較文學理論與實踐　張漢良／著

本書共分為五篇，分別處理了比較文學傳統上認可的課題，書中雖然認為前後的作者在客觀認定上是同一人，在主觀經驗上，後來的作者實際無異前面無數作者反省式的讀者，可以懷疑、修正甚至否定以前的觀點。在此一說法成立的背後，我們也對於現今比較文學在臺灣的研究成果感到好奇。在中西比較的過程中，試圖跨越時空與文化的「同」與「異」，尋找關於歧異與匯通的道路。

現象學與文學批評　鄭樹森／編

現象學自十九世紀末在歐洲興起後，不但成為西方現代哲學的重要潮流，更直接影響到不少人文及社會學科，成為結構主義與符號學之外，另一股波瀾廣闊的思潮。本書旨在介紹現象學與當代文學理論及批評的關係，第一部分選譯海德格、殷格頓、杜夫潤和衣沙爾等大師原典。第二部分收入中國學者採用現象學派觀點探討中國文學的專論，以具體實踐來闡明現象學派文論的一些抽象觀念。

主題學研究論文集　　陳鵬翔／主編

本書的內容深具開疆拓界的歷史意義，許多碩、博士論文受其直接或間接的啟發。王立教授在其近著就指陳，這本編著的面世，「標志著這一研究方法正式開始從民俗故事研究領域向文學主題學研究領域過渡」。為了本書之再版，陳鵬翔教授特地再撰編入〈主題學研究的復興〉一文，對這個學域的最新拓展有簡扼且深入的闡釋，相信對讀者（尤其是研究者）一定有相當大的助益。更期望中西比較式的主題學理論與研究能蓬勃發展起來。

記號詩學　　古添洪／著

記號詩學乃是用記號學的精神、方法、概念、詞彙來建構的詩學，基本興趣在於文學書篇的表義過程及其所賴之法則及要面。本書第一部分，深入刻劃當代記號學二先驅（瑟許及普爾斯）與當代記號詩學大家雅克慎、洛德曼、巴爾特等人的模式與概念；在第二部分裡，作者對話本小說、輞川詩組、孔雀東南飛等作了記號學式的研究。本書舉重若輕，適合專家也適合願意思考的大眾閱讀。

比較詩學　　葉維廉／著

本書除了對西方文學理論應用到中國文學研究的可行性及危機作哲學性的質疑外，更針對時人過分單方面信賴西方文學批評模子，而造成對傳統美學歪曲的現象，提出「同異全識並用」的觀念，並通過「語法與表現」、「語言與真實世界」、「媒體與超媒體」等理論架構的比較和對比，尋求更合理的共同文學規律及共同美學據點，為東西比較文學打開一個全新的局面。

結構主義與中國文學　　周英雄／著

本書為作者將比較文學與結構主義相互比對、印證的研究
成果，包括了結構主義理論的介紹，與該理論在實際中西
比較文學應用中優劣的評鑑；作品之實際批評，內容包括
樂府古辭之特性、文學與人生之折衝關係、賦比興的語言
結構等。除了介紹一般性之文學批評概念，並提供讀者一
系列之實際批評經驗，包括研讀作品可能遭遇之難題，解
決之方法、策略，及可能預期之成果與限制。

中美文學因緣　　鄭樹森／編

從愛默生和梭羅開始，一直到六、七十年代的詩歌和科幻
小說，美國文學不斷受到中國的刺激。中國的古典文學和
思想在美國文學的發展上究竟扮演了什麼角色？美國作家
何以會對中國的文學和思想發生興趣？這些問題都是本書
意圖探討和解答的。本書是中文讀書界對中美文學關係首
次較為全面的透視，對於美國文學和比較文學的研究者別
具意義。

現象詮釋學與中西雄渾觀　　王建元／著

本書採用比較文學研究方法，探究「雄渾」此觀念在中西
文化、哲學、美學中的歷史發展，及其在文學和藝術作品
中獨特的表現模式。作者從傳統美學入手，在比較過程中
指出西方美學應用於中國古典文藝理論時的困難及問題，
繼而闡明傳統美學本身的局限，最後引用現象學詮釋學強
調本體存在與保留活潑經驗的生命哲學，嘗試從中國傳統
文藝理論的點滴中，建立一個新的閱讀和詮釋體系。